EL LIBRO
SECRETO
DE DANTE

Francesco Fioretti

El LIBRO SECRETO de DANTE

Título original: *Il libro segreto di Dante*
© 2011 Newton Compton editori s.r.l.
© De la traducción: 2012, Mª Ángeles Cabré
© De esta edición: 2012, Santillana Ediciones Generales, S. L.
Torrelaguna, 60. 28043 Madrid
Teléfono 91 744 90 60
Telefax 91 744 92 24
www.sumadeletras.com

Diseño de cubierta: Epica Prima

Primera edición: marzo de 2012

ISBN: 978-84-8365-338-8
Depósito legal: M-995-2012
Impreso en España
Printed in Spain

Las traducciones de *La divina comedia* corresponden a la versión
del poeta y traductor Ángel Crespo, Editorial Planeta, 1971. *[N. de la T.]*

PRISA EDICIONES

«Si no sucediera nada, si nada cambiase, el tiempo se detendría. Porque el tiempo no es más que cambio, y es precisamente el cambio lo que nosotros percibimos, no el tiempo. De hecho, el tiempo no existe».

Julian Barbour, *El final del tiempo*

«... El mal se destruye incluso a sí mismo».

Aristóteles, *Ética a Nicómaco*

Puis que Acre fu déshéritée...
... rancure, descorde, haïne
entre la gent a fait rasine
et amour [est] d'iaus departie...[1]

El templario de Tiro, *Crónica*

---

[1] «Cuando Acre fue desheredada..., / ... el rencor, la discordia, el odio / arraigaron entre la gente / y el amor desapareció...». *[Todas las notas a pie de página son de la traductora].*

Prólogo

San Juan de Acre, viernes, 18 de mayo de 1291

Así están las cosas en Outremer[1].

En estos días de primavera y muerte a menudo tienes la garganta seca y te falta el aire, pero te seca más el alma la sospecha de que Dios, al final, se ha puesto de parte de los infieles. Sobre todo cuando al calor sofocante del sol de mayo, si es que aún te asomas a las almenas de las torres, se añade el de esa terrible arma incendiaria que es el fuego griego —que abrasa la corteza de la ciudad— y el de las hogueras en la plaza, donde arden los cuerpos robados a pedazos a las murallas demolidas... Y no importa si

---

[1] Nombre genérico dado a los Estados cruzados establecidos después de la Primera Cruzada y que se usaba como equivalente de Tierra Santa, Siria, Levante o Palestina.

no tienes ninguna culpa, si la culpa es toda de los italianos, de esos mercaderes y campesinos de Longobardía que han ido a Tierra Santa para hacerse llamar caballeros, y no saben ni siquiera cómo se empuña una espada ni cómo se espolea y se frena un caballo; han sido sus estragos en el bazar, los saqueos que han llevado a cabo en las aldeas, los que han desencadenado la ira de Dios y de al-Malik... No importa, no hay tiempo en la guerra para la culpa o la inocencia, pero hace falta mucha valentía ahora para luchar en el bando equivocado, porque si Dios te abandona, al final solo sientes, en cada fibra de tu cuerpo, el miedo a morir; nada más que eso: un miedo aterrador, insensato, que inhalas en el aire junto al olor del humo, y que tiene el sabor de una sentencia inapelable...

Sin embargo a los veinte años no, a los veinte años uno no se puede resignar... Hasta ayer tenías la cabeza llena de sueños, aunque fueran vagos, y de sed de futuro, y algunas veces bajo la luz de la luna — ¡qué inocencia si lo piensas ahora! — te sorprendías, acaso en los tiempos tranquilos de la tregua de Baibars, imaginando a alguien que se congratula contigo por una empresa de la que aún nada sabes, pero que estás seguro de que antes o después llevarás a cabo, ese destino tuyo luminoso que, a los veinte años, piensas neciamente que está escrito en las estrellas; te imaginas un porvenir en el halo cálido de la aprobación de otros, golpes afectuosos en la espalda y aplausos de la gente, no sabes ni siquiera por qué razón. Muy bien, estupendo, felicidades, Bernard... Ahora, en cambio, tan solo sabes que dentro de poco te pondrás la coraza y la cota de malla, que te subirás al caballo y que es muy probable que mueras; los enemigos son diez veces más numerosos, únicamente puedes escoger cómo acabar: batiéndote como un león hasta las últimas consecuencias bajo la torre Maldita, o bien aplastado por la multitud que se apiña intentando llegar a los muelles, al barrio pisano, en la desesperación de la huida en la única dirección hacia la que se puede escapar, allí donde acaba la tierra y empieza el mar infinito... Al fin y al cabo nadie se fijará en cómo te vayas, cada cual, como tú, encerrado en el propio instinto de salvarse: ciego entre los ciegos, igual si huyes que si luchas hasta el último aliento, no eres más que una amalgama de carne y hueso moviéndose como un animal acorralado. Dos esclavos de los enemigos tirarán tu cuerpo entre otros miles en una fosa común y nadie sabrá jamás que tú también exististe, que tenías sueños y sed de futuro, que querías ser recordado en los libros, como Lancelot o Perceval, por tus enormes gestas.

No. A los veinte años uno aún no se puede resignar a todo esto...

En cambio su padre, junto a él, se ha bebido el caldo de un sorbo y se ha dormido enseguida. Tan solo le ha dicho:

—Intenta dormir tú también, Bernard; mañana tienes que dar lo mejor de ti.

Y ahora aún está allí, profundamente sumido en ese absurdo sueño suyo. Pero Bernard no lo consigue, se pregunta cómo puede estar su padre tan tranquilo la noche antes de morir, si de verdad se cree todas esas historias que le ha contado sobre que el paraíso de los mártires espera a quienquiera que muera en la guerra contra el mal. O quizá solo sea que ha pasado de los cincuenta y que los recuerdos a esa edad empiezan a pesar más que las esperanzas. Y los recuerdos de su padre no valen nada: ni siquiera ha sido capaz de explicarle cómo murió la mujer que fue su madre, ni por qué se trasladó de Francia a San Juan de Acre llevándose a Bernard cuando era pequeñísimo, como una carga que tuviera que expiar.

—Y con el *malicidium* lavarás la culpa de haber nacido —le repite siempre, empleando el término que, según Bernardo de Claraval y la Iglesia, justifica matar a un infiel en la guerra.

Que había sido un pecado suyo de lujuria fue lo único que le confió su padre, nada más. Pero dentro de su corazón, él hace tiempo que se perdonó ese pecado; es más, teniendo en cuenta cómo se imaginaba su futuro hasta ayer, ni siquiera le parecía una culpa. Un chico a los veinte años confía, no puede más que perdonar a su propio padre por haberlo traído al mundo, por haberlo llevado allí e inesperadamente haberlo metido en tal follón...

No ha cerrado los ojos en toda la noche. Está tan claro como la luz del sol que el asalto final es inminente. Desde hace muchos días las máquinas de asedio —La Victoriosa, La Furiosa y los Bueyes Negros— no hacen más que vomitar rocas que pesan un quintal y proyectiles de fuego sobre el doble cerco de murallas, centrando su meticulosa labor de destrucción en la zona de la torre del Rey, cuya fachada externa hace ya tres días que cayó. De noche los mamelucos —esos esclavos, casi todos turcos, islamizados e instruidos militarmente— allanaron los escombros y el foso con sacos de arena y el miércoles la tomaron. Entonces los cristianos construyeron una gata de madera para bloquearlos allí. Esta no es más que una máquina de guerra consistente en un techo montado sobre ruedas que sirve para protegerse al acercarse a las murallas. Pero es sabido que los hombres de una gata no pueden resistir mucho tiempo. Y el día de ayer fue nefasto; se intentó embarcar a las mujeres y a los niños, pero el mar estaba revuelto y las naves no consiguieron zarpar. Las mujeres también pueden servir como esclavas o para el placer de los soldados; los niños no, los niños no sirven para nada, los degollarán como a terneros. Así es como están las cosas en Outremer.

Ha decidido levantarse e ir a buscar a Daniel, para ver si al menos él ha podido conciliar el sueño en el otro dormitorio. Eso es exactamente lo que ocurre: está durmiendo como un bendito. Siempre ha envidiado a Daniel de Saintbrun, que tiene veinte años, como él, pero es tan distinto, tan seguro de sí mismo... Segundón de buena familia, se le nota que ha crecido entre los brazos tranquilizadores de una madre y no es hijo, como él, de la lujuria. Es rubio y guapo, de buen porte, destinado a mandar, y ya tiene esa actitud desenvuelta y decidida de quien hará carrera... «Sería una lástima —piensa— que tuviera que morir hoy». Siente piedad, la misma que siente por sí mismo: la comparte con su coetáneo para no sentirse solo, ahora que el tiempo y la nada le parecen la misma cosa, y se pregunta de qué lado está Dios en estos días de primavera y muerte.

Ellos, los *confratres* —sus «hermanos»—, vigilan las murallas más allá de la puerta de San Lázaro. Preferiría no hacerlo, pero en vista de que es el único despierto y debe guardarse dentro esa ansia que lo enfrenta consigo mismo durante aquellas últimas horas de paz aparente, decide subir al corredor de las murallas para tomar el aire y enfila el corredor subterráneo que lleva a la cinta exterior. Sube a la torre y alcanza la garita más cercana. Le propone al centinela de guardia el relevo para que al menos uno de los dos pueda recuperar un poco las fuerzas de cara a la última batalla. Así es como se queda a solas con la noche y el silencio. El aire es fresco y se respira bien ahora que el humo del asedio ha disminuido. Otea desde la tronera, ve las fortificaciones y, más allá, las tiendas de los musulmanes, sus luces de mar a mar, el *dihlîz* —o carpa— bermejo del sultán en la colina, donde estaban las viñas y la pequeña torre del Temple. Mira hacia arriba y ve el cielo estrellado a diestra y siniestra; reza para sus adentros, sabiendo que el mundo no es real. Aún no está preparado para pensar en la muerte que viene a truncarle la primavera...

El cansancio casi lo ha vencido, los ojos ya se le cierran, cuando vienen a sustituirlo. Vuelve a atravesar el subterráneo para regresar a la base templaria. Aún no ha amanecido, pero de pronto se escucha el horripilante redoblar de los tambores enemigos y los gritos enloquecidos. El ataque final ha comenzado. Se apresura y los encuentra a todos preparándose en el patio: sus *hermanos*.

—¡Rápido —grita su padre—, vístete!

Ve llegar, ya listo con su armadura, al gran maestre del Temple, Guillaume de Beaujeu; después, a Daniel de Saintbrun con el yelmo bajo el brazo, que le sonríe y parece muy excitado, como si se dirigiera a una cacería. Bernard va a coger sus armas y se pone la cota de malla de hierro que lo tapa de los pies a la cabeza. La capa y el vestido no, porque podrían incendiarse con las flechas de fuego. También coge el cinturón con la espada y la larga lanza, y el yelmo de hierro acolchado con cuero. Cuando vuelve al patio, están llegando los escuderos con los corceles aragoneses, los mulos y los rocines para dirigirse a sus puestos de combate: es sabido que no se usa el propio caballo para acercarse al campo de batalla, pues en el momento de la primera carga los corceles deben estar frescos...

El gran maestre, subido en su palafrén, da vueltas entre los caballeros e imparte órdenes. Bernard lo admira por su fe y su valentía. Recuerda la última vez que vino a pasar revista a los más jóvenes. Daniel no dudó en preguntarle por el miedo, por lo que se siente cuando se está en medio de la refriega, con el entrechocar de las espadas y las armaduras. El gran maestre sonrió mientras contestaba:

—*Oïl*, por supuesto que sientes el miedo dentro, en algún sitio, pero por suerte nosotros no estamos hechos como las mujeres, que pueden pensar en todo a la vez, sentimiento y lógica, emoción y cálculo, el amor, el odio y la lista de la compra; la naturaleza ha sido benévola con nosotros, nos ha hecho así: nosotros, los hombres, solo sabemos pensar en una cosa a la vez, a menudo ni siquiera nos damos cuenta de que amamos... Y cuando estás concentrado golpeando y esquivando golpes, el miedo es grande, pero no piensas en él... Además nosotros, los templarios, somos doblemente afortunados: no tenemos miedo a morir. Para cualquiera de nosotros es mejor morir que caer en manos de los infieles, porque si hacen prisionero a un cristiano lo tratan con respeto, pero si capturan a un templario le hacen pagar la cuenta entera de la cruzada, y con propina. En efecto, disfrutan con nuestra muerte como con un prolongado banquete. Para nosotros es preferible vencer o morir —había dicho—, porque rendirnos significa morir pagando intereses...

Y he aquí que llega jadeando, de la guarnición que defiende las murallas, Gérard de Monreal, y le dice a Beaujeu que los mamelucos han tomado la muralla exterior, que los hombres de la gata de madera han tenido que claudicar y retirarse, y que los musulmanes se han dirigido a la tronera y presionan sobre las murallas interiores. Los de la guardia han dejado las torres y el corredor y han derrumbado las galerías de paso. Ahora los infieles se baten bajo la torre Maldita y una parte de ellos se ha dirigido a la puerta de San Antonio, otra parte en cambio va hacia San Romano...

—Voy a prepararme... —concluye Monreal.

—No, tú no vienes —le ordena Beaujeu.

—Pero ¿qué dices...? —protesta Gérard de Monreal.

—Embárcate enseguida, ve a Chipre, escribe la crónica de nuestras gestas si alguien regresa y te las cuenta, y sobre todo salva los *nove*... —le dice el gran maestre.

Bernard no oye bien qué debe salvar Monreal. Los *nove...* ¿qué? Terminaba en *-rios...*, los *novenarios,* le pareció entender... ¿Versos? El mapa del nuevo Temple, imagina entonces, el secreto de los templarios: morirán para defender un misterioso mensaje en verso cuyo contenido ignoran... Pero ¿ahora qué le importa? Tan solo envidia a Gérard de Monreal, que debe salvarse para salvar algo por lo que, en cambio, todos ellos deben morir. Se sorprende pensando que solo desea estar en su lugar. ¡Si hubiera aprendido a escribir en lugar de a combatir...!

Entonces Beaujeu ordenó a la columna que se pusiera en marcha. Fueron al palacio de la Orden de los Hospitalarios y también ellos, después, se dirigieron veloces a la puerta de San Antonio...

Así estaban entonces las cosas en Outremer.

Pues en este día de primavera y de muerte, entre las dos murallas de San Juan de Acre, para reconquistar con su heroísmo la simpatía de Dios, treinta caballeros cristianos se aprestan a cargar contra una tropa de miles de infantes y arqueros musulmanes, y ya se sabe cómo acabará esto. Sobre todo porque los mamelucos son muchos, y además ordenados y disciplinadísimos: en primera línea están los que llevan escudos altos, y los plantan en el suelo ante la carga de la caballería enemiga; detrás están los arqueros, que tiran el fuego griego, y finalmente los lanzadores de jabalina y de flechas emplumadas. Frente a ellos, los cruzados se colocan en línea en torno a Guillaume de Beaujeu, que guía la carga. Bernard está entre Daniel y su padre. A la voz del gran maestre, gritan el lema:

—*Non nobis, Domine, non nobis, sed nomini Tuo da gloriam.*

Lanza en ristre, espolean a los corceles y ganan poco a poco velocidad bajo puñados de proyectiles de fuego, flechas y jabalinas. Cuando están ya muy cerca de los musulmanes, con el rabillo del ojo Bernard ve caer a Daniel a su derecha; no sabe si es él o su caballo el que ha sido alcanzado, pero no tiene tiempo de pensarlo, hay que avanzar todo lo posible y prepararse para ser repelidos aguantando los pies en los estribos. El impacto sobre el muro de escudos es violentísimo, la primera fila de infantes sarracenos es derribada por el ímpetu de los caballos y ensartada por las lanzas, que cuando aciertan se rompen sobre los cuerpos enemigos. La de Bernard ha traspasado a un soldado de la segunda fila, después de que su corcel haya arrollado a los de la primera.

Retroceden enseguida para preparar la segunda carga, vuelven atrás bajo una nube de jabalinas y flechas. Bernard ve en el suelo a Daniel y su caballo, muy cerca de la primera línea enemiga. Quisiera parar y cargarlo en el suyo, pero no puede, la disciplina es férrea entre los del Temple; el resultado de la batalla está claro, sin embargo cualquier error, incluso el más pequeño, puede comprometer las ya mínimas probabilidades de éxito. Y así es como sobrepasan, sin detenerse, también a un caballero inglés que ha perdido el corcel y se está retirando a pie. Está a un paso de ellos cuando es alcanzado entre las mallas de la armadura por un dardo incendiado y debajo la cota se enciende. No pueden socorrerlo, y oyen sus gritos desgarradores mientras se abrasa como un caldero de pez.

Los mamelucos aprovechan la breve pausa para levantar los escudos y avanzar. Los cruzados se detienen a la altura de la retaguardia cristiana de a pie; después se dan media vuelta, cierran las filas, desenvainan las espadas y, a la señal del gran maestre, vuelven a salir enseguida al galope. Los turcos se detienen, plantan en el suelo sus escudos, pero la lluvia de flechas no para en ningún momento. Bernard ve que los mamelucos han alcanzado el punto en el que había caído Daniel, que ha desaparecido, y por tanto está acabado. Experimenta dolor, tiene miedo. Pero debe evitar el macabro espectáculo del caballero inglés que está frente a él, aún en pie, una antorcha de hierro, lenguas de fuego que escapan por cada ranura de la armadura... Y debe recuperar rápidamente la alineación con los demás, que están acelerando en el último tramo. El impacto es violento, la primera fila enemiga cae al suelo, los caballeros del Temple golpean donde pueden con las espadas y los escudos redondos. Se sienten invulnerables a caballo y con las pesadas armaduras de hierro, cada uno de ellos puede matar a decenas, pero esta fase del combate con las espadas es larga, y las llamas y el sol que avanza vuelven poco a poco abrasadoras las corazas y el yelmo; el humo del fuego griego es tan denso y negro que impide a los cristianos incluso verse unos a otros. Sudan, se asfixian y sus fuerzas disminuyen, los movimientos se vuelven cada vez más lentos y descoordinados. Ve caer a su padre, una flecha clavada en la garganta entre el borde del yelmo y las mallas de la armadura. Querría llorar, pero no tiene tiempo: un turco hiere a su corcel. Entonces él lo golpea con toda la rabia que tiene en el cuerpo, para vengar a su padre, a Daniel, al caballo... Finalmente consigue instintivamente replegarse y, a medio camino entre la refriega y la retaguardia, el animal cae muerto en el suelo. Se vuelve a levantar en medio del humo y se pone a andar lo más rápido que puede bajo la lluvia de fuego. Entonces reconoce la silueta negra de Guillaume de Beaujeu, que lo supera: se está retirando y el gonfaloniero —el abanderado— va delante. A pie, se esfuerza por permanecer cerca de él. Ve que los cruzados del valle de Espoleto salen a su paso gritando:

—Señor, por favor, ¿adónde vais? ¡Si vos nos abandonáis, San Juan de Acre está perdido!

El gran maestre levanta el brazo y enseña la herida mortal que le ha abierto las carnes bajo la axila, donde por la prisa por intervenir no ha atado bien las láminas de la armadura. El dardo ha penetrado un palmo en su cuerpo.

—Busco un lugar más silencioso que este para morir —susurra, y se desploma sobre su magnífico caballo turcomano.

Solo ahora, todos lo saben, Outremer está realmente perdido.

Sus hombres desmontan de los caballos y lo sostienen, después lo colocan sobre un pavés largo. Bernard llega justo a tiempo para echar una mano en la tarea de arrastrarlo a pie hasta la puerta de San Antonio, donde encuentran cerrado el puente levadizo sobre el foso. Continúan entonces hasta al puente que lleva a la morada de la *Damoysele Marie*, y entran allí. Liberan al gran maestre de la armadura cortándole la coraza a la altura del hombro, le quitan con el máximo cuidado el dardo y desinfectan como pueden la herida, que no deja de sangrar. Guillaume de Beaujeu tiene los ojos abiertos, pero ni habla ni grita. Observa resignado lo que sucede, aprieta la muñeca de Bernard para darle ánimos...

Entonces deciden dirigirse al mar para intentar llevarlo en barca a los baluartes del Temple. En la playa encuentran a gente que intenta huir, se dice que los mamelucos ya han tomado la torre Maldita y derribado en San Romano las máquinas de guerra de los pisanos. Pronto estarán en el corazón de la ciudad vieja, solo la fortaleza de los templarios puede resistir aún algunos días más. Mientras tanto el gran maestre se ha desmayado y Bernard se da cuenta ahora de que está aterrorizado. El calor del esfuerzo y de las altas horas de la mañana es insoportable, empieza a temblar presa de incontrolables convulsiones y casi no puede ni respirar. Allí en la playa ya no lo necesitan. Decide entonces escapar. Atraviesa corriendo el barrio de Montmusart, entra en la ciudad vieja y se detiene a recuperar el aliento. Se esconde en un callejón, se acurruca, se quita la coraza abrasadora, dentro de la cual su angustia se cuece a fuego lento. Ahora, finalmente, puede llorar por su padre, por Daniel, por Guillaume de Beaujeu, por el final de Outremer... Pero en la placita adyacente oye gritos, observa la desbandada de mujeres y niños, y ve llegar a la primera cuadrilla de mamelucos que ha logrado entrar.

Mientras esperan a los demás, avanzan y se apoderan del botín. Ve a dos que han capturado a una chica muy joven, acaso de quince años, y están discutiendo quién debe quedársela. Han desenvainado las espadas e incluso empiezan a batirse en duelo entre ellos, mientras la chica intenta escapar. Pero uno de los dos se lanza sobre ella, la coge por el pelo. Con un golpe de cimitarra de inaudita violencia le corta la cabeza y se la lanza al compañero, que rompe a reír: un trozo para cada uno y tan amigos como antes. Así están las cosas en Outremer...

Se pone a correr por los callejones del barrio genovés, llega velocísimo al puerto, pero ya en la calle de los pisanos hay tantísima gente intentando huir por mar que parece imposible acceder a una galera. Aplastado entre la multitud, intenta de todos modos abrirse paso. Delante de él ve a una mujer embarazada, tumbada en el suelo, que ha muerto asfixiada por la multitud; encima de ella, la gente camina. Así están las cosas: los turcos están llegando, a quien no consiga enseguida subir a una nave le espera la masacre a ciegas; el mameluco es famoso por su crueldad, como demostró en Trípoli dos años antes. Se abre paso como puede con sus brazos vigorosos; si sobrevive se avergonzará para siempre de haber empujado a los viejos y a las mujeres para salvarse a sí mismo. No ve la hora de avergonzarse. Cerca del muelle largo divisa los mástiles de una gran nave que se ha ido a pique por sobrecarga aun antes de soltar amarras, cadáveres que flotan, gente que ha subido a bordo sin saber nadar. Después ve a un camarada que le hace gestos para que se acerque hacia un lugar del muelle donde está a punto de zarpar el *Faucon*, la gran nave templaria. Empieza a dar codazos para alcanzarla, pues nadie cargará jamás a este populacho, y el rey y los barones hace ya tiempo que se marcharon.

Casi ha llegado al amarradero, donde algunos caballeros del Temple seleccionan el acceso, cuando nota una punzada, un dolor lacerante en la espalda, y ve la punta de una hoja de metal asomar ensangrentada por su pecho, bajo el hombro derecho. Alguien más feroz o más asustado que él, para llegar a la nave, se ha abierto paso con la espada.

Cae al suelo, un nudo en la garganta, el miedo a la oscuridad eterna. Asesinado por un cristiano mientras daba codazos entre mujeres y viejos, ni tan siquiera le espera el paraíso de los mártires... En algún sitio había oído el rumor de que, cuando se está a punto de morir, la vida pasa ante nuestros ojos en un instante. Será que vida ha tenido poca, pues no ve nada: entre una gran cantidad de pies, que tiemblan y se arrastran frente a él, solo un escorzo del mar que muere.

Primera parte

Egli era suo costume, quale ora sei o otto o più o meno canti fatti n'avea, quegli, prima che alcuno altro gli vedesse, donde che egli fosse, mandare a messer Cane della Scala, il quale egli oltre ad ogni altro uomo avea in reverenza; e poi che da lui eran veduti, ne facea copia a chi la ne volea. E in così fatta maniera avendogliele tutti, fuori che gli ultimi tredici canti, mandati, e quegli avendo fatti, né ancora mandatigli, avvenne che egli, senza avere alcuna memoria di lasciargli, si morì. E, cercato da que' che rimasero, e figliuoli e discepoli, più volte e in più mesi fra ogni sua scrittura se alla sua opera avesse fatta alcuna fine, né trovandosi per alcun modo li canti residui, essendone generalmente ogni suo amico cruccioso che Iddio non l'avea almeno tanto prestato al mondo che egli il picciolo rimanente della sua opera avesse potuto compiere, dal più cercare, non trovandogli, s'erano, disperati, rimasi.

G. Boccaccio, *Trattatello in laude di Dante*[1]

---

[1] «Cuando tenía siete o más cantos terminados, y antes de que cualquier otra persona pudiera verlos, se los enviaba al señor Can della Scala, hasta donde dicho señor pudiera estar, dado que nuestro poeta lo reverenciaba por encima de cualquier otro hombre, y solo hasta entonces hacía copias para quienquiera que se las solicitara. Y cuando los hubo escrito y enviádole todos, excepto los últimos trece, por olvidar que debía enviárselos, lo sorprendió la muerte. Sus hijos y sus discípulos buscaron una y otra vez, inútilmente, los cantos restantes entre los demás escritos del poeta, y todos sus amigos lamentaron que Dios no le hubiese dado vida y licencia para terminar lo poco que aún faltaba para completar dicha obra, y, cansados ya de tanto buscar y desesperados de no hallar nada, desistieron de su búsqueda». [Traducción de Francisco Almela y Vives: Giovanni Boccaccio, *Breve tratado en alabanza de Dante*. Publicado junto a: Dante Alighieri, *Vida nueva*. México, Universidad Nacional Autónoma de México (UNAM), 2000].

I

13 de septiembre de 1321

A mitad de mis días me iré a las puertas de los Infiernos».

Quién sabe por qué precisamente entonces le vinieron a la cabeza, mientras apoyaba un pie en tierra tocando cautelosamente el suelo, aquellas palabras misteriosas que había escrito el consejero de Acaz de Judea, el más grande entre los profetas de la era antigua... Acaso nos sucede a todos antes o después, justo en la mitad de una vida, a los treinta y cinco años, los que tenía también él: que uno pueda ser presa de una inexplicable sensación de vacío, como cuando se baila al borde del abismo. Sucede sobre todo si se ha extraviado el camino, y se camina dificultosamente e inquieto entre los remolinos malsanos de la soledad, que repentinamente todo parece insulso, *vanitas vanitatum,* incluso el hecho de estar donde se está, si se había partido con otras aspiraciones. Si se quiere ser honesto con uno mismo, se debe admitir un medio naufragio; de otro modo se corre el riesgo de aferrarse a ilusiones fallidas, de crearse una coartada para el fracaso, de proseguir el viaje meciéndose entre las mentiras poco tranquilizadoras de una falsa consciencia...

Acaso es un instante aquel en que se percibe el engaño y se advierte, por encima de uno, el silencio insoportable de los cielos.

Allí en la oscuridad, tuvo la extraña sensación de que frente a sus pies, de un momento a otro, fuera a abrirse el abismo. La sensación de la vida de los demás, la sensación de la suya, allí donde estaba, y las historias de todos en ese instante le parecieron igual de poco importantes que las generaciones de malas hierbas que se suceden en los prados. Hubiera debido concluirla así, se preguntó cuál había sido el significado de la incongruente secuencia de hechos nimios que habían constituido su viaje...

Sin embargo, no tuvo tiempo de extenderse sobre esos pensamientos. Quizá porque había tenido que desmontar de su caballo y ahora lo conducía tirando de las bridas. Y porque debía prestar mucha atención a cómo avanzaba, a pie, muy lentamente y con esfuerzo, en la oscuridad absoluta del bosque en el que se había perdido. No tenía ni idea de cómo había acabado en esta selva inextricable, una maraña de maleza en la que se quedaba a cada paso enredado en la hiedra, en las zarzas, en los acebos, que le habían roto los calzones y la capa. Le sangraba el brazo que tenía libre, con el que a ciegas intentaba protegerse de las ramas espinosas. A veces parecía que las ramitas —al romperse— y los guijarros —al chocar— pronunciaran un chisporroteo incomprensible de consonantes, como el grosero insulto de un ronco juez infernal. «Es tu culpa», le pareció oír incluso, en un reproche de matorrales pisoteados. Ciertamente, era solo la voz de una conciencia inquieta, que suele torturar al torturado por el destino presentándole las adversidades como un castigo, y el castigo como la consecuencia de un pecado, sea cual sea.

En realidad no había culpa alguna en haber acabado allí como un ladrón cazado, en seguir caminos impenetrables para no caer en manos de enemigos ignotos, acaso solo imaginarios, acaso dispuestos a hacerle pagar las presuntas deudas de otro. La provincia de Italia es así, una tierra muy difícil, una guerra de todos contra todos. Ahora allí, en el bosque, las copas de los fresnos eran tan tupidas que ni siquiera un rayo de sol penetraba a través del follaje. En la oscuridad tan solo advertía el nerviosismo del caballo. El aire estaba caliente, inmóvil; tenía la garganta seca. Estaba sucio de tierra y de sangre, y su sed era insaciable.

Cayó otra vez —más de una había caído ya—. Cada vez resultaba más difícil volver a levantarse. Se esforzaba en mantener un rumbo fijo: si avanzaba siempre en la misma dirección, seguro que saldría. También los bosques se acaban tarde o temprano. Lo peor, sin duda, sería dar vueltas sin rumbo. Le parecía que, si salía con vida, aquella sería una experiencia cargada de sentidos ocultos, tal como sucede a veces mientras se vive, que se avanza a tientas y nos dotamos en la oscuridad del camino de un destino provisional; y confiamos, avanzando sin saber nada, en salir antes o después a la luz, hallar el camino. Así es la selva del mundo.

Sin embargo, le costaba mucho esfuerzo mantener una ruta rectilínea. Percibía el comienzo de una subida —el bosque estaba en un valle—, entonces, quizá, si avanzara hacia la cresta de la colina, volvería a encontrar el sol y el camino que había perdido, o al menos habría empezado el descenso del último trecho de los Apeninos. Era necesario que se pusiera de nuevo en pie, que no perdiera la esperanza de la luz. Se levantó, pero tropezó enseguida con los retoños frescos de los carpes y cayó de nuevo como un peso muerto... Entonces las pestañas se le bañaron de desesperación, porque en la caída esta vez había soltado la brida, y había perdido el caballo, que ya no veía.

Cerró los ojos e intentó calmar su nerviosismo.

Entre las lágrimas que le humedecían los ojos, le pareció entonces distinguir un resplandor, el borde de un vestido blanco que se deslizaba hacia lo alto por el tronco de un arce; un ángel quizá, o un fantasma femenino. Se secó los ojos, levantó la mirada y vio que se trataba simplemente de un haz de luz que hería las copas impenetrables del bosque. El alma se le ensanchó, como un río que se convierte en lago. Se apoyó con la mano en una rodilla y se puso de nuevo en pie. Dio algunos pasos. La subida era más abrupta y los árboles se espaciaban. Se dijo: «Lo he conseguido». Otro paso y desembocó más allá del margen del bosque, que daba a un páramo desierto de agrietada tierra roja; el paisaje le pareció irreal: una colina desnuda detrás de cuya cima se intuía la luz del sol naciente.

En la lejanía, en medio de aquella tierra seca, vio la letra ele, una gran ele mayúscula de pelambre moteada: era el *Lynx* —el Lince—, claro, lo reconoció... ¿O se trataba de un leopardo acuclillado lamiéndose un hombro? Se detuvo asustado y se preguntó dónde había acabado. La terrible aparición con forma de animal estaba aún allí, inmóvil, y ahora lo miraba. Estaba seguro de que se trataba de una visión demoniaca. Era una figura cambiante que, manteniendo la postura en ele, estaba asumiendo el aspecto del gran León; sí, era ya el soberbio león de espesa melena, que se levantó imponente sobre las cuatro patas, haciendo temblar el aire a su alrededor. Pensó que la ele sería una marca diabólica, la figura del rey del Infierno. A menudo el Maligno adopta la apariencia de animales que no son animales, hasta el punto de que cambian de aspecto como Proteo el informe. De hecho ahora la bestia se estaba ya convirtiendo en la Loba, una loba famélica, delgadísima, voraz, que un instante después de la metamorfosis lo localizó. Una bestia horrible y enorme que empezaba a avanzar babeante hacia él.

Se quedó inmóvil, listo para escapar hacia el bosque. De pronto la loba empezó a correr en su dirección, pero él estaba como paralizado y no podía moverse. Advirtió entonces la presencia de un perro de caza. ¿El Vertragus, un galgo agilísimo? Un lebrel... salido de quién sabe dónde. Se había puesto a perseguir a la loba y ahora las dos bestias se acercaban a la carrera. Pero parecía que su cuerpo no le obedeciera, que su alma se hubiera separado, y el pensamiento de huir no se transformaba en ningún movimiento de las piernas. La loba estaba ya casi encima de él. Presa del pánico, pensó que había llegado el final, pero después vio que la tierra se retiraba aterrorizada. Vio el suelo abrirse delante de sus pies en una vorágine sin fondo, a la loba hundirse —con el lebrel en las costillas— abajo, abajo, hasta el corazón de magma de la tierra, que se la tragaba en el abismo del que había sido expulsada.

Abrió otra vez los ojos, sudado, aún presa del nerviosismo por la escena terrible que acababa de soñar, tanto que incluso le pareció tranquilizador el hecho de despertarse allí, en la oscuridad aún densa de un bosque infestado de auténticos lobos, en el mismo lugar donde había caído la última vez y donde se había quedado amodorrado. «Tal vez las pesadillas sirven para esto —se dijo—, para que nos parezca familiar la realidad más abrumadora del día que nos espera». El cansancio debía de haberle vencido y le había cerrado los ojos. Había perdido completamente la noción del tiempo. Le tranquilizó oír el relincho, allí cerca, de su caballo.

¿Qué era lo que había soñado entonces? La escena del primer canto de la *Comedia,* que había releído antes de salir: el Lince, el León y la Loba, los tres símbolos de la lujuria, de la soberbia, de la avidez, que en la selva oscura le impiden a Dante el camino hacia la luz. Sin embargo, jamás había prestado atención a lo que el sueño ahora le había revelado: todos sus nombres empezaban por ele, las tres bestias habrían podido ser otras tantas manifestaciones de la *envidia primera,* de Lucifer, que las ha parido, y a quien el Vertragus, el lebrel, las devolverá. Cuando llegara a Rávena, le contaría el sueño a Dante Alighieri en persona, y se reirían juntos. Finalmente, quien se había convertido en el poeta más grande de todos los tiempos le hablaría, y él podría preguntarle en persona todo lo que deseaba saber y manifestarle todos sus interrogantes sobre el magnífico poema que estaba escribiendo. Le preguntaría a quién aludía con el misterioso lebrel del primer canto de la *Comedia,* y a quién después con el otro vengador, el *Quinientos diez y cinco,* el DXV. Acaso a un dux —el dogo, el más alto cargo de la república de Venecia— o a un comandante, según le parecía entender al interpretar las letras latinas del número, el enigmático mensajero divino anunciado al final del *Purgatorio.*

Había muchas cosas que preguntar. Solo tenía que seguir avanzando en aquellas tinieblas, salir de la selva oscura, volver a encontrar el camino hacia el mar, hacia el alba, hacia la antigua capital de Occidente. Miró a su alrededor, vio asomar entre las ramas altas de los árboles la luna cercana a la puesta de sol. Le dio la espalda y prosiguió en la dirección opuesta, tomando de nuevo las bridas de su caballo. En dirección opuesta al ocaso, hacia el Adriático, el mar del que surge el sol; ahora sabía adónde ir. Afortunadamente, pocos pasos después entrevió un sendero que hendía la maleza, aún demasiado impenetrable para recorrerlo a caballo, pero al término del cual se encontró en una explanada de tierra más grande. Volvió a montar en su cabalgadura y corrió a brida suelta en una dirección que se halla a mitad de camino entre la estrella Polar y Venus, que brillaba luminosa en el horizonte, allí donde pronto saldría el sol.

Lucifer, la estrella de la mañana, escolta del sol naciente.

Llegó al galope a la cresta de la última colina antes del litoral, se detuvo para que su corcel descansara y para curarse las heridas con la resina del tártago. Frente a él se abría la llanura, con los muros iluminados de una ciudad sobre el Adriático que ahora se veía en la distancia. El sol empezó a asomar precisamente entonces, un punto rojo en el límite extremo del mar en el sureste. No había niebla, y lo vio subir lentamente hasta convertirse en una bola de fuego apoyada en el horizonte. Lo había admirado al ponerse en el Tirreno, algunos años antes, pero nunca al salir del mar. «A la gente que vive por aquí —pensó— debe de parecerle algo corriente y, sin embargo, es una escena que llena de nueva energía. La naturaleza se despierta, los pájaros se ponen a cantar todos a la vez, el día empieza en pocos instantes: es la emoción del comienzo en su intensidad más pura... Quién sabe si el poeta en los últimos años ha respirado este anuncio de nueva vida, si aún se despierta pronto para no perderse espectáculos como este, ahora que vive aquí, en la orilla del Adriático, donde el Po desciende para encontrar paz para sí mismo y para sus afluentes exhaustos de Lombardía».

Se tumbó bajo un pino a descansar, antes de retomar el camino.

Que había sido precisamente aquella la primera alba en que Dante no había vuelto a abrir los ojos —esos ojos que habían sido tan sensibles a cualquier mínima vibración de la luz— lo supo solo cuando finalmente llego a Rávena y se puso a buscar posada en las viejas casas de la poderosa familia güelfa Traversari, en las inmediaciones de San Vitale. Había entrado por la puerta Cesárea colándose en la torre vigía de Santa Agata Maggiore, había atravesado un par de puentes sobre lo que quedaba de los canales de la antigua laguna, lechos cenagosos de ríos convertidos en secas cloacas de los que exhalaba un agrio hedor a putrefacción. «El sepulcro a cielo abierto —había pensado— del Imperio antiguo». Había desembocado después en la plaza de la iglesia de la Resurrección y había oído a un pregonero municipal mencionar el nombre del altísimo poeta. De este modo había sabido que el cadáver de Dante Alighieri, rodeado de laurel y acicalado como corresponde a un hombre de tal grandeza, por deseo explícito de don Guido Novello da Polenta, señor de la ciudad, había sido llevado en procesión desde su casa de Rávena hasta la iglesia de la Orden de los Frailes Menores, donde al día siguiente tendría lugar la ceremonia fúnebre.

Un vuelco en el corazón. Se había retirado bajo un pórtico, arrastrando consigo al caballo, para esconder las lágrimas. El largo viaje que había hecho para llegar hasta allí, para hablar con él, que era el único que hubiera podido ayudarle..., todo inútil. Ni siquiera podría contarle nunca cómo el inmenso poema estaba convirtiéndose en la gramática de sus sueños.

II

Se decidió a entrar solo poco antes de la puesta de sol, cuando la multitud se había disuelto y el ir y venir se había terminado. La iglesia que en Rávena algunos llamaban aún de San Pier Maggiore, y que ahora era de los frailes de San Francesco, estaba inmersa en una tranquila penumbra rociada de incienso. Habían encendido tan solo unas pocas antorchas en las paredes, entre los frescos ennegrecidos por la acción del humo.

Ya no había casi nadie: solamente una hermana de Santo Stefano degli Ulivi velaba el cadáver situado frente al altar. Él sabía bien quién era esa mujer: Antonia, seguro, la hija de Dante y de Gemma, que había entrado en el monasterio con el nombre de sor Beatrice. Ahora nadie más se hallaba cerca del lecho fúnebre; algunos fieles aún rezaban, de rodillas, al fondo de la iglesia, y cuatro escuderos de Novello da Polenta, dos a cada lado del altar, quienes, ahora que la situación era tranquila, se habían sentado a descansar en los asientos de madera de los frailes menores. Como entre la población había quien creía que Dante había ido realmente en carne y hueso al Infierno —cuando estaba vivo— y corría el rumor de que estaba dotado de poderes sobrenaturales, la superstición habría también podido llevar a actos de profanación, a coger trozos de tela o incluso jirones de carne del muerto como amuletos, para conjurar la mala suerte, como sucedía con los santos. Cuatro soldados, evidentemente, bastaban para mantener alejadas esas crueles manifestaciones de locura plebeya.

Se quedó quieto detrás de la hija, que rezaba arrodillada a los pies del padre. El poeta estaba allí, con las manos cruzadas sobre el pecho, herida blanca sobre la ropa negra. Lo saludó para sus adentros. «Gracias por todo, maestro», le dijo. Lo imaginó caminando un poco encorvado, como lo había visto tiempo atrás, avanzando a pasos lentos hacia la luz cegadora en la que poco a poco lo veía disolverse. Había pasado por este mundo, y el mundo no volvería a ser el mismo.

Precisamente en ese instante oyó a la monja sollozar y tuvo que morderse los labios para no ponerse él también a llorar. Antonia se levantó envuelta en lágrimas, permaneció un momento quieta, después se acercó deprisa, ocultando el rostro, hacia la puerta que conducía a la sacristía, detrás de la cual desapareció. Entonces se acercó lentamente al muerto y lo observó. Vio que tenía el rostro sereno, apenas un poco ceñudo, como cuando estaba absorto en sus pensamientos. Estaba delgado y las mejillas, con dos surcos excavados a ambos lados de la boca, hacían resaltar, más de cuanto recordaba, las anchas mandíbulas. La frente alta, que le pareció gigantesca, estaba coronada de laurel. Notó que tenía los labios negros, y esta circunstancia lo inquietó. ¿De qué había muerto? Por ahí se decía que a causa de la malaria de los pantanos de Comacchio, cuando iba a Venecia por encargo de Novello da Polenta. Como su amigo de antaño, Guido Cavalcanti; el destino había querido que los uniera la misma muerte: los venenos del aire, cuando ambos habían sobrevivido a los de la política.

Como médico, estaba acostumbrado a ver rostros sin vida, cuerpos abandonados por el alma, y ya casi no tenía miedo. Sin embargo ahora se le encogía el corazón, como si se hubiera apagado de golpe una parte importante de su mundo, como si se hubiera oscurecido para siempre una zona amplia del universo en el que vivía. Pues los labios negros le parecieron indicio de otra clase de venenos que no eran los del aire. Se acordó de la autopsia que había hecho en Bolonia —junto a su maestro, que era seguidor de Averroes— a uno que había muerto envenenado. Le vino a la cabeza el clima de sociedad secreta, de secta iniciática, que envolvía aquellos experimentos inspirados en los tratados árabes, en olor de herejía. Tenían el gusto de lo prohibido, la fascinación del descubrimiento y al mismo tiempo la de la profanación.

No pudo resistirse a la curiosidad, al impulso de repetir esa antigua experiencia. Miró de reojo a su alrededor para ver si alguien lo estaba observando y le pareció que no. Entonces cogió una de las manos del poeta y examinó atentamente la palma y las uñas. Después, vencida la inicial repugnancia, empezó a abrirle la boca con la intención de observarle la lengua, pero a su espalda se elevó una voz:

—Pero ¿qué hace ese? ¡Eh, guardias!

—¡Blasfemia —gritó otra voz—, blasfemia!

Uno se le lanzó inmediatamente encima, alejándolo del rostro de Dante. Otro se apresuró a agarrarlo por los pies, y un tercero le soltó un puñetazo cuando intentaba explicarse.

—¡Un mago, un hechicero! —exclamaba alguien.

Ya se había formado a su alrededor un pequeño círculo de gente curiosa que deseaba pasar a mayores:

—¡A la hoguera, a la hoguera!

Logró decir:

—¡Por el amor de Dios! —Y a duras penas añadió—: Dejadme hablar con Iacopo Alighieri, su hijo. Puedo explicárselo todo...

El hombre que tenía enfrente ya había cogido impulso y se disponía a lanzar un segundo puñetazo más efectivo que el primero. Afortunadamente, alertada por aquella algarabía, reapareció Antonia y preguntó a los guardias qué estaba sucediendo.

Así fue como le vio la cara, aunque en parte estaba cubierta por un velo, y, a pesar de la confusión del momento, percibió su belleza. Era aún muy joven, los ojos verdes brillantes por el llanto y la mirada profunda, vivaz, que lo escrutaba; daba muestras de haber entendido al vuelo que no había nada que temer de él.

—¿Quién sois vos, señor? ¿Qué queréis? —lo interpeló directamente, casi con descaro, mirándolo fijamente a los ojos. Sabía que la ropa que llevaba aclaraba enseguida la situación, no tenía necesidad de mostrarse púdica, bastaba el hábito para conminar a un hombre a mantener a raya sus pensamientos.

Él se apresuró a contestar, adelantándose a un escudero que había abierto la boca para narrarle lo sucedido:

—Hermana, yo... me llamo Giovanni..., soy Giovanni da Lucca...

La vio estremecerse, como si ese nombre no le fuera desconocido, pero Giovanni venció la turbación y continuó:

—Vos sois Antonia Alighieri, la hija de Dante, ¿no es así?

—Sor Beatrice, mi nombre ya no es Antonia —respondió.

Leyó su fisonomía en un instante: por esos ojos que sonreían intermitentemente amables, y que a ratos se congelaban y la escrutaban como pidiendo un consenso, entendió que estaba frente a uno de esos jóvenes que han sido idealistas mucho tiempo y que ahora parece que estén cerca de una encrucijada. Como si su próxima experiencia estuviera destinada a ser la decisiva, la que definirá si emprenderán irreversiblemente la siniestra cuesta de la indiferencia emotiva o serán capaces de preservar en la selva del mundo ese hilo de fidelidad a sí mismos que los salvará.

—¿Qué buscáis... en el cuerpo de mi padre? —le preguntó.

—Nada, perdonad... Soy médico —dijo Giovanni—, y un gran admirador del maestro. Ya he reunido y transcrito el *Infierno*, el *Purgatorio* y los primeros doce cantos del *Paraíso;* había venido a Rávena para hablar con el poeta, para conseguir directamente de él el resto del poema; pero al parecer he llegado tarde... Por un momento, disculpadme, he llegado a pensar que alguien hubiera querido matarlo...

—Murió de malaria —contestó la monja—, la enfermedad de los pantanos, como la llaman. La cogió en un viaje a Venecia. Quizá la contrajo en las inmediaciones de la abadía de Pomposa, donde se detuvo a pernoctar: una zona que tiene fama de ser insana. Le habían propuesto viajar por mar, pero no se fiaba de los venecianos que se habían ofrecido a escoltarlo. En realidad habría tenido que rechazar el encargo cortésmente, o por lo menos postergarlo a una estación menos cálida, pero no era de los que se echan atrás. Regresó antes de lo previsto de la embajada realizada para don Guido Polenta, atormentado por ataques de terciana maligna, dolores terribles en las vísceras, fiebres intermitentes hasta llegar al delirio... Una agonía que ha durado un mes, pero aquí llegó hará una semana y ya no había nada que hacer. —Se interrumpió, dándole vueltas a algo; murmuró un par de veces su nombre, como sopesándolo—: Giovanni...

Después ordenó a los hombres de guardia que lo dejaran, diciendo que debía hablar con él en privado. Los escuderos dudaron: se miraron los unos a los otros, pero después obedecieron, acostumbrados como estaban a decidir qué debía hacerse según la perentoriedad del tono de quien daba la orden. Se encogieron de hombros y se apartaron. Con los fieles que se hallaban al fondo de la iglesia

bastó una mirada severa. Cuando se quedaron los dos solos, Antonia continuó:

—Una vez, en medio del delirio, mi padre me dijo
vuestro nombre, Giovanni. Me cogió una mano y me dijo: «Beatrice...», en su delirio ahora me llamaba así, ni
Antonia ni sor Beatrice... Me dijo: «¡Beatrice, corre, vete,
advierte a Giovanni que no vuelva a Lucca! Es culpa mía»,
decía, y no se daba tregua. Así pues, ¿quién sois?

Giovanni inclinó la cabeza y murmuró para sus adentros: «No, no ha sido tu culpa».

—Lo conocí cuando vino a Lucca, poco después de
ser expulsado de Florencia. Fuimos amigos, si puede decirse así, a pesar de la diferencia de edad: él poco más que
cuarentón, yo aún no tenía veinticinco. Yo estaba enamorado de una muchacha, me apasionó su poesía amorosa, él
me cogió simpatía... Quizá estaba informado de lo que
sucedía en Lucca. Yo tuve que dejar la ciudad, como a él
le había pasado con Florencia, por motivos parecidos, pero lo único cierto es que no fue culpa suya...

—¿Qué os ha hecho pensar —quiso saber entonces
Antonia— que pueda haber sido asesinado? ¿Cómo se os
ha ocurrido?

—Tiene señales que podrían... Un compuesto de arsénico tal vez, en dosis graduales, que provoca fiebres parecidas a las de la malaria. En Florencia, por ejemplo, sé
que se produce uno poderosísimo esparciendo con arsénico las vísceras del cerdo, después secándolas y finalmente moliéndolas para reducirlas a un finísimo polvo blanco.
Tiene los labios negros, la piel escamosa y ha perdido una

uña y un poco de pelo. Pero el envenenamiento debe de haber sido lento, un poco cada vez, a manos de alguien que estaba muy cerca de él, para simular las intermitencias de la malaria. Sería conveniente investigar quién ha estado junto a su cama durante la agonía.

Sor Beatrice se sintió turbada por esa insinuación. Permaneció absorta durante algunos minutos, como si estuviera buscando en su memoria pistas que pudieran contribuir a confirmar la versión que le acababa de ofrecer, pero no encontró nada concreto.

—¿Por qué iba a querer nadie matarlo? —preguntó finalmente.

—No lo sé —contestó Giovanni—, pero creo que no le gustaba a todo el mundo la gran resonancia que en toda la península italiana está alcanzando su poema. Hay delitos impunes, asesinos aún vivos que vuestro padre ha denunciado en su libro. Hay atrocidades de papas y de reyes, políticos corruptos de los que se profetiza la condena al Infierno. Los potenciales enemigos son tantos... Todos ellos, personas que en un primer momento han cometido el error de infravalorar el peso de un libro. Por eso, quizá simplemente querían impedirle finalizarlo.

—Me cuesta creerlo —dijo Antonia—; solo son palabras, las palabras no matan a nadie. Pero si estáis seguro de lo que decís, en ese caso investigad, que yo os ayudaré en todo lo que pueda. Sin embargo, si me lo permitís, os rogaré que lo hagáis con discreción, no quiero poner al corriente a mi madre ni a mis hermanos. A Pietro y a Iacopo preferiría mantenerlos al margen, y a mi madre dejadla fuera, al menos hasta que no salga a la luz algo más concreto... o quizá un culpable: no todos somos capaces de asumir la verdad. Nos hacemos la ilusión, acaso estúpidamente, de que se restablece el equilibrio cuando hay un culpable al que castigar, alguien a quien atribuir toda la responsabilidad del mal que tenemos a nuestro alrededor...

Fueron sobre todo los ojos verdes de Antonia los que se grabaron en la mente de Giovanni. Pensó también que hacía falta mucha valentía para hacerse monja con una cara tan bonita. Se planteó si la hija de Dante habría elegido ese camino por vocación, pero se inclinaba a responder afirmativamente a esa pregunta: si había heredado el carácter del padre —sabía que estaba muy unido a ella, y ella a él aún más—, no habría aceptado nunca compromisos. Parecía una mujer muy dura, decidida, casi fuerte. Su belleza le habría supuesto un peso.

Al día siguiente, en la misa de réquiem, alguien observó que el poeta, durante la noche, había entornado ligeramente los labios, casi como queriendo dictar, antes de marcharse definitivamente, los últimos versos del *Paraíso*, que entonces nadie conocía. Se difundió el rumor de un milagro. Todavía durante algunos meses en Rávena, cuando se supo que no había tenido tiempo de acabar el poema, se vio a algunos pasar cerca de la gran arca de mármol frente a San Francesco y ponerse a escuchar. Evidentemente, de alguien que había visitado en vida el reino de los muertos se esperaba que de un momento a otro pudiera volver al de los vivos.

III

Nomina sunt —decía él— *consequentia rerum:* «Los nombres corresponden a las cosas que designan». Y tú —le decía— te llamas Gemma porque eres una piedra preciosa; es por eso por lo que eres tan dura, áspera como un jaspe, esa es la gema que eres.

Y también la llamaba Pietra en lugar de Gemma cuando ella se encerraba en su silencio hostil, para decirle que era dura como una piedra. Momentos felices, en su matrimonio, había habido pocos. Al principio el poeta no se resignaba. Había sido Alighiero, su padre, quien había decidido con quién debía casarse cuando su madre, Bella, acababa de morir y el viudo reciente, que estaba a punto de casarse otra vez, pensó en liquidar velozmente el problema de este hijo que de pronto se había convertido casi en una carga. Dante tenía apenas doce años y Gemma era una niña cuando las dos familias firmaron los acuerdos sobre la dote.

Lo ineluctable de una elección que no era suya era lo que pesaba sobre él como un peñasco. Era totalmente consciente de que no era culpa de su mujer, y en el fondo la respetaba; pero ella, Gemma, a pesar de todo, aspiraba a algo más que su respeto. Por otra parte, había aportado una dote de doscientos florines pequeños. No mucho, pero su marido tenía alguna que otra fracción inutilizable de herencia, y además no hacía más que endeudarse. Descuidaba el cobro de los créditos del padre Alighiero después de su muerte, y gastaba mucho para sus costosísimos manuscritos. La mujer no podía entenderlo, y sobre ella recaía todo el trabajo de mantener a tres hijos pequeños. A Dante el dinero no le preocupaba. Solo se daba cuenta de su importancia cuando necesitaba algo para lo que el dinero era imprescindible; de otro modo no se daba cuenta de que no lo tenía. Ella, como esposa y madre, vivía en un estado de ansiedad, pues como esposa y madre sentía la presión del mañana: ¿cómo se puede, con tres hijos, vivir solo el presente? Él pedía préstamos y préstamos para pagar antiguos préstamos.

Se había metido en política, pero había sido el único que no se había llevado ni un florín pequeño; en cambio su hermanastro Francesco, nacido del segundo matrimonio de su padre, había conseguido ventajas. Sin embargo, cuando se trataba de ayudar a Dante, solo sabía animarlo a contraer deudas, en las que él mismo actuaba como fiador. De esa forma prosperaba sin exponerse personalmente. Por lo poco que sabía, Gemma le había aconsejado a su marido que no aceptara el máximo cargo municipal en un momento tan tenso en la ciudad, una coyuntura en la que nadie quería ese puesto. Sobre todo cuando los Blancos —una de las dos facciones en que se dividían los güelfos de Florencia— de las grandes familias, por prudencia, permanecían en la sombra.

—Te envían a ti —le había dicho— porque todos tienen miedo de Corso Donati y de lo que está tramando con el papa Bonifacio. Hasta los mismos Cavalcanti, que son buenos amigos, estarán en todo momento preparados para caer de pie.

Dante esa vez la había sorprendido. La había abrazado, e incluso besado.

—Lo sé, ángel mío —le había respondido—, lo que estoy haciendo es muy arriesgado, porque estoy solo en esta refriega de la que no se puede más que salir derrotado. Me pasará lo mismo que a Cicerón cuando lo hicieron cónsul, que será el comienzo del fin. Pero no puedo echarme atrás, porque soy así, soy uno de esos hombres que no saben mentirse a sí mismos. Si me negara, pasaría el resto de mi vida sintiéndome un inútil, un vil, alguien que no acepta el estado de las cosas pero que tampoco se atreve a rebelarse. Un mediocre, una nulidad...

A veces volvía a casa rebosante de buen humor, corría a abrazarla y ella lo rechazaba irritada. Entonces él se reía y le decía:

—Gemma, Gemma, corazón de piedra, he descargado sobre ti el carcaj entero de Cupido, y ¿qué haces tú? Te proteges más que los catafractos, esas tropas en las que no solo los jinetes llevan armadura, sino también los caballos: no hay flecha de amor que encuentre jamás una apertura en la coraza templada a fuego de tu alma de hierro. ¿Qué harás con mi corazón, dime, cuando lo hayas pelado corteza a corteza? Mira en cambio lo que hago: invento para ti las rimas más facilonas que sé componer, te escribo una canción tan dura, tan áspera a la hora de declamarla que en solo tres versos enronquecerá a quien se arriesgue a recitarla:

> *Così nel mio parlar voglio esser aspro*
> *come negli atti questa bella petra...*[1]

Ella contestaba que había asuntos prácticos que resolver, que había que lavar a Pietrino, reparar la vieja mesa, y que hacía falta conseguir leña para la chimenea. Entonces él la agarraba de la trenza en la que había recogido sus largos cabellos y se golpeaba las mejillas y la nuca diciendo:

—Que la belleza de tu soberbia melena sea el látigo que azote mi vanidad o el cilicio que hiera mi incontinencia...

Al final le pedía disculpas, cuando ella seguía mostrándose ofendida, y le rogaba que no se lo tomara a mal, que tan solo tenía ganas de jugar un poco. Ella insistía en que no se divertía para nada, que él bromeaba como una bestia. Pero en el fondo, en el fondo, lo cierto es que se

---

[1] «Así en mi hablar quiero ser áspero / como en los actos esta bella piedra...». Son los dos primeros versos de la rima CIII de las *Rimas* de Dante Alighieri.

divertía, y en esos momentos ella casi lamentaba no haber sido la que él había amado.

Ahora era demasiado tarde, como de costumbre. Cuando llegó a Rávena, Dante ya no conocía a nadie, ni siquiera a Antonia, que siempre había estado cerca de él. Ella, Gemma, nunca había querido salir de Florencia, a pesar de las cartas que su marido le había escrito rogándole que se reuniera con él y con sus hijos. Veinte años después había llegado, finalmente, justo a tiempo de verlo morir. Había sido demasiado rígida, un corazón de granito. La verdad es que había tenido que aguantar, por sus hijos: si hubiera abandonado Florencia, le habrían requisado también la casa donde vivía. Había gente ávida, y de otro modo no hubiera podido esperar recuperar el porcentaje de su dote sobre los terrenos de Dante requisados.

Pero ahora que estaba allí, había una cosa que no soportaba, que no podía perdonarle aún, a su marido o a sí misma: que él no se hubiera fiado de ella, que no la hubiera hecho partícipe de sus proyectos. Lo recordaba cuando se extasiaba leyendo a Virgilio y daba vueltas por la casa recitando en voz alta versos en latín más incomprensibles que los de la misa. Si le hubiera confiado entonces que al final del todo él sería el Virgilio cristiano en lengua vulgar, como había dicho aquel amigo y admirador suyo boloñés... Si le hubiera dicho también que un día se posaría la luz de la gloria sobre ellos, acaso se habría entregado completa e incondicionalmente, y le hubiera seguido a cualquier parte. En cambio le había tocado sufrir sin una explicación, le había correspondido el dolor insensato, injustificado, lo peor que le puede suceder a un ser humano. Y él lo sabía, lo había escrito incluso, que el dolor sin esperanza es el infierno del hombre.

Cuando llegó a Rávena y vio la bella casa que don Guido da Polenta le había donado a su marido, la fama de la que estaba rodeado, los señores del Véneto y la Romaña que se lo disputaban llenando a sus hijos de honores y de rentas, de repente todo adquirió un significado. Los veinte años de humillación sufridos en Florencia se habían vuelto ligeros como un soplo de brisa estival, toda la vida de Dante se había vuelto clara como un libro. Ahora entendía por qué esa rigidez de fraile, esa coherencia aparentemente obtusa. Ha de ser incorruptible como el más severo de los jueces, inflexible con uno mismo, despiadado como un dios, quien quiere atribuirse a sí mismo el derecho de juzgar a los muertos.

Pero si Dante se lo hubiera dicho, ella lo habría entendido. No habría transcurrido casi toda su vida buscando una explicación a la incomprensible obstinación de su marido, alejada de sus hijos —desterrados con el padre desde que tenían catorce años—, buscando siempre en vano la protección de la camarilla de los Donati para evitar ser expulsada ella también y para conseguir que regresara su familia. Eso no lo podía perdonar, que Dante no la hubiera considerado digna de formar parte de sus planes. Había confesado a Antonia su disgusto, y la hija le había contestado que no se torturara, que, por el contrario, su padre de algún modo había querido protegerla, manteniéndola lejos de todos los tormentos que la obra le había costado, las noches insomnes, las dudas atroces, el éxtasis y los desalientos. Además, no había cambiado nada, le explicaba Antonia sonriendo, porque incluso ahora que tenía tanto dinero, no era consciente de ello, exactamente igual que cuando estaba en Florencia, que tampoco se daba cuenta de que le faltaba...

Y la casa en cierto sentido se le parecía. Era de reciente construcción, pero estaba edificada sobre los restos de una vivienda romana de la que había conservado la planta a pie de calle. Todas las habitaciones se encontraban en la planta baja, dispuestas alrededor de dos espacios abiertos: un atrio y un jardín más grande. Alrededor ya no estaban las columnas del peristilo, excepto dos incorporadas a la pared divisoria de una habitación larga y estrecha que había sido construida a un lado. En cambio permanecían los mosaicos del antiguo suelo en la parte que se asomaba al patio interno, delimitado al fondo por el muro sin puertas ni ventanas que lo separaba de otra calle de la ciudad. La habitación construida al lado derecho del peristilo era el dormitorio del poeta, donde sobrevivía la pavimentación romana con una escena del rapto de Europa. A Gemma le gustaba quedarse allí, asomada al jardín. De vez en cuando miraba la cama donde él había muerto. Ahora que ya no estaba, le hablaba para sus adentros como no había hecho nunca antes. Descubrió que tenía muchas cosas que contarle, por ejemplo su disgusto cuando él se había negado a volver a Florencia, como habían hecho otros después de la amnistía. Claro, hubiera tenido que declararse culpable y pedir perdón, pero ella habría podido volver a verlos a todos, volver a abrazar a sus hijos. Había maldecido su orgullo, su presunción, su obstinada arrogancia. Se había equivocado: como de costumbre, él tenía razón. No podía admitir culpas tan alejadas de la realidad, tan mezquinas, tan indignas de él, y erigirse al mismo tiempo en juez de los muertos. Finalmente lo perdonó por haberla dejado sola.

—¡Madre! —sonó la voz de Antonia—, ¿dónde estás?

Salió por la puerta que asomaba al jardín y la vio acercarse con ese joven cuya presencia ya había advertido en el oficio fúnebre.

—Te presento a Giovanni da Lucca —le dijo señalándolo—, un admirador de mi padre. Durante los próximos días vendrá a transcribir los últimos cantos del *Paraíso*. Yo también estaré, la abadesa me da permiso para permanecer contigo y con mis hermanos mientras queráis quedaros en Rávena.

—No sé si te ha dicho Iacopo que el *Paraíso* está incompleto —contestó Gemma—. Han venido dos hombres de Scaligero a reclamar la parte final del poema, y tus hermanos no han encontrado nada. Han buscado por todas partes. En el dormitorio están los cuadernos de tu padre, de los que hacía transcribir, canto por canto, antes que nada, la copia para el señor de Verona, y después autorizaba la de sus discípulos, que aquí eran numerosos. El *Paraíso* se interrumpe al final del vigésimo canto, que es la parte que ya tiene el señor Can, de la familia Scala. Iacopo dice (yo no lo sé, no entiendo de eso) que la obra llega hasta el cielo de Júpiter, y que faltan, como mínimo, Saturno y las estrellas fijas. Eso dice, y según Pietro los cantos finales del *Paraíso* tendrían que ser treinta y tres como los del *Purgatorio* y los del *Infierno*, de modo que en total, junto con el introductorio, sumen cien...

—¿Han buscado bien por todas partes? —preguntó Antonia—. Porque estoy segura de que nuestro padre había concluido la obra cuando partió. Vino a despedirse antes de marcharse, y estaba como no lo había visto nunca, atento a todo lo que decía, como si se hubiera liberado de golpe de todos sus pensamientos. Teníais que haberlo visto, Giovanni. No sé cómo estaba cuando lo conocisteis, pero los últimos años los pasó completamente absorto por su poema. Se le podía hablar durante horas y daba la impresión de que te escuchaba, pero de repente te miraba con aire turbado y te pedía que repitieras lo último que habías dicho; y por respuesta obtenías un verso, dos, tres endecasílabos. Se veía que estaba inmerso en otro mundo... En cambio, cuando vino a despedirse, y sería la última vez, estaba alegre, de buen humor... Pensé que tenía que haber terminado la *Comedia*. Estaba como nunca lo había visto antes: aliviado, sereno, casi rejuvenecido...

Entonces vino a llamarlas Iacopo. Tenían que ir al vestíbulo, que estaba lleno de gente porque acababa de llegar Guido Novello para conocer a la señora. De pronto el duro corazón de Gemma empezó a galopar. No estaba acostumbrada a lo mundano. Su hijo la cogió por debajo del brazo y la acompañó. El vizconde había entrado ya en el pequeño huerto, cuyo centro lo ocupaba un olivo plantado en el aljibe del antiguo *impluvium*. Junto a él su mu-

jer, Caterina dei Malvicini; también los escuderos y otros
nobles amigos, y algunos secuaces del poeta, uno de los
cuales, con la cítara en la mano, cuando vio aparecer a
Gemma empezó a tocar. Entonces Fiduccio dei Milotti, el
médico —Alfesibeo para los de su círculo—, uno de los
más fieles discípulos del maestro, empezó a declamar:

> *Siede la terra dove nata fui*
> *su la marina dove 'l Po discende*
> *per aver pace co' seguaci sui.*
>
> *Amor ch'al cor gentil ratto s'apprende...*[2]

Y a continuación los restantes versos del quinto canto del *Infierno,* el canto de Rávena y de Francesca da Polenta, la tía de Guido Novello, los versos preferidos por el
gran señor, que se los conocía de memoria y lloraba cada
vez que los oía recitar. Porque la tía Francesca le había
querido mucho a don Guido cuando este era un niño. Ella
había sido una joven de rara belleza y refinada cultura; sin
embargo un oscuro presentimiento la había entristecido
cuando, a los veinte años, se había convertido en la esposa
del más patán de los Malatesta y había partido para Rímini. Don Guido aún tenía diez años, y fue como si se le
marchara una segunda madre. Recordó que su tío Lam-
berto había tenido que digerir la noticia de la muerte de su

---

[2] «Tiene asiento la tierra en que he nacido / sobre la costa a la que el Po desciende /
a buscar paz allí con su partido.
»Amor, que en nobles corazones prende...».

propia hermana sin mover ni una pestaña, mostrando que no pasaba nada con el marido asesino por el bien de su ciudad, la cual se debatía entre los Malatesta, los Montefeltro y los venecianos. En cambio él, Guido, si hubiera podido, cuando llegó a Rávena, justo después del homicidio, hubiera estrangulado con sus propias manos a ese horrible monigote. Sin embargo, Gianni il Ciotto había muerto solo, cojeando se marchó camino del río Cocito.

Cuando concluyó la ejecución del fragmento, Guido abrazó a la viuda y empezó su solemne discurso. Dijo que para él el canto de Francesca seguía siendo el más emocionante de todo el poema, porque le recordaba a su infeliz tía, pero también porque contenía los versos más bellos que jamás un hombre hubiese escrito sobre el amor. Narraban el conflicto entre el amor y el deber mejor que el cuarto libro de la *Eneida*. Su tía había sido entregada al riminés cojo para mantener la paz entre dos ciudades; la paz de su corazón había sido sacrificada por la de la Romaña entera. Pero ya se sabe que en un corazón noble la pasión arraiga como la llama en el candelabro. Y aunque el que hablaba era Dante, cuando escuchaba esos versos le parecía estar escuchando la voz de la pobre Francesca.

Gemma, que lo escuchaba todo atentamente, pensaba mientras tanto que en realidad no amaba especialmente ese canto sobre el amor, donde parecía que lo que había condenado al Infierno a los dos cuñados de la Romaña no había sido la lujuria, sino más bien la vida matrimonial impuesta por sus familias y vivida como una opresión. Y esos versos la llevaban a pensar que Dante, que sabía de amor, había puesto un poco de su parte. El poeta conocía los sentimientos de esa mujer porque eran los suyos. Francesca debía de haber sido para él un espejo femenino, como él dividida entre el matrimonio impuesto y la espontaneidad de la pasión. Esto era lo que entendía Gemma, por lo que el canto no, no le gustaba. Las lágrimas que ahora vertía no eran de emoción por el trágico acontecimiento contado por su marido, sino porque se acababa de confesar que toda su dureza de mujer de piedra, su obstinación salvaje, sus veinte años de alejamiento del hombre que, a pesar de todo, la reclamaba habían sido en el fondo su manera de amarlo. Y mientras el vizconde de Rávena terminaba su sermón anunciando que se sentía en la obligación de corresponder al honor que el sumo poeta había concedido a su ciudad, por lo que mandaría construir un monumento fúnebre digno de él, Gemma escondió el rostro entre sus manos, avergonzada de llorar.

Afortunadamente, casi nadie se fijó en ella.

Del matrimonio del poeta, que la voz del pueblo quiso tachar de muy desgraciado, jamás nadie sospechó en cambio lo estable que había sido.

IV

Después se marcharon todos, invitados por Da Polenta, y Giovanni se quedó solo. Sor Beatrice le había permitido que empezara la transcripción de los ocho cantos del *Paraíso* que le quedaban por copiar. Ella se marchaba a Santo Stefano hasta el crepúsculo y regresaría con la puesta de sol. Le había enseñado, antes de marcharse, el dormitorio y el estudio del poeta, que eran adyacentes y estaban comunicados. En ellos su padre transcurría gran parte del tiempo libre, leyendo y escribiendo.

Antonia lo había acompañado en primer lugar al dormitorio, estrecho y largo, en el lado derecho del antiguo peristilo. La decoración era sobria. Una mesa justo en la entrada, bajo la única pared tapizada, y enfrente un gran arcón para la ropa, mientras que al fondo de la habitación,

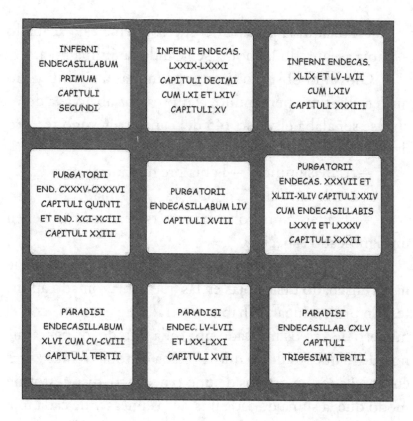

en la zona más oscura, estaba la cama, un colchón sobre una tabla de madera maciza con un curioso cabezal de cuero en el que estaban colgadas nueve hojas de pergamino en una funda cosida de estera que se abría en nueve marcos dispuestos formando un cuadrado. Antonia le había acompañado hasta el borde de la cama para enseñárselo, de tal manera que había podido contemplar tan extraña composición. En los pergaminos así colocados se citaban determinados versos de la *Comedia* misteriosamente dispuestos, cuyo significado parecía requerir un laborioso esfuerzo de interpretación.

—He aquí la prueba de que el poema está acabado —había asegurado la monja señalando la última hoja.

Giovanni observó la estera con más atención y vio que en el último pergamino, el que estaba abajo a la derecha, se señalaba el verso 145 del canto trigésimo tercero del *Paraíso.*

—¿Qué significa? —había preguntado.

—No lo sé —había contestado Antonia.

—¿Habéis comprobado los versos citados? ¿Tienen un significado especial?

Sor Beatrice lo había llevado entonces al estudio y le había enseñado unas hojas en las que había tomado apuntes. En primer lugar, le había mostrado un esquema con el número de versos indicado por cada uno de los pergaminos, de lo que resultaba que se citaba en total treinta y tres endecasílabos en grupos de uno o de cinco, dispuestos de modo que la suma de cada una de las líneas y de cada una de las columnas siempre fuera once.

1	5	5
5	1	5
5	5	1

—En la diagonal del cuadrado que va de izquierda a derecha y de arriba abajo, hay versos sueltos; en el resto de recuadros, en cambio, los grupos son de cinco versos —había explicado—. Empecemos por los versos sueltos de la diagonal. El del primer pergamino es el primer verso del segundo canto del poema: *Lo giorno se ne andava, e l'aere bruno*[1]. Mientras que la última cita es de un verso, el 145, del trigésimo tercer canto del *Paraíso,* que no está aún entre los que conocemos, pero presumo que es el último de toda la obra. Son, pues, el comienzo y el final del viaje al más allá, y por tanto el verso del centro, del decimoctavo canto del *Purgatorio (Come per verdi fronde in pianta vita)*[2], tendría que ser precisamente el central entre estos dos extremos. Si eso es cierto, mi padre tenía que saber exactamente, la última vez que accedió a su cabezal, antes de marcharse, cuántos eran los versos totales del poema, de modo que ya lo habría concluido... En el primer verso de la diagonal, lo de *l'aere bruno* («el aire empardecido») alude a la noche y a la muerte; el segundo, que es el central de toda la composición, se refiere al día y a la vida; el último no lo sabemos, pero si es el que cierra el *Paraíso* se referirá a una dimensión que está por encima del tiempo, del día y de la noche, de la muerte y de la vida: el eterno presente en que se disuelve toda cronología, la esfera temporal absoluta de lo divino...

La oscuridad y la noche, la dimensión humana de la culpa; el día y la vida, el camino de redención hacia la luz... La luz... Giovanni se había acordado de una charla con el poeta en el jardín de su casa que le había cambiado la vida...

—Esta composición —había proseguido después sor Beatrice— creo que es una síntesis de su viaje a los tres

[1] «Íbase el día, el aire empardecido».

[2] «Como en el verde vegetal la vida».

reinos del otro mundo. Los versos citados son en total treinta y tres, como los cantos de cada cantiga, como la edad de Cristo. La primera fila cita versos del *Infierno*, la segunda del *Purgatorio* y la tercera del *Paraíso*. En cambio, si los miramos verticalmente (por columnas) y quitamos los versos sueltos, los grupos de cinco endecasílabos que quedan están alineados según criterios temáticos, en un esquema que alude a hechos significativos de la existencia de mi padre; se refieren a acontecimientos personales, describen más o menos directamente sus sentimientos. Una *Comedia* privada, por así decirlo, alusiones que quizá solamente quienes estuvimos más cerca de él podremos entender; aquí está representado su viaje, el auténtico, me refiero a la vida, y todo lleva a pensar que el mensaje va dirigido a nosotros, acaso en concreto a mí, aunque no tengo del todo claro el sentido de la tercera columna...

—Pero ¿por qué —había preguntado él— se pondría vuestro padre antes de partir a hacer este curioso centón? Si es cierto que ha concluido su obra, podría haber dejado en esta estera alguna pista sobre dónde hallar los últimos cantos... Tal vez sabía que...

—Lo desconozco —había contestado Antonia—, solamente sé que, leídos en vertical y quitando los de la diagonal, los diez endecasílabos de la primera columna son versos del poema que aluden veladamente a las mujeres de su familia (a mí y a mi madre), los de la segunda cuentan las profecías relativas al exilio contenidas en el poema (las de Farinata y las de Brunetto Latini en el *Infierno* y en el *Paraíso* la de Cacciaguida, nuestro antepasado muerto en las cruzadas) y la tercera columna, en cambio, tiene que ver con los sentimientos que mi padre experimentaba hacia sus hijos, pero hay también alusiones a hechos poco claros, como la mención a una misteriosa mujer de Lucca, Gentucca, que seguramente conoceréis mejor que yo...

Giovanni, al oír mencionar así, sin rodeos, ese nombre casi se había sentido mal... Antonia le había enseñado luego la hoja donde había transcrito los diez versos, excluido el suelto del *Infierno,* citados en la primera columna; los cinco del *Purgatorio* estaban tomados dos del canto quinto y los otros tres del vigésimo tercero, del coloquio con Forese Donati.

> *salsi colui che inanellata pria,*
> *disposando, m'avea con la sua gemma*[3].

> *Tanto è a Dio più cara e più diletta*
> *la vedovella mia, che molto amai,*
> *quanto in bene operare è più soletta*[4].

Los cinco del *Paraíso* estaban, en cambio, tomados todos del tercer canto, el de Piccarda, la otra hermana de Corso Donati:

> *I' fui nel mondo vergine sorella*[5];

---

[3] «Lo sabe quien, si anillo yo tenía, / me desposó poniéndome su gema».

[4] «Tanto es a Dios dilecta y persuasiva / esa viudita a la que tanto amé / cuanto, sola, en el bien es más activa».

[5] «En el mundo yo fui monja y doncella».

e promisi la via de la sua setta.

Uomini poi, a mal più ch'a bene usi
fuor mi rapiron de la dolce chiostra:
Iddio si sa qual poi mia vita fusi[6].

—Empecemos por la primera columna —había dicho—, segunda línea, los primeros dos versos del canto quinto del *Purgatorio: salsi colui che inanellata pria, / disposando, m'avea con la sua gemma* («lo sabe quien, si anillo yo tenía, / me desposó poniéndome su gema»). Los cantos quintos de las tres cantigas contienen todos referencias a las mujeres y al amor: un amor extraconyugal castigado en el *Infierno,* Francesca da Rimini; un amor conyugal, Pia dei Tolomei, en estos versos del *Purgatorio;* finalmente Beatrice y el amor espiritual en el *Paraíso;* y el último verso del canto quinto del *Purgatorio* comienza con el verbo «desposar» y concluye con la palabra «gema», el nombre de mi madre, una esposa infeliz, no hace falta decirlo, que echa en cara al marido, por boca de Pia dei Tolomei, la crueldad de su propio destino. Casi una acusación que mi padre se dirige a sí mismo...

—Los demás versos de la primera columna los conozco bien —había dicho Giovanni—, están sacados de los cantos del *Purgatorio* y del *Paraíso* dedicados a los Donati, Forese y Piccarda, los dos hermanos de Corso, el je-

---

[6] «Y seguir su camino prometía.
»Del dulce claustro luego me raptaba / gente más en el mal que en el bien diestra. / Después, Dios vio la vida que llevaba.

fe de los güelfos negros que condenaron a vuestro padre al exilio...

—Y son incluso parientes lejanos de mi madre —había precisado la monja—. No olvidéis que también ella es una Donati, una familia, pues, con la que debimos tener vínculos estrechos, y en efecto con Forese... De todos modos esto es una señal, mi padre siempre se atuvo a la buena norma retórica de no hablar de sus seres queridos, de sus afectos, si no era indirectamente, y a través de la voz de los Donati expresa en cambio emociones que le pertenecen y afectan en particular a las mujeres de su familia, a su mujer y a mí: Forese, en el *Purgatorio,* alaba la firmeza y la virtud de su amada esposa, Nella, que se ha quedado sola en Florencia como mi madre, y cuyo marido, es decir, Forese, había muerto poco antes de que mi padre, su queridísimo amigo, fuera condenado al exilio. Nella estuvo muy cerca de mi madre, se animaron mutuamente, y la alabanza dedicada a ella se refiere también a su pobre Gemma... En efecto, este es el canto del poema que más le gusta a mi madre: *la vedovella mia, che molto amai* («esa viudita a la que tanto amé»); las «viuditas»: éramos nosotros, Iacopo y yo, cuando tenía doce años y aún vivíamos en Florencia, los que las llamábamos así a mi madre y a Nella, que pasaban horas acordándose de los tiempos felices, cuando mi padre y Forese eran alegres compañeros de pandilla... —Se detuvo suspirando, con la mirada baja. Pero enseguida empezó de nuevo—: Piccarda Donati, en el verso del *Paraíso: I' fui nel mondo vergine sorella...* («En el mundo yo fui monja y doncella...») se había recluido en un monasterio, pero después fue sacada a la fuerza por su pérfido hermano, Corso, siempre él, el jefe de la facción negra. La arrancó con violencia de la paz del claustro para dársela como esposa a un amigo suyo, uno de los Tosinghi, que se llamaba Rossellino, y su vida con el güelfo negro de los Tosinghi fue un infierno... A mí a punto estuvo de esperarme una suerte semejante cuando un hermano de mi madre la presionó para que me sacara del convento y me entregara como esposa a un amigo suyo viudo, anciano pero muy influyente, que habría podido ayudarnos a resolver nuestros problemas. Fue entonces cuando tomé la decisión y me marché de Florencia... Mi padre pensaba también en mí cuando escribió estos versos: «No cedas, Antonia —parece que diga—, no sabes qué vida te espera al lado de un hombre que no amas y que no te ama»... Era su obsesión, se lo hace decir a Beatrice al comienzo del quinto canto del *Paraíso,* cuando, subiendo ella de cielo en cielo, le *fiammeggia nel caldo d'amore* («yo te envuelvo con llama de amor viva»), haciéndose más bella y resplandeciendo cada vez más, hasta el punto de deslumbrarlo con su fulgor y vencer sus capacidades visuales: también el amor terrenal, le dice Beatrice, no es más que un destello reflejado, tenue y mal conocido, pero siempre una chispa de lo divino, de esa energía cósmica invisible que impregna los astros y todo el universo, e incluso nuestros cuerpos, una fuerza espiritual que los hombres en cambio infravaloran. No hay riqueza en el mundo que pueda compensar la infelicidad de una vida, de la única vida que tenemos; en su poema este mensaje se lo hace gritar a las mujeres, a las amantes asesinadas, a las esposas infelices, a las monjas violadas...

Repentinamente, las campanas del vecino campanario habían anunciado la hora nona, y sor Beatrice había tenido que interrumpir la breve lección sobre su padre. Así Giovanni se había quedado solo en el estudio del poeta, con el autógrafo de Dante de la *Comedia*. Estaba también en casa una vieja sirvienta, pero ocupada en la cocina. Cuando la monja salió, enseguida retomó las hojas donde la hija del poeta había transcrito los endecasílabos que remitían a los apuntes de la estera. Echó un vistazo rapidísimo a los de la segunda columna, con las profecías del exilio del poeta, pero sentía curiosidad sobre todo por la tercera, pues la sola mención de Gentucca le había helado la sangre.

En los cinco del *Infierno* reconoció los versos del conde Ugolino, el padre pisano condenado a morir de hambre con sus cuatro hijos, dos de los cuales en realidad eran nietos. Y sus cinco del *Purgatorio* estaban sacados de los cantos vigésimo cuarto y trigésimo segundo.

El mormorava; e non so che «Gentucca»[7].

Femmina è nata e non porta ancor benda,
... che ti farà piacer / la mia città[8].

---

[7] «No sé qué murmuraba de "Gentuca"».

[8] «Una mujer nació que aún no usa venda, / ... que agradable habrá de hacerte / a mi ciudad».

Pietro e Giovanni e Iacopo condotti[9].
E tutto in dubbio dissi: «Ov'è Beatrice?»[10].

¿Lo había entendido todo la monja? Estaban los nombres de los tres apóstoles —Pietro, Giovanni y Iacopo[11]— junto al de Beatrice, asociados en la tercera columna al conde Ugolino, el padre que conoce el destino de sus hijos y se lo esconde, impotente, para no entristecerlos más. Dante tenía que haber vivido ese estado de ánimo durante los primeros años del exilio, en la pobreza extrema en la que se hallaba tras la confiscación de sus bienes, a él, a quien le había llegado la noticia de la condena cuando regresaba de la embajada en Roma, de visitar al papa Bonifacio. Probablemente sufría por los hijos que se habían quedado en Florencia con Gemma, temía represalias de los güelfos negros, antes de que su hermano Francesco se reuniera con él para pasar algunos días con ellos en Arezzo. Y el encuentro tenía que haber sido desgarrador. ¿Qué podía decirles el poeta a sus hijos? «Ya no tenemos nada, nos lo han requisado todo. Os traje al mundo y ya no puedo hacer nada por vosotros...».

«¿Y Antonia —se preguntó después— qué sabe de Gentucca? Probablemente solo lo que está escrito aquí: que hay una mujer que en 1300, fecha del viaje imaginario, aún no lleva la venda de las casadas, así pues, aún jovencísima, y que en los años venideros hará que a Dante le gus-

---

[9] «Santiago, Pedro y Juan fueron llevados».

[10] «¿Dónde Beatriz —le dije— se halla ahora?».

[11] Pedro, Juan y Santiago.

te la ciudad de Lucca. Ni más ni menos que esto puede saber. ¿Qué otra cosa puede haberle contado su padre...? O quizá, en cambio, ya lo sepa todo...».

Quién sabe dónde estaba Gentucca ahora...

Para desconectar de las cosas reales y de los pensamientos que se volvían más bien melancólicos, antes de sentarse y ponerse a trabajar decidió echar un vistazo a su alrededor. También el estudio estaba decorado sobriamente: una mesa desnuda, una estantería con algunos libros, un arcón con un águila tallada en la madera; el águila toda ella negra, la cabeza vuelta de perfil, el ojo visible con un gran rubí por pupila y cinco diamantes en círculo, alrededor, formando las pestañas, dos verdaderos y tres falsos, opacos. Después vio una espada colgada de la pared cerca de la cortina que servía de puerta al dormitorio. Se puso más tarde a curiosear entre los libros, algunas decenas de códices de distinta naturaleza, en papel o pergamino, algunos valiosos encuadernados en piel, otros que parecían haber sido encuadernados y cosidos lo mejor posible por el propio Dante: había epítomes de historia y geografía, una elegantísima Biblia, una colección de los escritos de Tomás de Aquino, la *Ética* de Aristóteles con el comentario de Alberto Magno, una antología de poetas provenzales con las *Razós de trobar* de Raimon Vidal, el *Tresor* del maestro Brunetto, la astronomía de Alfragano, y después todos los clásicos: Virgilio, Ovidio, Lucano, Estacio, Cicerón...

Pero a Giovanni le sorprendió en concreto un manuscrito de pequeño formato, escrito por la mano del poeta, cuya letra reconoció al abrirlo. Era un pequeño cuaderno que muy probablemente se remontaba a los primeros años del exilio, cuando, de corte en corte, de monasterio en monasterio, el poeta no podía disponer de una biblioteca propia, pero transcribía personalmente extractos de los libros que se ponían a su disposición en los *scriptoria* de los conventos y en las cortes en las que recalaba. Se puso a ojearlo al azar, leyendo aquí y allá donde se posaba la mirada. Casi todos los apuntes estaban en latín. La primera cita que leyó le asombró:

Primus gradus in descriptione numerorum incipit a destera... si in primo gradu fuerit figura unitatis, unum representat... hoc est si figura unitatis secundum occupat gradum, denotat decem... Figura namque que in tertio fuerit gradu tot centenas denotat, vel in primo unitates, ut si figura unitatis centum...

Reconoció el *Liber abaci* de Leonardo Fibonacci, las instrucciones para el uso de los números arábigos basándose en la posición de las cifras, donde se explica que la figura *unitatis,* el símbolo del uno, vale respectivamente uno, diez o cien dependiendo de si está en la primera, en la segunda o en la tercera posición contando desde la derecha hacia la izquierda. Pero solo los banqueros y los grandes mercaderes lo usaban, pues simplificaban los cálculos complejos; la gente común seguía contando con el viejo y sencillo sistema de los números romanos, más intuitivo, más natural. Leyó más, pero las citas de Leonardo da Pisa acababan allí e inmediatamente después había un apunte sobre las once virtudes registradas en la *Ética* de Aristóteles, diez que consisten en el equilibrado ejercicio de pasiones positivas y una, la última, una virtud operativa, la más importante de todas: la justicia, que nos predispone a amar el camino recto y a hacer el bien. Después había un apunte: «*Et quid est bonum* ("¿Qué es el bien?"). *L'amor che move il sole e l'altre stelle* ("El amor que mueve el Sol y las demás estrellas"). Con este verso cerraré el libro sagrado».

«¡Ah, eso es! El verso final de la *Comedia,* el que falta en la estera: el motor inmóvil, que mueve el Sol y está por encima de él, que origina el tiempo y está fuera de él, en el eterno presente, como decía Antonia».

Finalmente se sentó al escritorio, con el autógrafo incompleto de la *Comedia,* y empezó a copiar el canto decimotercero del *Paraíso.* Tenía prisa y usó un código taquigráfico propio para acabar antes, después ya tendría más tiempo para transcribirlo todo en una bonita copia.

Terminó rápidamente el canto decimotercero, pero después dejó de escribir. Tenía muchas ganas de leerlo, y se puso a hojear los siguientes. Quién sabía si el poeta no había dejado en el propio poema, en alguna parte de los últimos cantos publicados, alguna pista sobre dónde estaban los cantos que faltaban... Pero mientras estaba inclinado sobre el manuscrito y leía el encuentro con el cruzado Cacciaguida, le pareció ver con el rabillo del ojo una sombra negra, furtiva, pasar frente a él, fuera, en el patio de la casa, y le pareció que había entrado desde el jardín en el dormitorio adyacente. Se levantó despacio, sin hacer ruido. Desenvainó lentamente de la funda la espada que colgaba de la pared. Abrió despacio la cortina de la puerta del dormitorio. Primero miró dentro, con el corazón en la garganta, y vio a un hombre vestido de negro, de gran corpulencia, con el pelo rasurado casi al cero, en la cincuentena pero vigoroso como un treintañero, que debía de haber saltado el muro que rodeaba el jardín imaginando que no encontraría a nadie en la casa. Estaba de espaldas, al borde de la cama, y contemplaba el cuadrado de Dante, la extraña composición de autocitas en el cabezal de cuero que se encontraba detrás del jergón del poeta. Se acercó de puntillas, de modo que el hombre advirtiera su presencia solo cuando estuviera al alcance de su espada. Y efectivamente este se volvió de golpe, pero entonces Giovanni ya estaba lo bastante cerca para plantarle con un movimiento decidido y rápido la punta de la hoja en la garganta, entre las dos cadenas de plata de una especie de collar que le acababa en el cuello redondo de la túnica. Al hombre no le quedó otra que levantar los brazos, asombrado, en señal de rendición.

—¿Y vos quién sois? —le preguntó a Giovanni, aunque aparentemente permanecía tranquilo.

—¿Desde cuándo —respondió el de Lucca— son los ladrones los que piden explicaciones a los de la casa?

El otro, con un movimiento felino, intentó sustraerse al alcance del arma plegándose hacia un lado y protegiéndose con una mano del filo de la espada. Pero Giovanni fue rápido de reflejos, le ensartó de pleno el collar con la punta de la espada y lo atrajo enérgicamente hacia sí, haciéndole perder el equilibrio, y, dejándolo caer a sus pies, le agarró con la mano libre la cadena del cuello, de modo que si este hubiera hecho movimientos bruscos se hubiera estrangulado solo. Vio el medallón de plata que había salido fuera de la túnica: estaban representados dos caballeros montados en un solo caballo. El caballero que es dos siendo uno, al mismo tiempo monje y *miles*, el soldado de Cristo, el sacerdote armado: el emblema de los templarios.

—Soy yo quien os pregunta a vos: ¿quién sois?

V

La boca del templario se abrió como un dique devastado por la crecida. Ni siquiera se había vuelto a poner en pie, se había quedado sentado en el suelo con un brazo apoyado en la cama, y sus palabras se habían derramado en la habitación como el Arno cuando se desborda en el campo de Pisa.

—Me llamo como el santo que ha bautizado la sagrada milicia, soy francés, pero desde los dos años hasta los veintiuno viví en Outremer; un pecado de lujuria de mi padre, *oïl*, llevado a Tierra Santa desde pequeño en señal de expiación. Mi madre murió en Francia, pero no sé cómo. Yo, con mi padre penitente, crecí en San Juan de Acre en los años de la tregua de Baibars; mi adolescencia ha sido una larga espera de la guerra, he sido adiestrado para ganarme el paraíso muriendo en la lucha contra el mal. Nací caballero del Templo y fui educado enseguida para odiar a los infieles. Era hijo del pecado, tenía que merecerme de algún modo haber vivido, lavando con el malicidio (matando infieles) la culpa de haber nacido. Ahora que todo se ha acabado, en Jerusalén y después en Europa con la disolución de la orden, he venido aquí a buscar los últimos trece cantos del *Paraíso,* porque en el poema, en algún sitio, está descrito *in aenigmate* el mapa del nuevo Templo, el secreto que Guillaume de Beaujeu confió a Gérard de Monreal...

—¿Y es vuestra costumbre —había preguntado el médico— entrar furtivamente en las casas ajenas buscando cosas que no os pertenecen solo porque vuestra adolescencia ha sido infeliz y os habéis acostumbrado a detestar a los infieles?

—Estoy convencido —había contestado el extemplario— de que Dante era el maestro oculto que todos nosotros esperábamos y de que conocía el secreto de los eneasílabos en los que se indica el lugar del nuevo santuario de la Ley. He venido aquí, a Rávena, a verlo en persona. Si no hubiera muerto, habría hablado directamente con él. Ya me encontré con él en la abadía de Pomposa durante su último viaje, pero apenas tuve tiempo de un breve intercambio de bromas: le pedí el poema y el poeta me aseguró que lo había acabado, pero añadió que había escondido los últimos trece cantos en un lugar seguro, creo que en esta casa, para no faltar a la promesa hecha al Can veronés de no divulgarlo sin su previa aprobación. Una pura forma-

lidad, ¿qué queréis que entienda el Can? En cualquier caso, a su regreso de Venecia tenía que haberlos dado a conocer. Porque en algún sitio están los trece cantos, bien
ocultos en algún misterioso escondite. No pudimos hablar
de nada más aquella noche porque con el poeta estaba también toda su comitiva, los de la delegación ravenesa y los
de la escolta, con dos hermanos menores que se habían
unido a la brigada, y los eneasílabos no son un tema del
que se pueda hablar en voz alta en una compañía tan va-
riopinta, por añadidura frente a los frailes menores. Pero
de que Dante fuera por lo menos un caballero secreto del
nuevo Templo..., de eso estoy seguro, como es cierto que
el hombre es imagen de Dios...

—No digamos disparates... —había comentado Giovanni.

Sin embargo aquel hombre había empezado a contarle su vida, igual que un ladrón que no fuera profesional
al que se sorprende robando, que se pone a justificar de
cualquier manera el hecho de estar allí, haciendo algo que
normalmente no haría. El de Lucca se había sentado frente a él, al borde de la cama.

—¡Muy importante, *escutez*, es el secreto de la Ley
divina, intentad entenderlo! —le había suplicado el caballero.

En San Juan de Acre había estado muy cerca de expiar totalmente el hecho de haber nacido, es más, puede
decirse que casi había muerto, con lo que ahora podría estar en el paraíso de los mártires... Al menos, seguro que no
allí, dejándose la piel para encontrar a toda costa el nuevo

Templo. Estaba prácticamente ya muerto y el hecho de que se hubiera despertado al día siguiente en la casa de Ahmed había sido puro azar. A Ahmed ya lo había conocido antes del asedio de los mamelucos, era un árabe de origen egipcio, buena persona, un médico dedicado por entero a la ciencia, que hacía milagros, y había curado también a su padre, que padecía de *al-ghamm* («depresión»), con semillas de *bādhanjān* («berenjena»). En esos años de espera de la guerra se vivía de esta manera en Tierra Santa, se tenían que tolerar muchas excepciones al propio odio hacia los infieles, y por otro lado también ellos tenían que adaptarse, aunque consideraran a los cristianos politeístas a causa de la Trinidad. «Bastardo politeísta trinitario», te decían mientras te ofrecían *lakhalakhà* para esnifar, una mezcla de agua de rosas y sándalo, mirto y *al-khalāf*, que hueles directamente del frasco y te regenera... Y él se había acostumbrado a situaciones como aquella sin hacerse demasiadas preguntas: odiar a los infieles y ser amigo de gente como Ahmed. Se odiaban con respeto mutuo, así era como funcionaban las cosas en Outremer.

Sin embargo, después llegó la cruzada de los italianos y todo se precipitó. Habían llegado los genoveses o los pisanos con sus naves. La gente como los genoveses, los pisanos o los venecianos —a quienes bastaba con pagarles bien y hubieran hecho cualquier cosa— estaba en las cruzadas solo para hacer dinero, y la guerra se la dejaban por lo general a los francos. Llevaban a Palestina, a condición de que pudieran pagar, a aventureros fanáticos en busca del martirio, y les vendían a los egipcios los esclavos turcos que después les harían pedazos. La guerra para ellos era un negocio, y quizá fueran los únicos que la querían, pero él entonces era demasiado joven para entender estos asuntos. Dos años antes, en Trípoli, cuando vieron que la ciudad ya estaba prácticamente rodeada, los venecianos y los genoveses habían cargado en sus naves todas las riquezas que cabían y habían dejado a los franceses, que fueron masacrados por los mamelucos. La ciudad fue impracticable durante meses a causa del hedor a carne humana putrefacta. Y ahora tocaba lo mismo en San Juan de Acre...

—Eran lombardos, umbros, etruscos, charlatanes y carne de presidio —había explicado—. Cuando en las ricas ciudades de Italia no los querían, los enviaban a la cruzada; nosotros éramos el último fortín cristiano en Tierra Santa, el sultán de Egipto no esperaba más que un pretexto para echarnos. Tenían fuerzas para exterminarnos diez veces, nosotros lo sabíamos y estábamos quietos esperando refuerzos de Europa. En cambio, de Europa llegaba ya solo esta chusma bulliciosa y desorganizada que pretendía cubrirse de gloria quizá reconquistando Jerusalén ellos solos, y mientras tanto daban vueltas por San Juan en busca de enemigos para matarlos. Mataban a todos los que a sus ojos parecían infieles, los mercaderes del bazar, los campesinos que vivían en la periferia, incluso a los sirios de la ciudad, que eran cristianos pero que llevaban barba como los árabes y no entendían la lengua vulgar... ¿Qué importa?, si Dios reconocerá a los suyos. Así fue como, por represalia, llegó al-Ashraf con doscientos mil hombres y un centenar de catapultas: la Victoriosa, la Furiosa y los Bueyes Negros. Nosotros en la ciudad éramos ochocientos caballeros y catorce mil infantes. Esta era la guerra para la que habíamos sido educados, la que habíamos esperado con entusiasmo y fe en Cristo.

»Fue una carnicería, durante todo el mes de abril fuimos bombardeados con bolas de piedra y fuego griego, que resquebrajaron los muros e incendiaron la ciudad. Intentamos dos salidas nocturnas a caballo para destruir las catapultas, pero las dos veces salió mal; acabó con que nosotros, unos trescientos, fuimos perseguidos en plena noche por diez mil caballeros turcos. Teníamos una catapulta en una nave que los bombardeaba desde el mar, pero se hundió en una tormenta. Al alba de un viernes de mayo, al-Ashraf lanzó el ataque final. En un instante ocuparon los muros externos, la torre del Rey, después la torre Maldita, e intentaron abrirse paso por San Antonio y San Romano. Nosotros estábamos allí, resistimos como héroes...

Le contó cómo había combatido, cómo había visto morir a su padre y a su mejor amigo, y cómo después los turcos habían entrado en la ciudad. Le habló de una chica, quizá de unos quince años, a la que un infante enemigo había matado por diversión... Y que él había huido hacia el puerto cuando ya no había nada que hacer, buscando la salvación, y había avanzado a codazos por el muelle largo, entre mujeres y viejos, hasta que había sido herido en el hombro por un cristiano que huía más desesperado que él...

Al final, milagrosamente, se había despertado al día siguiente en casa de Ahmed.

—Esto sucedía en Outremer —había proseguido—, salías ileso de una refriega furiosa con los turcos del sultán de Egipto, eras herido en el hombro por un cristiano y salvado por un musulmán de origen egipcio. Al parecer, el mundo es más complejo que la idea que de él tenemos. Y la guerra es un esquema demasiado sencillo, que no basta nunca para explicar las cosas. El buen viejo Ahmed me curó como a un hijo en su casa, en el campo que había transformado en un jardín. Me dijo que me había encontrado en el puerto cuando todo acabó, cuando él había ido a prestar sus servicios como médico después de la matanza. Me había cargado en su carro con la ayuda de un amigo. Estaba casi desangrado y vivo de milagro, según me dijo. Me quedé con él un año, hasta que me recuperé completamente, simulando, para no caer en malas manos, que era su esclavo. Ahmed era un hombre sabio, me decía que allí en esa zona de Asia que se asoma al Mediterráneo paz no ha habido nunca y que nunca la habrá, porque más que una región en sí misma es un confín, una frontera abierta a tres regiones. Han llegado los griegos de Constantinopla, los francos del mar, los turcos de las estepas, los árabes del desierto, los mamelucos de Egipto y ahora incluso los mongoles de Catay. Sin embargo, igual que siempre ha sido terreno de combate, ha sido también tierra de encuentro entre las civilizaciones.

»Me enseñaba su biblioteca llena de obras importantes, me decía que los árabes en esa tierra de nadie habían encontrado un patrimonio inmenso de saber olvidado, la filosofía y la geometría griegas, la matemática india, la astronomía babilónica y egipcia, un tesoro inestimable reunido allí como los pueblos de tres continentes, patrimonio que ellos habían cultivado y aumentado con religiosa dedicación. Ahora con estos mamelucos, que eran antiguos esclavos solo capaces de hacer la guerra, la cultura decaía, decaían la ciencia y las artes, y pronto también bárbaros como nosotros, los toscos francos de ultramar, los habríamos superado. Decía que el encuentro entre pueblos deja huellas más duraderas que su enfrentamiento. "Abandona la guerra, Bernard; cultiva la ciencia —me repetía—, la ciencia no tiene patria, no es cristiana ni musulmana, es de quien se dedica a ella. Habéis estado aquí doscientos años y ¿qué habéis conseguido de todas las masacres que habéis provocado? ¿Qué habéis dejado, aparte de las ruinas de vuestros castillos? Pero si al retiraros os habéis llevado con vosotros los libros de al-Husayn ibn Sina, al-Jwarizmi y Alhacén, y si los estudiáis a fondo, si añadís las vuestras a sus minuciosas observaciones, si acrecentáis los tesoros de saber que nosotros por nuestra parte hemos pacientemente acrecentado recibiéndolos de otros grandes pueblos del pasado, eso os rentará en el futuro más que las toneladas de sangre con que habéis abonado el desierto sin lograr volverlo más fértil. Si amas realmente a tu pueblo, Bernard, cultiva la sabiduría, patrimonio del hombre, que nos da la amistad de Dios, y olvídate de la masacre y el martirio".

»Si me hubiera quedado allí me habría enseñado la escritura árabe y a leer las obras de ciencia. La cuestión es que nací caballero, ni siquiera conozco bien el latín, y aunque hubiera sabido leerlos en árabe no habría podido

sueltos, como sucedió aquí en Rávena. Me enrolé en el séquito del emperador Enrique VII, en las bandas de Uguccione della Faggiuola, pero también allí duré poco; yo era un caballero monje, no tenía nada que ver con aquella soldadesca que solo sabía blasfemar, saquear campos y violar a campesinas tuberculosas. Y además no había sido entrenado para combatir contra otros cristianos, y sin la perspectiva del paraíso de los mártires incluso tenía miedo a morir. El mundo es demasiado difícil para mí... Cuando la orden de los templarios se disolvió, los que quisiéramos de nosotros podíamos encontrar un hogar o disponer de una modesta pensión de los hospitalarios. Eso soy ahora, *oïl*, un templario jubilado...

Giovanni había escuchado con mucho interés las historias de San Juan de Acre, y si en un principio había pensado que había pillado in fraganti al asesino que vuelve al lugar del crimen por alguna razón misteriosa, cuanto más avanzaba con el relato, más se convencía de que Bernard no tenía nada que ver con la muerte de Dante. En este punto, lo interrumpió directamente y se lo preguntó:

—Así pues, no habéis sido vos quien ha envenenado al poeta... —dijo.

Bernard abrió los ojos y levantó la cabeza hacia su interlocutor, sentado frente a él:

—¿Qué decís? ¿Qué motivos tenéis para creer...? —respondió sin ni siquiera concluir la frase, con semblante preocupado.

Giovanni le explicó las razones de sus sospechas, y Bernard sacudió la cabeza exclamando:

—¡Diantres! Han sido ellos, los frailes menores...

Los franciscanos eran los últimos de los que Giovanni habría albergado sospechas, dada la devoción de Dante por la orden. Sin embargo, la presencia en Pomposa de dos frailes que se habían sumado a la comitiva que incluía al poeta le había hecho sospechar. Por eso le pidió a Bernard más información, y el extemplario le habló de la comida en el monasterio con el abad, los tres funcionarios de la delegación que acompañaban a Alighieri y los dos franciscanos que se habían sumado al grupo y lo habían acompañado después hacia Chioggia. Él, Bernard, estaba en la otra mesa con los soldados de la escolta, que hablaban de borracheras y prostitutas, pero no había participado en la alegría boba de sus comensales y no había apartado la mirada de la otra mesa, la de los invitados relevantes. En ella habían hablado de política, se oía discutir acerca de la Iglesia, del Imperio. Solo los dos frailes le parecían extraños, acaso ni siquiera eran auténticos franciscanos. Participaban poco en las conversaciones de los demás, a menudo incluso los interrumpían proponiendo un brindis, y al final estaban casi borrachos. Uno era alto y delgado, con acento toscano. Con una cicatriz en forma de ele invertida en la mejilla derecha; parecía un soldado más que un fraile. El otro era rechoncho y bajo, tenía un acento meridional en el que predominaba el uso de la u, y usaba *lu* como artículo; probablemente era originario de la Apulia o de los Abruzos. No recordaba más. Él había venido a Rávena para esperar el regreso del poeta, y un discípulo suyo, mientras tanto, le había permitido —se entiende que pagando— transcribir los primeros veinte cantos del *Paraíso*. El *Infierno* y el *Purgatorio* ya los había conseguido en Verona.

Al final se despidieron como viejos amigos, prometiéndose ayuda recíproca: Giovanni haría lo imposible por encontrar los últimos trece cantos del poema y se los proporcionaría lo antes posible; Bernard, por su parte, ayudaría al otro en sus investigaciones. Era necesario a cualquier precio encontrar a los dos presuntos franciscanos, concluyó el extemplario. Evidentemente, alguien quería adueñarse del nuevo Templo. Un secreto sepultado desde hacía siglos en Jerusalén había sido rescatado por los cruzados después de la reconquista de Saladino, y estaba a salvo custodiado en un lugar cuyo mapa tenía que estar escondido en el poema... Para Bernard no había duda de que el poeta lo sabía, de que era uno de los custodios del antiguo mensaje... Un mensaje secreto en versos eneasílabos de los que él mismo había oído hablar en San Juan de Acre: Guillaume de Beaujeu, su padre y el poeta habían muerto por una gran causa, de eso estaba convencido...

Salió tal como había entrado: saltó agarrándose con las manos al muro, alzó el peso de su cuerpo haciendo fuerza con los brazos y pasó al otro lado. Giovanni admiró la agilidad y la fuerza de ese hombre enérgico, pero sus discursos sobre el nuevo Templo le parecían carentes de cualquier fundamento. Dedujo que tenía que ser imposible para un soldado que había arriesgado la vida y había visto morir en combate a su padre aceptar la idea de que todo hubiera sucedido para nada, que el sacrificio de tanta gente hubiera servido para enriquecer a los venecianos y al rey de Francia, y para nada más.

Sin embargo, era así como habían ido realmente las cosas en Outremer.

Cuando el otro salió, Giovanni retomó la lectura del *Paraíso*, esperando hallar en el poema cualquier pista sobre el lugar en el que Dante había escondido los últimos cantos. El decimoctavo le había parecido asombroso desde el comienzo, cuando, aún en el cielo de Marte, Dante mira a Beatrice y se libera de cualquier otro deseo, viendo brillar en ella lo divino... «A juzgar por el *Paraíso* —pensó—, la suya no fue más que una historia de miradas, de ojos que se cruzan en la multitud y se desean en vano por las calles de Florencia». Le parecía verlas, esas miradas, buscarse y disimular, y fugazmente rozarse... Por ella, incluso en el Paraíso, casi se olvida de Dios y corre el riesgo de conformarse también allí con ese sustituto de lo divino que es el amor de este mundo... Y Beatrice le reprocha: «El Paraíso no está todo en mis ojos».

Después, finalmente, se asciende al cielo de Júpiter y se asiste a un espectáculo extraordinario. Las almas son resplandores que giran en el aire cantando, una danza de luz y música: de vez en cuando se detienen, dibujando en el vuelo varias formaciones, como hacen los pájaros a la orilla del mar, y forman letras del alfabeto; primero D, después I, luego L. En el momento en que componen una letra están quietas y dejan de cantar; después retoman su danza hasta que forman la siguiente. Vuelven a empezar y se detienen a continuación, hasta dibujar todas las letras del primer verso del *Libro de la sabiduría:* DILIGITE IUSTITIAM QUI IUDICATIS TERRAM («Amad la justicia, vosotros que juzgáis el mundo»). Concluido el texto, en la última letra, la eme, llegan otros resplandores a formar la cabeza de un águila, y la eme ojival se convierte en un gran cuerpo.

El águila era descrita en el vigésimo canto, la cabeza de perfil, el único ojo visible formado por seis resplandores, seis *lapilli;* uno es la pupila, los otros cinco dibujan el contorno del ojo, dos más luminosos que los otros. Se acordó entonces de que ya la había visto recientemente en algún sitio, un águila representada así... Sí, pero ¿dónde?

Después, de pronto, se acordó.

Se volvió hacia la derecha y vio que estaba allí, a un paso de él.

VI

Cuando regresó a casa después de las vísperas, sor Beatrice encontró a Giovanni aún en el estudio, arrodillado frente al águila negra grabada en el arcón. No había hecho más que pensar en él durante toda la tarde, no lograba quitárselo de la cabeza. No sabía por qué, pero en el fondo estaba contenta de encontrarlo allí. Él se había levantado en cuanto había oído sus pasos. Había señalado el arcón:

—Tiene un doble fondo... —había dicho.

En un principio no lo había entendido, y entonces él le había explicado que durante la tarde había transcrito solamente un canto del poema, pero que después se había puesto a leer los otros siete, y en el vigésimo y último había encontrado la clave del enigma: el águila negra grabada en el arcón. Tal vez los trece cantos que faltaban de la *Comedia* estaban allí; el arcón tenía un doble fondo, había que meter el pulgar en la pupila del águila y el índice y el medio sobre los dos diamantes que formaban la primera y la quinta piedra preciosa de la ceja.

—Uno y cinco —había dicho también—, Trajano y Rifeo... Se aprieta y se oye un clic, lo acabo de intentar, pero después, al oír el ruido de vuestros pasos a mis espaldas, lo he cerrado a toda prisa. Aunque con la punta de los dedos de la mano izquierda he notado levemente el suave tacto del papel escondido en el doble fondo...

El misterio, había continuado, se desvelaba en el vigésimo canto. Se habla del águila, un águila luminosa formada por espíritus beatos que el poeta imagina encontrarse en el cielo de Júpiter, el cielo de la justicia, la undécima virtud. El águila que Dante ve en el Paraíso tiene la cabeza de perfil, como la representada en el arcón, y el ojo visible está formado por seis piedras preciosas, que en el cielo de Júpiter son seis beatos, uno en el centro haciendo de pupila del ojo y los otros cinco dispuestos a su alrededor... Sor Beatrice lo había invitado a sentarse y a contárselo con calma, pero él había preferido dejarle a ella la silla que había junto al escritorio. Al final los dos se quedaron de pie.

—Entonces, ¿aquí el águila —había continuado Giovanni— es el símbolo del Imperio o acaso más bien el de la justicia?

—El águila —había precisado ella— no es simplemente el símbolo del Imperio, sino que es el Imperio mismo, o al menos debería serlo, una encarnación del águila mística. El poder terrenal no es más que un rayo reflejado de la eterna justicia, así como la belleza terrenal de Beatrice no es más que un reflejo de la belleza absoluta. El poder terrenal es legítimo solo mientras que encarna la Ley, la justicia, que es un principio universal al que mi padre atribuía origen divino.

—Sí, en efecto —había proseguido Giovanni—, en el decimonoveno canto me ha parecido ver una referencia al tema de la unidad de la justicia: el águila, formada por una miríada de espíritus luminosos, debería decir «nosotros» y en cambio dice «yo», emite su voz como águila. La justicia es en efecto una sola, y las almas que en vida la han amado incluso han renunciado a sí mismas, a la propia individualidad, fundiéndose en una individualidad más alta y grande... —Giovanni se había arrodillado nuevamente, dispuesto a volver a abrir el fondo secreto del arcón—. Así pues, es la justicia en sí misma la que habla con el poeta por boca de mil espíritus que tienen una sola voz...

—*E pluribus unum:* a la larga lo múltiple fluye de nuevo necesariamente en el uno del que procede, y se anula... —así le había interrumpido Pietro, que entraba en ese momento en la habitación, después de regresar con Iacopo y Gemma, su madre.

Giovanni se levantó enseguida, fingiendo que le dolía una rodilla. Pietro había escuchado la última parte de su conversación y había decidido intervenir. Era un joven de altura media, de aspecto muy reservado. Había pedido disculpas por la interrupción, pero quería decir una cosa que estaba escribiendo en un libro, algo a propósito de la unidad de la justicia, la virtud tan amada y ejercitada con tanto rigor por su padre. La justicia divina funciona en el mundo, decía Dante, aunque sus designios pueden parecer inescrutables a los mortales porque son alterados por el uso, a veces distorsionado, que el hombre hace de su libre albedrío. Después había citado una canción que su padre había compuesto en los primeros años del exilio: *Tre donne intorno al cor mi son venute*[1].

—Las tres *dominae*, las tres señoras que danzan alrededor del corazón del poeta en aquella canción —había explicado—, son alegoría de los *tria iura*, las tres formas del derecho, la primera de las cuales es la *lex divina*, generadora de las demás, o el águila que aquí aparece en el Paraíso, y está expresada en el Evangelio en la fórmula que resume el sentido de todos los mandamientos: ama al prójimo como a ti mismo, no hagas a los demás lo que no querrías que te hicieran a ti. Las otras dos mujeres, emanaciones de esta ley primaria, son en mi opinión el *ius gentium* y el *ius civile*, que traducen en los detalles adaptándose a las exigencias de cada comunidad los principios fundamentales en que se articula esa primera fórmula...

Antonia le había indicado a Giovanni con los ojos que era mejor no comunicarle a Pietro el asunto del doble fondo del arcón, o al menos así había interpretado Giovanni el guiño de la monja.

—De la idea de la unidad de la justicia —había proseguido mientras tanto Pietro— se pasa a la necesidad de

---

[1] «Tres mujeres vinieron a mi corazón», de la rima CIV de las *Rimas* de Dante.

un gobierno europeo unitario, por encima de los gobiernos locales. Pero hoy hay un animado debate, ya estaréis al corriente, sobre las relaciones entre el *ius commune* y las leyes territoriales de los reinos individuales, de los ducados, de las ciudades...

—La crisis del Imperio —dijo entonces Giovanni— ha convertido sobre todo la nuestra en una tierra caótica, donde cada gobierno ciudadano formula sus propias leyes incompatibles con las de las ciudades vecinas, y esencialmente esto se traduce de hecho en la ausencia de cualquier derecho común. Los franceses y los ingleses tienen reyes, los teutones un emperador, pero entre nosotros reina la anarquía: en cada ciudad la facción en el poder hace las leyes a su medida, favorables para ellos y hostiles para la parte contraria; quien las hace no tiene ningún interés por el bien público, legisla porque es una muestra de autoridad. Cada cual es el legislador de sí mismo, y el más rico y poderoso tiene más derechos que los demás...

—A mi padre —prosiguió Pietro— esta degeneración de la vida civil italiana no le gustaba nada. Podía funcionar solo en la medida en que las realidades municipales eran aún pequeñas, poblaciones casi rurales en las que todos se conocían y el deseo de una buena reputación contribuía a la lealtad de los ciudadanos; ahora ya no es así, y algunos burgueses florentinos, por ejemplo, tienen propiedades en toda Europa, gestionan patrimonios desmesurados, se han enriquecido más allá de cualquier medida lícita, en perjuicio de los pequeños propietarios y de los artesanos, a quienes en cambio les cuesta sobrevivir. La ausencia total de leyes justas, la avidez sin límites que ha suplantado el derecho han hecho la vida ciudadana insoportable para quien ama la paz, el orden social, una existencia equilibrada y consciente, dedicada a las ciencias o al progreso de la propia comunidad...

Sor Beatrice se alegraba en silencio de constatar el entendimiento inmediato entre Pietro y Giovanni. Después hablaron del significado global del poema. Pietro había dicho que estaba preocupado por el florecimiento de extrañas y peligrosas interpretaciones que veían la obra de su padre como una escritura sagrada, un libro de profecías o incluso como el relato de un viaje real al más allá, cuando se trataba de una gran alegoría poética. Las interpretaciones esotéricas eran peligrosas porque podrían desencadenar una ofensiva de la Iglesia. De todos modos él, para aclarar el asunto, estaba pensando en hacer un comentario al poema de su padre. Giovanni contó a su vez que había oído una tesis templaria según la cual Dante habría sido uno de los custodios de un secreto mensaje de los caballeros del Templo. Pietro había sacudido la cabeza incrédulo, más disgustado que divertido.

Después se habían despedido, Giovanni había regresado a su posada y Pietro y Iacopo a casa de Pietro.

Sor Beatrice, que se había quedado con su madre, la había abrazado. Se habían quedado así en silencio. No hubiera sabido decir durante cuánto tiempo. Dejando pasar añoranzas y presentimientos. Gemma se había retirado después al dormitorio de Dante, y había fijado la mirada por un instante en su fallido lecho nupcial.

—He aquí el espejo de mi vida —había susurrado—: un tálamo vacío.

Estaba muy cansada y, sin embargo, tenía casi miedo de ponerse a dormir; sabía que le costaría, como cada noche, conciliar el sueño, pues sus pensamientos estarían, como de costumbre, todos dirigidos al pasado, a cuando se quedó sola con sus hijos pequeños, viviendo también en la pobreza. Ahora estaba contenta por Pietro, por la carrera que emprendería en Verona, por la mujer con la que se casaría, pero en lo más hondo estaba triste porque no lo volvería a ver. Estaba, en cambio, decepcionada con Iacopo, por su mala cabeza, porque era mujeriego, demasiado impulsivo y confuso. Sin embargo, también estaba contenta de saber que al menos uno de sus hijos nunca se separaría de ella. El pensamiento de no poder volver a ver a Antonia, después de esa breve estancia en Rávena, no hallaba aún el coraje de afrontarlo, lo aplazaba siempre a la siguiente noche. Imaginó incluso una historia de amor como esas de las novelas francesas, fantaseó con que el de Lucca que rondaba a su alrededor la arrancase del convento y la devolviera a la Toscana. Y soñó con vivir todos felices en Florencia con un ejército de nietos. Ese pensamiento quizá era blasfemo, pero le sentó bien. Plácidamente, se durmió enseguida después de la imaginada fiesta de la boda.

Cuando se había quedado sola, sor Beatrice se había sentado en el banco del jardín a mirar las estrellas. La inmensidad de la noche le suscitaba oraciones inconscientes y sin palabras, un anhelar indefinido. Había pensado que lo que experimentaba quizá fuera precisamente el sentimiento que su padre había intentado contar en el *Paraíso*. Pero para ella era una espera tácita, sin nombre. Para ella no había palabras para verbalizar esa especie de nostalgia por un lugar en el que nunca se ha estado. Sin embargo, de vez en cuando, era como si en su mente vivieran aún dos mujeres distintas: la Antonia que había sido y la sor Beatrice que era. «¿Por qué te hiciste monja?», le preguntaba obsesivamente una voz maligna, recordándole la infancia feliz entre los brazos seguros de su padre, después el dolor tremendo cuando él fue condenado, el miedo terrible a no volver a verlo. Si por su madre hubiera sido, nunca se hubiera marchado de Florencia, ni siquiera cuando Pietro y Iacopo, con catorce años, habían tenido que dejar la ciudad, exiliados ellos también, desterrados por el gobierno municipal. Su madre había peleado como una leona contra su voluntad de hacerse monja, había soñado para ella un buen matrimonio, más feliz que el suyo. Pero los jóvenes florentinos desdeñaban a la hija de un hombre desterrado, nadie se atrevía a pedir su mano, y la pobreza a la que su familia había sido empujada ciertamente no animaba ni siquiera al más inconsciente de los cortejadores. En realidad alguno había intentado incluso seducirla, pero nadie hubiera querido casarse con ella. En su condición, pensaban los varones de buena familia, tendría que haber sido una chica fácil, como les sucede a las que no tienen nada que perder. Pero ella no pensaba así, ella era la hija de Dante.

«Lo has hecho solamente por tu estúpido orgullo —sugería la antigua malicia de Antonia—, por desdeñoso gusto, para hacer de tu destino una elección tuya. —Implacable, despiadada consigo misma y con los demás era Antonia cuando quería—. No tenías más opción que volverte monja o solterona; entonces tanto daba casarte con algún viejo incontinente de los que quería darte tu tío y rezar para que falleciera deprisa, así te quedaba la vida digna, libre y tranquila de las viudas».

Sor Beatrice dejaba que esas palabras le fluyeran dentro, no tenía miedo. ¿Qué fe es la que tiene miedo de cualquier insignificante cadena de sílabas? Así era de niña, lo criticaba todo y a todos, y a sí misma, con ferocidad inaudita, pasando cada palabra por el cedazo, buscando siempre detrás de las apariencias un móvil secreto. Después, con el tiempo, había aprendido a convivir con el implacable juez que sabía ser —no en vano era hija de Dante—. Ahora que su padre estaba muerto, la voz de aquella que había sido salía como un torrente a suscitar incluso dudas sobre la autenticidad de su vocación... «Que no haya sido solo para poder marcharme de Florencia, para poder reunirme con mi padre». Pero ahora era como una voz lejana, una compañera gruñona que se ha aprendido con el tiempo a soportar pero a cuyos reproches ya no se hace caso. «¿Y Giovanni? ¿Qué me dices de Giovanni? Un joven apuesto, ¿verdad? Y si fuera tuyo... Claro, claro... Desde que lo conociste no haces más que pensar en él... Bah, está visto que el hábito que llevas no te protege lo bastante de las tonterías del mundo...».

El pensamiento de Giovanni la llevó al asunto del águila y el arcón. Regresó inmediatamente al estudio de su padre con la antorcha encendida, la puso en la pared encima del arcón, cogió el poema y empezó a releer el canto XX del *Paraíso* para entender qué le había dicho Giovanni del misterio que allí se revelaba. Ah, cierto, la duda aparente de su padre: el problema de la teodicea, ahora se acordaba. ¿Qué Paraíso puede haber sin Virgilio, Aristóteles, Homero y Averroes? Dios debería apreciar a los hombres que han contribuido al aumento de la felicidad de sus semejantes, ya sean paganos o infieles. Sobre ese asunto no se daba tregua. En el Paraíso quería volverse a encontrar con Beatrice, estar en perpetua contemplación del Absoluto, pero no hubiera desdeñado una pequeña charla con Cicerón, Platón, Séneca o Lucano. Quizá a la manera como conversan los ángeles, sin palabras, leyéndose recíprocamente el pensamiento. Porque además, en el fondo, entre los contemporáneos, había como máximo dos o tres con los que habría compartido gustosamente el Paraíso...

Por eso en el canto de la justicia divina, donde el poeta expresa sus dudas y se contesta, asiste al milagro de dos paganos que son salvados por la infinita misericordia de Dios. El águila invita a Dante a mirar su ojo, donde están las piedras más preciosas de ese cielo. Y su ojo está formado por seis espíritus luminosos: la pupila es David; alrededor, en círculo, cinco espíritus, dos de los cuales, sorprendentemente, son Rifeo y Trajano, paganos y, sin embargo, en el Paraíso. Y brillan más que los demás cuan-

VII

Dijo simplemente que era un admirador de Dante que quería escribir su biografía, y empezó a acosar a preguntas a todo el que se le pusiera por delante. Había llegado a media mañana a la abadía de Pomposa, comenzando el viaje en plena noche. El aire se había vuelto de repente caliente al salir el sol, y una niebla inmóvil en los campos había invadido con su humedad la llanura. No había viento y la atmósfera estaba inmóvil, estancada, viciada. Parecía que el tiempo se hubiera detenido, como los pensamientos cuando no fluyen. Los muros del convento le habían parecido como un fantasma gris en la niebla blanca.

Tras entrar por la puerta norte, había dejado una ofrenda para el monasterio al portero y el caballo a los mozos del establo, y se había dirigido enseguida a la iglesia. Antes de entrar había observado la imponente torre del campanario, con las ventanas cada vez más grandes de planta en planta, hasta las cuatro anchas de la última, y después el cono del techo, la base que reduce a un círculo la planta cuadrada del campanario, la cuaternidad del mundo que fluye de nuevo en la circularidad del ser, y el cono que reduce el círculo a un punto: lo múltiple que fluye de nuevo en el uno. Había atravesado el atrio y había asistido a la última parte de la liturgia. Había tan solo ocho frailes en el coro entonando el *Ave Regina coelorum* de Marco Padovano, cuatro a un lado para la primera voz, cuatro al otro para servir de contrapunto. Y el lugar del centro, reservado al abad, estaba vacío. Echó un vistazo a la arquitectura de la iglesia y advirtió que habían cerrado la nave lateral por el lado norte, en la zona de la torre del campanario, por obras de restauración. Se dirigió hacia la nave sur y se detuvo bajo un fresco que representaba el torpe intento de san Pedro de caminar sobre las aguas como había hecho Jesús, su maestro. «El torpe intento de un hombre de imitar lo divino», pensó.

Al final de la liturgia se reunió con los monjes en la sala capitular adyacente al ábside.

—Encantado. Giovanni, Giovanni da Lucca... —se había presentado a uno de ellos, anciano y de aspecto altivo, quien ni siquiera había contestado al saludo. Había notado una extraña atmósfera, el hecho mismo de que en el oficio tercero solo hubiera ocho monjes, en un monasterio que parecía albergar a decenas y decenas, enseguida le había parecido una mala señal—. Encantado. Giovanni,

Giovanni da Lucca... —había intentado de nuevo con otro, de mediana edad y aspecto distinguido. Había añadido simplemente que era un admirador de Dante, que quería escribir su biografía y que sabía que el poeta había estado allí, en Pomposa.

—Yo soy el padre Fazio —le había respondido, aunque reconociendo que sobre Dante no podía decirle nada; ue había oído hablar de él, pero no lo había visto ni siquiera las dos o tres veces que había estado allí.

Giovanni le había preguntado entonces que a qué se debía que hubiera habido tan pocos monjes en la liturgia de media mañana, y el padre Fazio había levantado los ojos al cielo y esbozado una sonrisa amarga.

—¿Y las sombras? —había replicado—. ¿Habéis contado las sombras, hijo mío? El tiempo final del reino de Dios en la tierra estaría a punto de consumarse, el reino milenario sería ya *hic et nunc* si además de los que habéis visto hoy hubieran estado también todos los demás. Buena parte de los componentes de esta abadía son solo sombras: aparecen en los registros, pero nadie los ve nunca, y menos en verano. Evidentemente, el aire malsano de estos lugares los empuja a una regla tan solo suya, a pesar de san Benito. Pero id a Ferrara o a Rávena y encontraréis a más de uno, difíciles de reconocer por las ropas seglares que llevan y por la conducta que tienen. Si seguimos así será el final para Pomposa, el santo padre antes o después hará que la cierren.

Eso había dicho suspirando, y después se había marchado encogiéndose de hombros y murmurando algo para sus adentros.

Giovanni había atravesado el claustro grande y había encontrado al otro lado de la iglesia los dos refectorios, el grande para los monjes y el pequeño para los invitados. En este último se había detenido, allí donde debía de haber comido la delegación de Rávena con los guardias de la escolta.

—Aún está preparado para comer —le había dicho, cuando pasó por la sala, el monje asignado a las cocinas.

Él se había presentado y había pedido información sobre la comida del poeta florentino que se dirigía a Venecia.

—Una menestra de legumbres y poca carne de pollo, pero un buen vino de aquí, nuestro *sangiogheto*, procedente de la Toscana —le había respondido el monje, que le había entendido mal, con el rostro iluminado al mencionar el vino.

Le había preguntado entonces si se acordaba del poeta y si habían comido otras personas en la abadía ese día. Había obtenido solo la confirmación de lo que ya sabía por Bernard sobre los dos frailes de paso. Dos franciscanos: uno alto y delgado; el otro más bajo, pero robusto.

—También había un señor alto —había añadido el monje—, quizá un caballero, vestido de negro, rapado casi al cero, que se quedó en la otra mesa con los soldados de la escolta y que al final habló con el poeta durante algunos minutos. Se marcharon todos a la mañana siguiente, después de los maitines, cuando llegó la delegación veneciana y se encontraron aquí. Creo que los dos franciscanos se unieron a la comitiva, pues ellos también iban a Venecia.

—¿Cómo eran esos dos frailes? —le había preguntado.

—Ya sabéis cómo son estos frailes menores, con su idea ascética y alegre de la vida cristiana... Para mí estos dos eran un poco demasiado alegres, más alegres que ascéticos, por así decirlo... No hacían más que brindar y beber, me pareció incluso que el poeta estaba irritado... Recuerdo que se llamaban entre ellos con sus nombres de bautismo en lugar de con los adquiridos en la comunidad monástica... El pequeño se llamaba Cecco y venía de los Abruzos. Me acuerdo de él porque me dijo que después del breve viaje a Venecia regresarían a Bolonia, donde se habían encontrado, de modo que le di un mensaje para un amigo mío franciscano que enseña allí en el *Studium*...

Así que ahora Giovanni sabía adónde ir a buscar a los dos frailes menores. Se lo contaría enseguida a Bernard y le pediría que se fuera con él. En Bolonia estaba su amigo Bruno da Lanzano, compañero de estudios y también médico, que podría hospedarlos. Después había preguntado por el abad, con quien quería intercambiar algunas palabras, pero no había ningún abad. El último, don Enrico, del año anterior, descansaba en el camposanto que había al otro lado de la iglesia...

—¿Quién recibió entonces a la delegación, si no fue el abad? —había preguntado Giovanni.

—Don Binato, el aspirante apoyado por los Polentani y su santidad. El otro aspirante, don Fazio, cercano a los Este de Ferrara, secretamente, en mi opinión, esperaba con ansiedad una guerra entre los venecianos y Rávena, que ciertamente habría favorecido a los Este en el control sobre Pomposa y a él mismo para suceder a don Enrico...

Le había contado los desacuerdos entre los Este de Ferrara y el papa de Aviñón, y la situación del monasterio entre la espada y la pared, el debilitamiento de la regla, la llegada a Pomposa de exiliados de otras órdenes, religiosos perseguidos y templarios sin tierra, y la degeneración de la vida monástica, confiada al buen criterio de cada uno de los monjes y sometida a otras formas de supervivencia. Después le había dado, a cambio de una ofrenda, algo de comer. Habían comido juntos lentejas y caldo de gallina vieja, y de este modo habían hablado también de otros asuntos.

Había probado también el *sangiogheto,* y al final el monje, al saber que era médico, le había aconsejado pasar por la tienda del boticario, cuya entrada estaba en el patio grande y a la que tenían acceso los visitantes. Tras un paseo alrededor de los muros del monasterio, se había dirigido a la tienda, situada junto al edificio de la Ragione.

—Encantado, Giovanni, Giovanni da Lucca...

El boticario de la abadía era el hermano Agostino, un auténtico experto en materia de plantas aromáticas y medicinales, y Giovanni lo había acribillado a preguntas. Dado que parecía interesado sobre todo en los venenos, el monje había sospechado; el interrogatorio le pareció insólitamente largo e impropio para un tipo que había dicho que estaba allí únicamente para hablar de Dante. Giovanni explicó entonces que era médico y que su interés por los fármacos y los venenos no tenía nada que ver con su interés por la poesía.

—Vos sospecháis que el poeta ha sido envenenado, ¿verdad? Que ha sido envenenado aquí, en el refectorio de la abadía... —murmuró el boticario.

A Giovanni le sorprendió tanto una pregunta tan directa que por un momento no supo qué responder. El boticario continuó:

—Desapareció arsénico esa mañana, mientras yo estaba en el oficio tercero. En realidad podría haber sido cualquiera; aquí estaba solo el lego que me ayudaba, pero era un chico negligente, pobrecillo, y lo ha pagado caro... Se aprovechaba de cada una de mis ausencias para hacer de las suyas... Y murió envenenado ese mismo día, tras haber servido en las mesas de la delegación de Rávena...

—¿Qué? ¿El lego murió envenenado? Pero ¿cuántos años tenía?

—Dieciocho...

—El veneno..., el veneno no estaba destinado a él, ¿no es cierto?... Entonces quizá... Se llevó los restos de la comida, ¿verdad? —preguntó Giovanni.

—Lo hacía siempre, era la paga por su servicio —respondió el padre Agostino.

—¿Aquí quién podría haber tenido motivos para envenenar al poeta? —preguntó.

—Los hermanos partidarios de los Este —contestó el monje— tenían todo el interés del mundo por hacer fracasar la misión de Dante. Una guerra entre Venecia y Rávena sin duda habría favorecido los intereses de los señores de Ferrara, que estaban a la expectativa y no esperaban otra cosa para meter mano también en esta abadía. El poeta era conocido por su refinada dialéctica, infalible cuando se basaba en la pasión. Y cuando se trataba de paz, él estaba siempre convencido de que se trataba de una buena causa. Era muy probable que su misión tuviera un resultado favorable, y también aquí alguien lo habría detenido de buena gana...

—¿El padre Fazio? —insinuó Giovanni.

—El padre Fazio —confirmó el boticario.

—No lo conozco, apenas lo he visto un momento, pero no me parece la clase de...

—No es la clase de persona que se expondría directamente, eso es cierto, pero podría haberse servido de sicarios... —sugirió el monje farmacéutico.

—¿Los frailes menores? —preguntó entonces Giovanni.

—No eran franciscanos de verdad —dijo el otro—, ningún franciscano se dejaría llamar Cecco por un hermano... A lo mejor ellos eran los sicarios, y a pesar de todo excluiría también que actuaran por cuenta del padre Fazio; quizá los enviaban directamente los Este... o tal vez los venecianos... Francamente, no tengo ni la más remota idea; no conocía al señor Alighieri hasta el punto de saber quién querría su muerte...

El asunto se complicaba. De todos modos había que encontrar a esos frailes, ya fueran auténticos o falsos, y había que interrogarlos. Si habían sido ellos los sicarios, era la única manera de llegar a quien ordenó el crimen. Iría a Bolonia, con o sin Bernard.

Finalmente le había dado las gracias al boticario y le había preguntado por don Binato. Lo encontraría por la tarde en el cementerio, cerca de los muros septentrionales de la abadía, en la tumba de don Enrico.

Tras una breve parada en los establos para comprobar las condiciones en las que se encontraba su caballo, fue a buscarlo. Se puso a caminar lentamente entre dos hileras de lápidas grandes de piedra blanca, bajo los muros, donde estaban los abades antiguos y los recientes de la abadía. Allí estaba la tumba de don Enrico, con su silueta esculpida en la losa de piedra, tumbada con los brazos en cruz sobre el pecho. En las lápidas más antiguas, más sencillas, leyó los nombres de los demás, algunos famosos, como san Guido y Martino el ermitaño.

—¿Qué buscáis, joven, entre los muertos? —dijo una voz que parecía salida de una de las tumbas. Se volvió, vio el busto de un monje asomar detrás de un antiguo sarcófago, precisamente como si estuviera saliendo de él. Reconoció al sacerdote anciano y altivo que por la mañana, después de la ceremonia, no le había dirigido la palabra. Respondió que tan solo quería hablar de Dante y que, si él era don Binato, quizá podría revelarle cosas interesantes. El monje bajó de la escalera con la que había subido a la lápida.

—Esto está siempre lleno de caracoles —dijo— que profanan la memoria de los grandes hombres que han vivido en este lugar santo borrando los nombres con su baba. Todos los días vengo aquí a esta hora, a desinfectar las tumbas y a rezar a san Guido para que vele por el futuro de la abadía.

Ese día, según le reveló don Binato, habían discutido de política. Dante se había acalorado y había expresado sus propias opiniones, sobre Europa y sobre Italia, sobre el papado de Aviñón, sobre la crisis del Imperio.

—El poeta tenía una extraordinaria capacidad fabuladora, charlando con él se entraba por un rato en otro mundo. Un soñador. Decía que la historia sigue un curso propio necesario, aunque los proyectos humanos individuales no siempre lo secundan, y así retrasan lo que debe ser y al final inevitablemente será. «Italia será un único organismo —decía—, se hablará una sola lengua, formará parte de un único gran imperio cristiano que abarcará a Europa entera, desde la península ibérica hasta Constantinopla, y la *Respublica christiana* estará unida finalmente bajo leyes comunes, como en la época de Carlomagno. Para que esto suceda —había proseguido— hacen falta dos circunstancias: que se limite las pretensiones de la dinastía de los Capetos y de Francia respecto a la parte germánica del Imperio y que la Iglesia pierda su poder temporal, su reino terrenal, para volver a ser exclusivamente una gran guía espiritual... La deriva de las naciones —añadió— no promete nada bueno, solo inagotables conflictos, si no está subordinada a una institución central que asegure la universalidad del derecho». Un bonito sueño en la teoría, pero no sucederá nunca: el Imperio germánico y Francia, por ejemplo, jamás podrán ponerse de acuerdo, y el rey de la dinastía de los Capetos y el de Inglaterra están a punto de entrar en guerra en el mismo corazón de Francia... Los poetas no hacen más que inventar mundos imposibles, pero el mundo es este, el único mundo real, aquel en el que vivimos y al cual de un modo u otro tenemos que intentar adaptarnos...

Le dio la razón a su pesar, así era esa época: soñar una Italia y una Europa en paz, un mundo basado en la justicia y regulado por leyes imparciales era una pura abstracción. La misma Rávena tenía que protegerse de Venecia y de Rímini, los venecianos y los veroneses se disputaban Padua, las ciudades de Italia estaban llenas de exiliados de otros lugares, los negros de Pistoia y los blancos de Florencia se convertían en amigos en Bolonia... Coincidía con don Binato en que, fuera como fuera, ellos no verían nunca ese mundo, una Europa civil, activa y pacífica, pero no por eso dejaba de valer la pena soñar con ella. No se lo dijo, se lo guardó para sí, y decidió cambiar de tema:

—He sabido —prosiguió— que vuestra abadía ha sido recientemente golpeada por un luto, una muerte misteriosa, la de un lego que esa noche servía las mesas...

—Una indigestión, quizá —se apresuró a sugerir don Binato—. El muchacho era glotón, y la gula es un vicio capital. Confío en que haya tenido el tiempo y la fuerza para arrepentirse y en que su alma descanse en paz... —dijo, y se hizo la señal de la cruz.

—¿No podría haber muerto envenenado?

Don Binato le lanzó una mirada severa y no contestó. Cambió de tema también él:

—¿Queréis confesaros, hermano? También vos tendréis que aliviar la conciencia y cualquier momento es bueno para hacerlo...

—Tengo prisa por partir antes de que oscurezca —respondió Giovanni.

—Entonces no os entretengo —dijo el monje, y le ofreció la mano para que se la besara en señal de despedida, como si ya fuera el abad del convento. La verdad es que ya estaba harto de insinuaciones e intromisiones con el asunto de la muerte de ese pobre muchacho. Si los señores de Ferrara o los venecianos habían querido eliminar a Dante y se habían dedicado a envenenarle a los legos, él no quería ni saberlo. Sobre la mano que había tendido se posó un mosquito y le picó. Giovanni, tras aguardar a que el insecto acabara, se apresuró a ejecutar el besamanos. El aspirante a abad dio media vuelta y se alejó deprisa, gruñendo para sí maldiciones sobre el tiempo perdido. El chico estaba muerto, el poeta también... Si Dios lo había querido así, tendría que haber alguna razón...

State contenti, umana gente, al quia...[1]

Giovanni permaneció inmóvil un momento, desagradablemente atónito por la manera brusca en que había sido despedido. Le vino a la cabeza la imagen de san Pedro intentando en vano caminar sobre las aguas. «También ellos son hombres —pensó—. Quizá seamos nosotros los que nos equivocamos cuando esperamos de ellos la santidad siempre». Chafó el mosquito antes de que le picara también a él. Advirtió que era uno de esos que vuelan con el cuerpo oblicuo. Entonces se acordó de que tenía que marcharse.

---

[1] «Os baste con el *quia*, humana prole...».

VIII

No llegó a Rávena hasta última hora de la mañana del día siguiente. Fue enseguida a ver a Bernard, que se había alojado con el sacerdote de San Teodoro. Lo encontró en la celda de los invitados, inclinado sobre una mesa hojeando el poema, y le contó lo que había averiguado en Pomposa. Tenían que ir a Bolonia lo antes posible para encontrar a los dos auténticos o presuntos franciscanos.

—Es mejor quedarnos buscando los trece cantos finales de la *Comedia* —había contestado Bernard—. El tesoro de los templarios es más importante, sobre todo si está en peligro y alguien puede llegar antes que nosotros, los mismos que mataron al poeta...

—Pero si el crimen tuviera realmente algo que ver con las historias que me habéis contado, entonces encontrando a los sicarios quizá...

—¡El crimen es seguro que tiene que ver con el secreto que alguien quería impedir que el poeta revelara! —atajó el extemplario.

—Así pues...

—Así pues, id vos, que yo me quedo aquí. Tengo una misión más importante que llevar a cabo.

Ante los ulteriores intentos de Giovanni por convencerlo de que le acompañara, el que había regresado de Outremer se había mostrado inflexible, y a su vez había intentado, sin conseguirlo, convencer al de Lucca de que era más oportuno quedarse en Rávena buscando los trece cantos, explicándole las razones que lo inducían a pensar que Dante era un hermano secreto. Le contó cómo había quedado deslumbrado enseguida por la lectura de esa obra santa, que había vuelto a abrir su corazón a la esperanza, despertándole un entusiasmo que parecía muerto a los veinte años.

—Una obra escrita para redimir al mundo cristiano, una cruzada combatida en Europa con la fuerza de las palabras. Nosotros estábamos allí para defender los muros decrépitos de un triángulo escaso de tierra seca, y no sabíamos que en realidad el verdadero frente estaba aquí, en este viejo mundo nuestro que ya apesta a corrupción... No lo había comprendido al principio, pero nada más leer el primer canto del *Infierno* ya sospeché que la energía liberada por esas páginas estaba alimentada por un fuego divino. Dante ocupa una posición de primer plano en el gran diseño cuyas líneas se me escapan, y yo tengo aún poco tiempo. Rezo a Dios todos los días para que me haga digno de participar, dentro de mis posibilidades, en la obra paciente de la redención...

La lectura de la primera cantiga —le había explicado después— había sido la confirmación más evidente del hecho de que en el poema se escondía un terrible secreto.

—Dante parte del centro del mundo habitado —había continuado— para después llegar al centro de la tierra, pero en el centro del mundo habitado, como es sabido, está Jerusalén. ¿Y si la selva oscura en la que se pierde el poeta fuera el monte de los Olivos, donde Cristo fue tentado por los demonios? El valle en el que Dante extravía el camino correcto podría ser el de Josefat, el valle del Cedrón situado entre el monte de los Olivos y la colina de Moriah, donde se yergue la explanada del Templo. Al salir de la selva, el peregrino quisiera acceder a Jerusalén, y las bestias que se lo impiden, el Lince, el León y la Loba, son el símbolo de las tentaciones (la lujuria, el orgullo, la codicia) que acechan precisamente los tres votos a los que se somete todo buen caballero del Templo, es decir, la castidad, la obediencia y la pobreza. ¿Es casualidad? Después se le aparece Virgilio, alegoría de la razón, le dice que un día vendrá un lebrel (un perro de caza) a restablecer el orden universal, que los cristianos podrán volver a venerar los lugares sagrados, pero que, mientras tanto, el acceso al Templo está cerrado, que hay que hacer «otro viaje». ¿Quién es el lebrel? ¿Qué es el otro viaje?

—¿Quién es el lebrel? —había repetido Giovanni.

—El lebrel está tomado de un sueño de Carlomagno en la *Chanson de Roland* —había explicado Bernard—. En el poema antiguo es una prefiguración de Teodorico d'Angiò, que al final de la obra interviene socorriendo al emperador para salvar el reino. Para algunos templarios el último rey legítimo de Jerusalén había sido en cambio Carlos de Anjou, de modo que el lebrel es la profecía de un heredero angevino nacido quizá bajo el signo de Géminis, si es que la expresión «entre fieltro y fieltro» significa «entre los *fratres pileati*», es decir, entre Cástor y Pólux, precisamente los gemelos que dan el nombre a la constelación, aquí designados por los gorros de fieltro con que la tradición los representa. El heredero angevino devolverá a los cristianos la ciudad santa, pero, mientras tanto, dada la inaccesibilidad de los santos lugares, hay que hacer otro viaje, y el otro viaje es el que llevará al poeta al Edén, y desde allí hasta Dios. El Paraíso terrenal es símbolo del nuevo Templo, adonde, después de la derrota, hermanos secretos de la orden transportaron algo que habían encontrado y que celosamente habían custodiado durante más de un siglo en Jerusalén...

—Es cierto que podría ser así —había observado entonces Giovanni—, pero resulta difícil demostrarlo. Además, no creo que Dante precisamente pueda haber formado parte nunca de una de esas sectas secretas, porque le gustaba la luz, y no las tinieblas...

—¿Y el quinientos quince? ¿Qué me decís del quinientos diez y cinco? —había replicado Bernard, que se había empeñado en demostrar que el número se leía en cifras arábigas: 515—. ¿Y quién será el misterioso personaje que expulsará de nuevo al Infierno al rey de Francia Felipe el Hermoso y al papa Clemente V, precisamente el rey que persiguió a los templarios y el papa que disolvió la orden? Se trata, evidentemente, de la acostumbrada profecía *post eventum*, pues el hecho había sucedido ya cuando el poeta escribió estos versos. ¿Y quién hundió en el Infierno al gigante y a la puta, el Reino y la Santa Sede, profanados por aquellos dos escuálidos politicastros? 5-1-5, cinco, una y cinco letras: JACOB-E-MOLAY, Jacques de Molay, el gran maestre del Templo, el último, quemado en la hoguera por Felipe el Hermoso, tras la condena de Clemente V, el 11 de marzo de 1314. Fue él quien lo condenó a muerte, y lo hizo desde el patíbulo, mientras preparaban el fuego que lo habría quemado vivo. Dicen que llegó sereno al palo, se desnudó, se quedó en camisa, se dejó atar sin miedo, tan solo rogó a los verdugos que lo dejaran morir mirando en dirección a Notre-Dame, con las manos por delante para poder rezarle a la Virgen María. En la plaza, en voz alta, profetizó una desgracia que muy pronto caería sobre los responsables de su muerte. Era un mensaje, sabía que entre la multitud estaban los miembros de la organización secreta que ejecutarían la sentencia, y efectivamente lo hicieron al cabo de pocos meses. ¿Es solo casualidad que el papa Clemente muriera un mes después y el rey Felipe antes de que acabara el año? El primero envenenado, el segundo después de un incidente durante una singular cacería en la que astutos jabalíes, en lugar de huir de los cazadores, se les metían debajo del caballo para tirarles de la silla...

—Todo eso es muy sugerente —había dicho Giovanni—, pero, insisto, no se puede demostrar. ¿Qué pruebas tenéis de que los hechos sean precisamente como decís?

—Hay un plan —había insistido Bernard—, por fuerza tiene que haber un plan detrás de todos los acontecimientos, por otra parte insensatos, que me ha tocado vivir. No puede ser que Guillaume de Beaujeu, mi padre, mis amigos de entonces, el propio poeta hayan muerto todos por nada...

—A la mayoría es lo que les sucede —había rebatido entonces Giovanni—: que mueren sin motivo.

Sin embargo, lo había dicho en voz baja, casi para sus adentros. Y Bernard no había dado señales de haberlo oído.

Regresó finalmente a su posada, cerca de San Vitale, y el posadero, con la sonrisa cargada de malicia de quien está acostumbrado a esta clase de encuentros clandestinos, le anunció la presencia de una joven mujer encapuchada que había dicho que era su hermana y que había insistido con un cierto tono perentorio en esperarlo en su habitación. El posadero se lo había permitido: a una mujer con los ojos tan bellos no se le podía decir que no. Con un módico suplemento respecto a la tarifa ordinaria, se podía disponer de una habitación más adecuada para esa clase de cosas, con un jergón más grande y más distante del callejón de las letrinas, en la planta baja frente al patio interior con el pozo para coger agua. La joven estaba allí desde primera hora de la tarde, pero él a estas alturas ya no sabía si había hecho bien dejándola entrar.

—¿Mi hermana?... ¡Habéis hecho muy bien, enseguida me reúno con ella!

—En cuanto a lo de la habitación, ya me haréis saber...

Giovanni subió a la carrera las escaleras del angosto edificio y llegó a su pequeña habitación, en el primer piso. Llamó y después abrió la puerta, que no estaba cerrada con llave. Antonia, sin la toca monacal, llevaba un sencillo vestido negro, de su madre, y estaba sentada en el arcón de la ropa, debajo de la ventana; en la mano, un breviario que estaba leyendo. Tenía unas hojas sobre las rodillas. El cabello negro y corto, el rostro anguloso, donde brillaba el color esmeralda de su mirada aguda como el filo de una espada.

—El autógrafo de la *Comedia* ha desaparecido —dijo enseguida—, y Iacopo sospecha de vos. Alguien entró en casa por el patio, la otra noche, y robó el poema. Todo, incluso las dos primeras cantigas. Pietro ha llorado, mi madre está asustada... ¿Dónde estabais ayer por la noche?

—En el camino de regreso de la abadía de Pomposa; mi caballo se negó a llevarme de noche hasta Rávena. —Se rascó la cabeza con aire perplejo—. Resulta difícil —añadió— entender qué está sucediendo. Tal vez alguien quiere hacer desaparecer el *Paraíso,* y al mismo tiempo todo parece reforzar la hipótesis del homicidio: le robaron arsénico al boticario de Pomposa el día que vuestro padre estuvo allí...

—Dios mío, eso es horrible... Pero ¿quién? Y sobre todo ¿por qué?... ¿Alguien tiene miedo a las palabras?

—El problema de las palabras escritas es que permanecen; las de vuestro padre podrían sobrevivir durante miles de años, transmitir a la posteridad atrocidades de las que alguien quizá quiera borrar todo rastro...

Giovanni le contó a Antonia el encuentro que había mantenido con Bernard y también le relató todo lo que había averiguado en Pomposa sobre los señores de Ferrara. Sin embargo, no creía que el móvil del crimen guardara relación con la desaparición del poema. Descartaba también que Bernard estuviera interesado en el autógrafo de las dos primeras cantigas y de los primeros veinte cantos del *Paraíso,* dado que ya tenía una copia y no parecía animado por una excesiva pasión literaria. Sin embargo Bernard había lanzado la hipótesis de que el maestro conocía los misterios relacionados con la persecución sufrida por los templarios, secretos que los caballeros del Templo habrían traído consigo desde San Juan de Acre y de los que aún serían guardianes. Bernard no le había explicado nada, quizá ni siquiera él mismo lo supiera, pero si el crimen y la desaparición del poema estaban relacionados, el móvil político pasaría a un segundo plano.

—¿El rey de Francia? —preguntó Antonia empalideciendo—. Felipe el Hermoso persiguió a los templarios, pero está muerto, y ahora Felipe el Largo tiene problemas bien distintos; no creo que sepa nada del poema de mi padre... ¿Y si, por el contrario, hubieran sido precisamente los templarios? Acaso ese Bernard, dado que ya había intentado...

—Bernard habló con vuestro padre, se enteró de que el poema estaba acabado, y solamente quería conseguir los últimos trece cantos. Es por eso por lo que esa noche me puse a buscarlos... A propósito, ¿encontrasteis algo en el doble fondo del arcón?

—En el fondo del arcón —dijo Antonia— encontré solo algunos fragmentos ya conocidos de la *Comedia*, nada más... —Le dio las cuatro hojas de formato pequeño que tenía sobre las rodillas para que las examinara. En la primera solo había cinco versos:

> *Una* lonza *leggera e presta molto...*
> *... la vista che m'apparve d'un leone...*
> *... ed una* lupa *che di tutte brame...*

> *... Infin che il* veltro
> *verrà che la farà morir con doglia*[1].

Reconoció los versos de los cuatro misteriosos animales del primer canto del *Infierno*. Se acordó del sueño que había tenido la noche en que llegó, y recordó con tristeza que había querido hablar con el poeta, conseguir que le explicara esos fragmentos que, en cambio, seguirían siendo un misterio para siempre. En la segunda hoja estaban reproducidos otros cinco versos, un pasaje igualmente misterioso del trigésimo tercer canto del *Purgatorio* en el que se profetiza el advenimiento del *quinientos diez y cinco* que rescatará a la Iglesia y al Reino, del que hacía apenas unas horas le había hablado Bernard:

> *A darne tempo già stelle propinque,*
> *secure d'ogn'intoppo e d'ogne sbarro,*

---

[1] «Un leopardo liviano allí surgía... / ... la imagen, que vi entonces, de un león... / ... y una loba, que todos los antojos...
»... En que le dé el lebrel muerte espantosa».

nel quale un cinquecento diece e cinque,
messo di Dio, anciderà la fuia
con quel gigante che con lei delinque².

En la tercera hoja había otros cinco versos del decimoctavo canto del *Paraíso,* que había leído tras la primera charla con el extemplario, donde las almas del cielo de Júpiter forman las tres letras iniciales del primer verso del *Libro de la sabiduría:*

Sì dentro ai lumi sante creature
volitando cantavano e faciensi
or D, or I, or L in sue figure...

... poi, diventando l'un di questi segni,
un poco s'arrestavano e taciensi³.

Finalmente, en la cuarta hoja, había solo un verso, en latín, le pareció recordar que de Virgilio, de ese fragmento de la *Eneida* en el que Héctor se aparece en sueños a Eneas y le confía los penates de Troya (las deidades protectoras de la ciudad).

Sacra suosque tibi commendat Troia penates.

---

² «Y en las estrellas mi palabra afinco, / libres de todo obstáculo y desgarro,
»en el cual un quinientos diez y cinco, / nuncio de Dios, destruirá a la impura / y al gigante que peca con ahínco».

³ «Así, en la luz, las santas criaturas / volitando cantaban, y se hacían / ya *D,* ya *I,* ya *L* en sus figuras...
»... luego, siendo uno de estos caracteres, / paradas y calladas se veían».

—¿Qué significa? —preguntó Antonia—. Podría parecer una lista de los lugares más misteriosos del poema, un mensaje cifrado. Pero ¿de quién? Además este verso de Virgilio no parece que tenga relación con los demás...

Giovanni no lo entendía. Intentó inútilmente ordenar las ideas: era evidente el vínculo entre los dos primeros textos, las dos profecías, al comienzo y al final de la parte terrenal del viaje al más allá, primero el Infierno y después el Purgatorio, los fragmentos en los que se anuncia la llegada de un vengador, el lebrel o el *dogo*, que restablecerá el orden en Europa, reduciendo las pretensiones de los Capetos —la dinastía francesa fundada por Hugo Capeto— y las ambiciones seculares de la Iglesia, el afán de poder del León y de la Loba, del Gigante y de la Prostituta, los dos principales obstáculos al proyecto divino de una cristiandad unida bajo los estandartes del águila terrenal. Un enigmático vengador vendrá, y solo cuando caiga el último de los Capetos y el papa ya no tenga un dominio territorial propio —como el de cualquier rey—, el orden europeo podrá ser restablecido. A los pasos iniciales del *Infierno* y al final del *Purgatorio* se sumaba un fragmento colocado en el centro del *Paraíso*. El Paraíso es el misterio que se abre, como el Nuevo Testamento es el Antiguo revelado, las profecías del mensajero celeste se realizaban en la escena de la formación del águila, hecha de espíritus que amaron la justicia, con la contemplación directa del plan divino en el cielo de Júpiter: el triunfo final del águila y de la justicia de Cristo, el advenimiento de la era cristiana y del Reino milenario. Pero

¿quién sería el misterioso vengador? ¿A quién le había dejado el poeta este mensaje cifrado? El verso de Virgilio parecía en cambio destinado a sus herederos, el poema dejado a los hijos para que transmitieran el recuerdo, como Héctor confía a Eneas las memorias de la ciudad en llamas. Pero Eneas es también el antepasado de César, el héroe a quien se desvela en primer lugar el misterio del águila, el Imperio que vendrá, el diseño universal que la historia prepara desde siempre: de Eneas a César, de César a Cristo, de Cristo al lebrel... El mensaje codificado podría estar dirigido directamente al dogo, a alguien que debería descifrar la criptografía y hacerse heredero del diseño secreto...

—Tal vez —sugirió— vuestro padre ya había sufrido algún intento de robo, tal vez sabía que alguien quería destruir el *Paraíso*. De otro modo, ¿por qué iba a esconder los últimos cantos antes de partir? Con estos textos querría encomendar a quien los encuentre que conserve su memoria y su mensaje...

—O bien tiene razón ese templario —respondió Antonia—: mi padre formaba parte de una organización secreta y estos textos están destinados a alguien que sabe cómo interpretarlos...

Se ocultó la cara entre las manos. Había empezado a llorar, por primera vez en su vida conocía los mordiscos de la desesperación. La muerte de su padre la había desestabilizado. Por primera vez dudaba de todo, incluso de su decisión de hacerse monja. Quizá no tuviera vocación en absoluto. O quizá era la soledad que la esperaba la que la asustaba, ahora que la muerte de su padre había reunido accidentalmente a la familia para más tarde volver a separarla para siempre: Pietro se marcharía a Verona, su madre y Iacopo de nuevo a Florencia, y ella a custodiar la tumba y la memoria del poeta en Rávena hasta el final de sus días. La vida se le aparecía ahora como un gradual colapso de los sueños más bellos, un irse deshaciendo de los vínculos más significativos, una especie de cuento al revés: de la princesa de la fábula a nada, a personaje secundario. Los extraños sucesos del crimen y de la desaparición del poema incompleto le hacían alimentar sospechas incluso sobre su padre, la persona que más la había amado en el mundo. Y además... Levantó la cabeza de golpe y lo atravesó con la espada incandescente de su mirada.

—¡Ahora habladme de una vez de Gentucca! —dijo—. Puesto que sois de Lucca, seguro que conocéis a esa misteriosa mujer que habría hecho que mi padre amara vuestra ciudad...

Sí, Giovanni la conocía, es más, la conocía muy bien.

—Su familia —explicó— recibió una vez al poeta durante su estancia en la ciudad, justo después del exilio.

—¿No era, pues, una amante de mi padre nacida en Lucca? —preguntó Antonia.

Giovanni contuvo la risa para no ofenderla.

—No —contestó—. Gentucca ahora tiene unos treinta años. Cuando Dante fue a Lucca era solo una adolescente. Fue en aquella ocasión cuando conocí al maestro...

—Pues ya ha llegado la hora —exigió entonces ella— de decirme quién sois realmente. Lo sospecho desde que os vi en el velatorio y no puedo pensar en otra cosa. Ya es hora de explicar la tercera columna del cuadrado de versos que hay en la estera situada en el cabezal de mi padre. En la primera línea está el episodio del conde Ugolino con sus cuatro hijos, y se puede leer la preocupación de mi padre después de la condena, que conoce y calla para no entristecer más a sus hijos. Sin embargo mi padre, hasta que se demuestre lo contrario, tenía tres hijos y no cuatro, y el conde dos. En la segunda línea aparece el nombre de Gentucca, y después dos versos del *Purgatorio* en los que están Beatrice y los tres apóstoles (Pietro, Iacopo y Giovanni) que Jesús llevó consigo para que asistieran a su propia transfiguración. Parece como si en esta columna el poeta hablara también de sí mismo, de sus sentimientos como padre, y, en efecto, sor Beatrice, Pietro y Iacopo somos sus tres hijos. Pero aquí aparecen cuatro nombres, así que el cuarto hijo tendría que llamarse Giovanni. Por otro lado, todo lo relacionado con Giovanni, junto a lo que se refiere a Gentucca, parece con toda probabilidad una historia situada en Lucca... Así pues, ¿es lo que pienso desde que te conocí? ¿Debería abrazarte y llamarte «hermano mío»? Si mi deducción es correcta, tú eres el misterioso cuarto hijo de mi padre... Pero ¿quién es entonces tu madre? Si tu madre no es Gentucca, ¿se puede saber por qué aparece esa mujer o niña de Lucca en estos versos? Habla, y por favor haz un esfuerzo para no mentir...

Giovanni sintió que la sangre se le helaba en las venas. Se acercó a Antonia y le acarició despacio la cabeza, después le apretó una mano. Se quedó algunos minutos en silencio, como para ordenar sus ideas. No se decidía a contarlo ni sabía cómo. Se apartó de ella y le dio la espalda. Luego se volvió de nuevo. Finalmente se decidió a hablar, y su voz salió despacio, como un crujido de hojas secas...

IX

No lo sé, Antonia, ni siquiera yo lo sé. Había venido a preguntárselo, es por eso por lo que estoy aquí, en Rávena. Según los papeles, soy *Iohannes filius Dantis Alagherii de Florentia,* soy su hijo, sí, en los documentos oficiales. En cambio, no sabré nunca si realmente soy su hijo. Solo mi madre, si hubiera querido, me lo habría podido decir, pero ya no es posible. Y él habría podido al menos descartarlo con certeza. Por lo que a mí respecta, lo único que puedo contarte es cómo sucedieron realmente las cosas.

»Nací en Lucca el mismo año en que mi madre se trasladó a esta ciudad. Venía de Florencia ya embarazada a casarse (para enmendar la juvenil ligereza de la que soy fruto) con un mercader viudo de mediana edad que tenía otros dos hijos de su primer matrimonio. El mayor, el heredero, se llamaba y se llama Filippo, y la hija Adelasia. El marido de mi madre era mercader y cambista, y estaba casi siempre en Francia, entre Troyes y Dijon, en cuyas ferias vendía sus sedas, especulaba con el cambio y frecuentaba a sus amantes borgoñesas. Raramente regresaba a Lucca, aunque tuvo otros dos hijos con mi madre: Lapo y Matilde. Nadie sabe cuántos tenía en Francia. Yo no era su hijo y llegué a los veinte años sin identidad. Me llamaba Giovanni, Giovanni y nada más, sin patronímico, o como mucho con el apellido materno, como todos los bastardos de esa zona. Yo era un joven brillante. Escribía sonetos, aunque ya los he quemado todos, y trabajaba como aprendiz con un médico muy respetado en la ciudad. Sin embargo, como lamentablemente no tenía padre, no era heredero de nadie, por lo que nadie se iba a querer casar conmigo. Yo servía de amigo y confidente; según cómo, incluso de amante, en alguna aventura de amor furtivo, y punto en boca para el resto de la vida. Pero conocía los poemas de Dante, las rimas *Tanto gentile e tanto onesta pare* y *Donne ch'avete intelletto d'amore* ("Tan gentil y tan honesta parece..." y "Mujeres que tenéis intelecto de amor"), que él había escrito para Beatrice y yo leía pensando en Gentucca.

»Que después Gentucca hiciera que a Dante le gustara mi ciudad quizá fue la consecuencia de un gesto suyo nobilísimo, con el cual quiso darme a mí aquello que a su vida le había sido negado siempre; al menos eso fue lo que creí durante años. Gentucca era bella, de una belleza que no puede expresarse con palabras. Cruzarse con sus ojos provocaba terremotos subterráneos y deslizamiento de escombros en el alma, una explosión de magma irracional como la que se da en el cráter de un volcán. A los quince años no llevaba aún la venda de las novias, le había pedido a su familia más tiempo. Debía reflexionar aún, tenía que decidir si iba a dedicar su vida a un hombre y a tener hijos o, en cambio, elegir, como has hecho tú, el camino de Cristo. Estaba seria el día que hablamos. Yo había entrado en su casa con su hermano, que era mi mejor amigo. Nos miramos a los ojos y le dije que preferiría tener celos de Cristo, dado que yo no era hijo de nadie y nunca podría casarme con ella, pues no tenía un padre que pudiera ir a ver al suyo, como era la costumbre, para fijar la dote.

»Me convertí en Giovanni Alighieri a los veinte años, cuando él, tu padre, vino a Lucca y frecuentaba a los Malaspina en Lunigiana. Entraba en la ciudad seguido del marqués Moroello y, ya solo por el hecho de entrar a caballo, parecía un hombre muy respetable. Él conocía a mi madre porque su nombre figuraba junto al de otras jóvenes florentinas en un poema (en concreto un *serventese)* que había compuesto para celebrar su belleza, aunque la verdad es que se avergonzaba de aquel poema... En cierta ocasión vino a visitarla y me conoció. Se enteró de mi historia y me regaló su apellido para que, al menos yo, pudiera casarme con la mujer que amaba.

»Yo había leído a los quince años su primera obra famosa, la *Vita nuova,* y me había resultado de gran ayuda. A esa edad se vive un momento extraño, hasta el día anterior eres un niño que juega con caballos de madera, pero al día siguiente un demonio se adueña de tu cuerpo, notas que te sube como un escalofrío de fuego en la carne y no sabes aún qué quiere de ti. Los adultos no te cuentan nada. Quizá ellos tampoco hayan entendido nunca demasiado bien qué sucede a los quince años.

»Había leído la *Vita nuova* y había encontrado a un verdadero amigo. No a un estúpido compañero de juegos que presume de haber impresionado a la que te gusta para ver si te sienta mal y descargar así durante dos minutos sobre ti el numen del que también él está poseído. La *Vita nuova* no, la *Vita nuova* es honesta, cuenta la historia de un chico que conoce a una chica y no sabe qué decir, tiembla, enmudece, porque ella le parece la más bella del mundo. Cuenta que en su presencia él se siente un insignificante grumo de materia delante de una inteligencia angélica. Pero de este sentimiento no se defiende, con lo que muestra su auténtico valor. Le da también un nombre: amor. Y dice que es una fuerza poderosa, como solo una energía de origen divino puede serlo. Es una parte de esa energía la que impregna el mundo y gracias a ella todo se mueve en el universo: el Sol, las estrellas, los planetas...

»¡Qué emocionado estaba yo cuando vino a hablar conmigo! ¡Qué curiosidad sentía por conocer al muchacho de la *Vita nuova* ahora que se había convertido en hombre para ver qué había quedado de él! Quería saber en qué se transforma uno si no puede amar a Beatrice o a Gentucca. Le conté lo importante que había sido para mí la *Vita nuova* y me dijo que se alegraba mucho, y que a él en su momento le había pasado lo mismo con los poemas de Guido Guinizzelli. ¡Con cuántas flechas le habían alcanzado esos poemas! Había versos que tenía siempre en la cabeza, *Come calore in clarità di foco* ("Como el calor en la claridad del fuego"), por ejemplo. Hacía años que no se quitaba de la cabeza esos versos. No fui prudente, tenía mi obsesión; le dije que no podía más, que había pensado en el suicidio, que no soportaba la idea de que ella sería de otro, que había llegado al punto de no creer ya ni tan siquiera en Dios. Entonces me dijo: "Te lo presentaré".

»Estábamos sentados en el jardín de casa, había un sol que agrietaba la tierra y la hierba sedienta brotaba con dificultad en el ralo prado. Me dijo que mirara el cielo y preguntó: "¿Qué ves?". "Luz —contesté—, una luz que ciega". "Bien —me dijo—, ahora cierra los ojos". Yo los cerré. Él prosiguió: "¿No notas el calor que te entra en el cuerpo, que te calienta los miembros hasta los huesos?". "Claro —respondí—, ¿cómo no iba a notarlo?". "Es la misma luz que antes veías —me dijo—, que te invade, del mismo modo que lo invade todo. Si se abstrae del engaño de los sentidos, que hace que la percibamos como luz con la vista y como calor con el tacto, se concluye que es una sola cosa, como dice Guinizzelli". "¿El qué?", le pregunté. "Amor —me respondió—, la energía que atraviesa la creación, lo que mueve el Sol, la Luna y los planetas, lo que te penetra, el alma del mundo que alimenta tu alma y la mía. Es todo lo que sabemos de Dios en esta periferia del universo. El amor que sientes no es más que una chispa de este amor cósmico...

»"Y yo, Dante Alighieri —prosiguió después, adoptando en broma un tono solemne—, florentino de nacimiento, no de costumbres, declaro, frente al alma divina del mundo que apenas nos ha rozado la piel, que tú, Giovanni da Lucca, eres mi hijo de espíritu, si no de sangre, y te podrás casar con la mujer que amas. Por descontado, solo en el caso de que ella así lo quiera".

»Me llevó ante un notario, lo hizo poner por escrito y yo desde entonces me llamo Giovanni *filius Dantis Alagherii de Florentia*. De modo que fuimos juntos a ver al padre de Gentucca, y en definitiva accedió a hablar también con ella. "Mi hijo Giovanni —le dijo entonces— está enamorado de ti, y quizá tú también de él. Pero sobre todo piénsalo bien, es tan raro en estos tiempos de ceguera que una mujer se case con el hombre que ama y que este a su vez la ame como Dios a sus criaturas...". Gentucca lloró de alegría, incluso se asustó de su propia felicidad. De la conversación con ella, mi nuevo padre salió satisfecho. A mí, que evidentemente estaba ansioso por saber el resultado, me dijo suspirando: "Lucca es una gran y bella ciudad, hijo mío. Tal vez sea por el Santo Rostro que se venera en San Martino, el caso es que en Lucca los milagros son posibles...".

»Sin embargo los milagros no eran posibles ni siquiera en Lucca. Se formalizó la promesa de matrimonio (tu padre incluso me asignó unos bienes que Malaspina le había dado como recompensa por sus servicios y se calculó la dote de ella proporcionalmente), pero la boda no se celebró. Se opuso Filippo, el heredero del marido de mi madre. Argumentó que Gentucca le correspondía a él, pues era el primogénito. Filippo tenía amigos importantes entre los que contaban, entre los güelfos negros de Santa Zita. El mismo Bonturo Dati (cuyos negocios, tanto lícitos como ilícitos, en Lucca en aquellos tiempos lo decidían todo) accedió a echarle una mano en ese loco proyecto de casarse con Gentucca, por la arrogancia de robármela por despecho, para que quedara claro que él iba antes que yo en la jerarquía de la vida. Salió precisamente entonces la ordenanza del municipio que prohibía a los desterrados florentinos quedarse en la ciudad, y yo me acababa de convertir en desterrado florentino sin haber estado nunca en Florencia, dado que la condena de la ciudad de la flor de lis afectaba a Dante y a sus hijos mayores de edad. El maestro fue obligado a marcharse y yo tuve que elegir entre seguir siendo tu hermano y marcharme yo también de Lucca, o bien romper el documento que certificaba que era hijo de Dante. Tanto en uno como en otro caso, la proposición de matrimonio con Gentucca quedaba invalidada. Fue Filippo en persona quien se ocupó de ello, con la ayuda de otro notario, quien a cambio de dinero transformó en un no el sí que nos habíamos prometido.

»Me despedí de ella una noche escalando la pared de su casa en la ciudad, subí a su balcón, la llamé a través de las contraventanas, le dije que me iría a Bolonia a ampliar mis estudios, me dijo que se reuniría conmigo en cuanto encontrara el modo de escapar de Lucca. Le pedí que se marchara conmigo, pero sabía bien que no era prudente, que nos seguirían y nos encontrarían fácilmente. "No te cases con Filippo", le dije. "No pienso hacerlo de ninguna de las maneras", respondió. Nos abrazamos y nos besamos por primera vez en el momento de decirnos adiós, con lágrimas en los ojos. Tres años después, cuando el emperador Enrique VII llegó a Italia y Bonturo y los güelfos negros escaparon de Lucca, regresé a la ciudad, a la cabecera de la cama de mi madre moribunda. Fue allí donde volví a ver a Filippo, que había sobrevivido a las convulsiones políticas y que era más poderoso que nunca, tras haber heredado la actividad de su padre, muerto en la Borgoña. Junto a él estaba su mujer, y esta no era Gentucca. Me contaron que tras mi marcha había entrado como novicia en el monasterio de las clarisas; después se había marchado con las monjas a un peregrinaje a Roma y no había vuelto.

»Mi madre se despidió de mí con una sonrisa arrancada con un esfuerzo extremo a los últimos espasmos. Llorando, hurgué en su secreto. Su pasado estaba todo en una cajita de madera cerrada con llave, y la llave solo el diablo sabe dónde había acabado. Me llevé la pequeña cajita y me marché con la intención de ir a buscar a Gentucca hasta en el último rincón del universo en el que pudiera estar. Sin embargo la encontré enseguida en Bolonia, como me había prometido. Había llegado precisamente cuando yo me marché, y Bruno, un compañero mío de estudios, la había hospedado esperando mi regreso.

»Esos días fueron maravillosos. Si alguna vez he amado la vida, jamás ha sido con la intensidad de entonces. Nuestros ojos se habían ya dicho todo lo que los ojos pueden decirse, el deseo y el pudor, la turbación y la rendición,

la confianza y la desesperación. Nos contamos entonces
todo lo que pueden decir las palabras, y poco a poco nuestros cuerpos se fundieron como estatuas de cera... Nos
casamos, con un sacerdote y cuatro testigos. Éramos felices, apenas rozados por la conciencia de que no sería así
para siempre. Teníamos una pequeña casa, yo trabajaba
mucho y me ganaba bien la vida; tenía fama de cirujano de
mano firme, porque nadie sabía cuánto vacilaba aún cuando rozaba la piel de Gentucca.

»Un día regresé a casa y ella ya no estaba. Todo estaba en orden, solo ella había desaparecido. La busqué por
toda Bolonia y después me marché a Lucca sin pensármel-
lo; si no estaba en Bolonia ni en Lucca, habría podido estar en cualquier parte, y en cualquier parte era un lugar
demasiado grande. Sin embargo, en el camino hacia Lucca,
en Pistoia, me abordaron dos esbirros de Filippo y me dijeron que aún estaba desterrado de Lucca, que el arresto y
la muerte me esperarían a las puertas de la ciudad si intentaba cruzarlas. Mi amigo Bruno da Lanzano decidió investigar por mí. Fue a Lucca en busca del rastro de Gentucca, pero volvió con las manos vacías; nadie supo
decirle nada, y los padres de Gentucca incluso habían intentado estrangularlo.

»No he sabido nada más de ella, no sé dónde está
ahora.

»De regreso a Bolonia, forzando la cerradura de la
pequeña cajita de madera, encontré los poemas que Dante,
en Florencia, le dedicó a mi madre; en primer lugar, una
balada con su nombre, "Violetta", donde tu padre se decla-

ra ardientemente enamorado de ella y le pide que sea piadosa con sus penas de amor. *Deh, Violetta, che in ombra d'amore* ("Venga, Violeta, que en sombra de amor"), o bien *Per una ghirlandetta* ("Por una guirnaldita"). ¿Los conoces?

»Después mi madre se marchó estando embarazada, se casó con el mercader de Lucca y nací yo. Tu padre, o tal vez debiera decir nuestro padre, declaró al mundo su amor por Beatrice.

—Gentucca desapareció hace nueve años. A mí me resultó imposible quedarme en aquella casa. Durante tres años esperé verla aparecer y después me trasladé a Pistoia. Había venido a Rávena para conocer a mi padre o para devolverle al tuyo su apellido. A ti te revelo mi secreto, pero Pietro y Iacopo no deben saberlo, y doña Gemma mucho menos. Tú sí, porque tú y yo en el fondo nos parecemos... Porque tú debes saber estas cosas de tu padre.

»Mi madre fue Violetta, a quien tu padre amó antes que a Beatrice, antes de casarse con tu madre. La mujerpantalla de la *Vita nuova,* y no era en absoluto una pantalla de su amor por la otra. Un amor distinto, el primer amor, aún todo flores y llamas. Pero cómo acabó la historia entre ellos no hay nadie que pueda decirlo con certeza. En cualquier caso, si soy su hijo no podía darme más de cuanto me dio, y si no lo soy la grandeza de su alma era comparable a la de un dios.

»Cuando lo conocí era muy pobre; lo había perdido todo y vivía con muy poco. Si ningún noble le ofrecía hospitalidad, la pedía en los monasterios. No comía casi nada, estaba ávido solo de libros, y en los monasterios y en las cortes de los príncipes hallaba cuantos quería. Sin embargo me dio todo lo que tenía, permitiéndome también encauzar mi actividad. Me lo dio todo solo para que pudiera casarme con la mujer que amaba, como si quisiera enmendar su vida a través de la mía. Él, que a los doce años estaba casado con tu madre por decisión de sus padres. Él quiso que yo me casara con Gentucca, que tú escaparas a la suerte de tantas mujeres, como Beatrice, como Pia, como Francesca. Esto nos une: para mí y para ti soñó un camino al paraíso distinto al suyo y al de tu madre, al de todos, que está empedrado de lágrimas.

»Ese sueño, aunque sea breve, se lo debo.

»El vacío que me queda del amor nunca ha sido culpa suya.

Segunda parte

Eransi Iacopo e Piero, figliuoli di Dante, de' quali ciascuno era dicitore in rima, per persuasioni d'alcuni loro amici, messi a volere, in quanto per loro si potesse, supplire la paterna opera, acciò che imperfetta non procedesse; quando a Iacopo, il quale in ciò era molto più che l'altro fervente, apparve una mirabile visione, la quale non solamente dalla stolta presunzione il tolse, ma gli mostrò dove fossero li tredici canti.

G. Boccaccio, *Trattatello in laude di Dante*[1]

---

[1] «Iacopo y Pietro se llamaban dichos hijos de Dante, y ambos eran también poetas. Algunos amigos suyos los convencieron de que completaran la obra paterna, en la medida de sus posibilidades, a fin de que no quedara inconclusa. Y cuando Iacopo, que era más animoso que su hermano, estaba dispuesto a hacerlo, tuvo una admirable visión, que no solo lo disuadió de tan estulta decisión, sino que también le mostró dónde estaban los trece cantos restantes de la divina *Comedia*, los mismos que ellos no habían podido encontrar» (G. Boccaccio, *Breve tratado en alabanza de Dante*).

padre, que lo completara con los trece cantos que faltaban, para donárselos al Can de Verona y no dejarlo con una cantiga a medias, fue sobre todo a Iacopo a quien más le entusiasmó la idea. Ni siquiera disgustó a los demás, y no porque alguno de ellos se sintiera realmente a la altura de la tarea, sino porque se concedían una prórroga, un motivo para prolongar algunos meses la permanencia en Rávena, todos juntos.

Los dos hermanos pasaban las tardes planeando la obra, dibujaban mapas de los cielos, leían los tratados más famosos de los teólogos que encontraban en la biblioteca paterna; después intentaban elaborar los endecasílabos esforzándose en imitar el estilo de Dante, pero al final salían solo versos sin alma, bellos conceptos expresados de manera del todo convencional, o demasiado altisonantes, o excesivamente recargados en el esfuerzo de resultar originales.

Sin embargo, así el tiempo pasaba y ellos se quedaban en Rávena, durante algunos meses aún juntos. Iacopo había empezado a buscar en la ciudad a una mujer de la que enamorarse, una musa que le inspirara y pudiera despertar en él una pasión como la que había experimentado su padre por Beatrice. También había visto por ahí mujeres muy bellas, una noble del círculo de los Polenta, una panadera en el viejo mercado, una burguesa de la Rávena rica... La primera era agraciada, pero, en realidad, vana y coqueta; la segunda, iletrada como un *beccamorto* —uno de esos matasanos que solo sirven para certificar que alguien ha muerto mordiéndole los dedos del pie—; la tercera, adornada como un altar navideño. Después, un día se cruzó por casualidad, bajando el puente de un canal, con una muchacha vestida dignamente que a al pasar había evitado su mirada y se había sonrojado. Le pareció que respondía al canon y se enamoró *ipso facto*. Cuando empezó a cortejarla, la muchacha comenzó a darse aires y a hacerse la indiferente, en su opinión para aumentar el precio; de vez en cuando procuraba no desanimarlo demasiado, y así disfrutaba el cortejo y de paso aumentaba su cotización. Un mes después Iacopo desistió, pues en esos trucos propios de comerciantes, según le confió a un amigo, la poesía se evapora como el líquido de la olla del caldo. Decidió que debía encontrar, en caso de que aún existieran, mujeres que tuvieran *intelecto de amor,* como su padre había escrito en la famosa canción. Pero se dedicaba a la tarea con desgana y sin llegar a nada.

Antonia sabía perfectamente que Iacopo era complicado, desde siempre buscando una mujer que fuera a la vez Gemma y Beatrice, positiva, concreta y espiritual al mismo tiempo, una virgen ama de casa, un ángel y una déspota, y se afanaba en esta vana búsqueda, fatigosa y estéril, de su divinidad con dos caras. Pietro era distinto, más sencillo, serio, tranquilo, muy cerrado. Al final aceptaría casarse con la mujer de Pistoia que le había buscado su padre; no bellísima, pero amable, cuidadosa y tímida como él. Iacopa era aún una muchacha, pero a Antonia le gustaba mucho, habría sido la compañera adecuada para su hermano. Viéndolos juntos se advertían los signos exteriores de una secreta armonía. No habría pasión entre los dos, pero sí respeto mutuo, comprensión y confianza. No se amaban, pero se trataban ya con afecto. No era ciertamente una pareja de novela caballeresca, pero entre ellos habría un vínculo equilibrado, de esos que irradian seguridad, paz y tranquilidad. Su padre había decidido para Pietro lo más adecuado. Para Iacopo, en cambio, cualquier decisión habría sido forzada, y lo sabía. Esperaba que el joven madurase, no quería obligarle a nada.

Antonia pensaba a menudo en su padre, en lo poco que hablaba con ellos, guardándose para sí tanto de lo que sabía. A menudo, en los últimos tiempos, le había encomendado el destino de Iacopo, como si presintiera que a la arena de su reloj le quedaban ya los últimos granos, que su tiempo allí en la selva estaba agotándose. *Modicum et iam non videbitis me.* Ahora ella sabía de la existencia de Giovanni y se sentía muy cercana a él. Para ellos Dante, conocedor supremo de la comedia humana, había concebido una trama distinta de la que había escrito para los otros dos. Aunque fuera de una manera distinta, ella y Giovanni no habían tenido que vivir en la mentira. He aquí cómo era su padre. Su vida inverosímil lo había convencido de que algo en el mundo iba mal, que había que hacer algunos cambios. Había escrito su poema, como le había contado al Cangrande, para *removere viventes in hac vita de statu miseriae et perducere ad statum felicitatis,* «para apartar a los vivos de la infelicidad que obtienen solos y conducirlos a una condición más feliz». Y así desde el dolor sin esperanza se sube, paso tras paso, hasta los cielos de luz y música, hasta que eres una flauta en la que sopla sus neumas el amor cósmico.

Tras el relato de Giovanni, inexplicablemente a ella le sobrevino una calma seráfica; las inquietudes de ese día se habían adormecido, se encontraba incluso alegre, llena de una energía insólita. No tenía más dudas, al final había firmado de buen grado su contrato consigo misma y se sentía finalmente satisfecha de la vida que había elegido: el dulce claustro, la paz de los sentidos, la beatitud contemplativa. Solo algún pesar por la frustrada maternidad, cuando veía a los niños, turbaba acaso el equilibrio de su espíritu. Pero eran solamente breves punzadas de nostalgia.

Era como si el relato de Giovanni le hubiera hecho intuir un diseño secreto, un plan providencial que le afectaba también a ella, y no solo al presunto hermano. Sin embargo, si su elección no había sido totalmente libre sino condicionada por los acontecimientos que le habían sucedido a su familia, su destino, independientemente de quién lo hubiera urdido, era una trama tejida de amor.

Mientras estaba en el monasterio de Santo Stefano degli Ulivi inmersa en pensamientos de esta índole, un día, hacia finales de septiembre, se detuvo frente al portón un carro de leprosos arrastrado por un gran rocín sucio y cojo. Ella oyó en primer lugar el ruido de las ruedas y el choque de los cascos, después los gritos de la portera, que, por todos los medios, intentaba expulsar tan lúgubre aparición. Descendieron una mujer y un niño completamente envueltos en vendas y preguntaron por ella. Bajó al piso de abajo y encontró a la portera con una escoba de sorgo en la mano intentando que se fueran. Había hecho un esfuerzo y le había dicho a la leprosa que se acomodara en el locutorio con el niño, que a juzgar por la altura podía tener entre ocho y nueve años.

—Os pido disculpas por el susto que os he causado —había dicho la extraña visitante—, pero para una mujer, en estos tiempos, no resulta prudente atravesar Italia vestida con ropa de paseo...

Acto seguido se había quitado las vendas que le envolvían el rostro, que resultó ser el de una bella muchacha, los ojos de un azul intenso, los cabellos rubios y largos cayéndole en mechones sobre los hombros. Solo mirándola con atención, algún pequeño pliegue en los bordes de los ojos o una arruga apenas perceptible en la frente hubieran podido hacer intuir sus treinta años cumplidos hacía poco.

—Con estos andrajos y estas capas de cazador se consigue mantener alejados incluso a los bandidos y a las cuadrillas de soldados. Todos permanecen lejos cuando ven a los leprosos. Todos excepto vos —añadió sonriendo.

¿Quién podía ser esta mujer que se vestía de monja o de leprosa para atravesar impunemente los Apeninos entre la Tuscia y la Romanía...? Antonia estaba asombrada.

—Perdonad —había dicho la otra—, me llamo Gentucca y busco a mi marido, Giovanni. Sé que ha estado aquí, que había venido a hablar con vuestro padre. Tal vez lo hayáis conocido...

—Partió para Bolonia hace algunos días, con un amigo de aquí, un tal Bernard...

—Hubiera querido que por fin conociera a su hijo...
—había suspirado, con aire desilusionado y cansado por
el largo viaje hecho en vano.

Gentucca le había contado después cómo había sido
raptada en Bolonia por sus familiares, que la habían devuelto a Lucca para entregarla como esposa a Filippo, a
quien se le había muerto la primera mujer. Pero sus padres
habían descubierto que ya estaba casada y para colmo embarazada, y afortunadamente Filippo no era tan generoso
como lo había sido su padre con doña Violetta. Había renunciado con desdén a casarse con ella. En la casa de campo que el poeta le había dado a Giovanni para facilitar la
boda, había nacido su hijo. Sor Beatrice había advertido
ya cómo se parecía el niño al abuelo.

—Os pido un gran favor —había dicho la joven de
Lucca—, que os quedéis al pequeño Dante durante algún
tiempo. El carro con el que hemos llegado lo conduce una
amiga de Pistoia, disfrazada también como nosotros de
leprosa, y con ella iré a Bolonia a buscar a Giovanni; después volveré aquí a buscar a mi hijo. Si no encontrara a
Giovanni en Bolonia, iré a esperarlo a Pistoia con Dante.
Sé que él tiene allí una casa y antes o después regresará. Yo
estaré allí en casa de Cecilia, viuda de Guittone Alfani, que
así se llama mi amiga... En Pistoia solo ella sabe quién soy...

Este episodio sor Beatrice no se lo había contado a nadie,
y se mostraba más bien evasiva si le pedían informaciones
más detalladas sobre ese muchachito aparecido misterio-

samente de la nada y confiado temporalmente a las monjas de Santo Stefano degli Ulivi. Ella lo llevaba siempre consigo, tratándolo, a decir de muchos, con excesivo afecto.

—Una madre frustrada, ni que decir tiene, que se desahoga con los niños abandonados —había comentado una vez con ironía el boticario de la esquina de la calle. Pero este tenía fama de racionalista, leía a Aristóteles y a Boecio de Dacia, ordenaba los pensamientos como las hierbas medicinales en los estantes de su tienda. Si de él hubiera dependido, las estrellas del cielo estarían dispuestas en círculo, en grupos de cuatro, alrededor de la estrella polar. El hecho de que, por el contrario, estuvieran desperdigadas sin ningún orden geométrico aparente solo podía significar que o bien el mundo está mal hecho o bien que Dios no siente especial predilección por los *Elementos* de Euclides.

II

Giovanni y Bernard habían salido hacia Bolonia casi enseguida, el tiempo que necesitó el de Lucca para persuadir al francés, que habría preferido no moverse de Rávena hasta que no hubieran encontrado los últimos trece cantos del poema. Giovanni solo logró convencerlo cuando le puso al corriente del hurto que había tenido lugar en la casa de Alighieri: si los ladrones habían encontrado ya los últimos cantos de la *Comedia,* se corría el riesgo de que se perdieran para siempre, puesto que, al parecer, los asesinos querían borrar el poema de la historia de la humanidad. Con este argumento había logrado que Bernard tuviera tantas ganas de partir que no habría podido retenerlo aunque hubiera querido.

Para viajar más seguros se habían unido a una comitiva de mercaderes florentinos, con una decena de carros y una pequeña formación de caballeros, y no habían avanzado a ritmo forzado. Tras un día de viaje estaban en Imola, donde habían pasado la noche para salir a la mañana siguiente. Bernard había atado su caballo a un carro, en la parte trasera del cual, con los brazos cruzados y las piernas colgando, se había estado todo el tiempo absorto en quién sabe qué pensamientos. Giovanni, por su parte, había cabalgado durante dos días al lado de un tal Meuccio da Poggibonsi, negociador de una *commenda* —es decir, era el encargado de viajar y su socio quien invertía el capital—, un pequeño comerciante de tejidos rollizo y afable, pero con ojos astutos de aspecto etrusco, que regresaba con los demás de las ferias de la Champaña y de hacer gestiones en Lombardía. Negocios magros, según contaba el mercader, pues las ferias languidecían; ya no era como antes, había pocos intercambios reales y ahora se trataba, eso dijo, más de especulaciones que de auténtico mercado. Vacas flacas para el comercio y gordas para los banqueros, pero él se preguntaba hasta cuándo...

—Si sigue así —afirmó—, dentro de no mucho explotará una de esas crisis que harán que nosotros, los pequeños mercaderes, nos quedemos tiesos.

En efecto, los negocios parecían languidecer, el rey de Francia había franqueado las ferias de París, que ahora iban bien, pero desde que el Hermoso se había apoderado de los bienes de los templarios, también se había liberado en parte de los banqueros italianos, y además Felipe el Largo, su hijo, acaso con razón, desconfiaba mucho de los italianos en general. «De lombardos y judíos vete tú a fiar», decía un refrán de ese tiempo.

Los grandes banqueros jugaban a devaluar la plata respecto al oro, pues ellos cobraban en oro y pagaban en plata, de modo que los precios aumentaban en los pequeños intercambios y permanecían estables en las grandes inversiones, con ventaja de los ricos y desventaja de los pobres. Los florentinos habían invadido los mercados con sus letras de cambio, los cheques, los seguros..., papel sobre papel, y hacían préstamos al rey de Inglaterra, a los municipios italianos, a la propia ciudad de Florencia. En resumen, mientras que para los artesanos que trabajaban la lana y para los mercaderes que la vendían las órdenes de pago disminuían año tras año, los Bardi y los Peruzzi de Florencia ahogaban al rey de Inglaterra con intereses desorbitados.

—Los güelfos negros, que Dios nos guarde de ellos, que administran las arcas del papa y son los enemigos invisibles del emperador alemán...

Al día siguiente la conversación había acabado, no se sabe cómo, tocando también el tema de Dante, a quien Meuccio conocía por su fama y por haber leído un par de cantos del *Infierno*. También él, Alighieri, había sido víctima de la perfidia de los güelfos negros, esto se sabía muy bien. A los güelfos negros no les gustan los poetas. Y hacía bien Dante en tomarla con la maldita loba, la avidez de ganancias sin fin, la religión del dinero que había contaminado la sociedad de los municipios de Italia, la bestia insaciable que después de comer tiene más hambre que antes de empezar. Antes o después los nudos vendrían al peine, dijo, y como una burbuja de jabón crecían los intereses sobre las deudas que aumentaban, y antes o después estallarían, y todos pagarían un precio, tanto los inocentes como los culpables. Pero los culpables más, pues habrían descubierto demasiado tarde que su tóxica existencia, inclinada a escribir números sobre hojas de papel Fabriano, no habría sido menos estúpida que la de un asno que ha transcurrido su existencia entera en el palo, haciendo girar la muela para moler el grano.

—De la harina al menos se saca el pan. De esos ni siquiera jabón con la grasa de su barriga.

A Bolonia llegaron a última hora de la tarde del día siguiente, y Giovanni y Bernard encontraron una posada donde pasar la noche. Iría a casa de Bruno a la mañana siguiente, antes de que saliera a visitar a sus clientes. Pero Bernard no se fue a la cama enseguida, sino que decidió dar antes una vuelta. Entró en una taberna de la Garisenda y se sentó en una mesa atestada de gente medio borracha. Había pedido una copa de vino tinto, lo había bebido a sorbos muy lentamente y, aunque molesto por el alboroto de una mesa de estudiantes achispados que cantaban *bibet ille, bibet illa,* se había sumido intermitentemente en sus pensamientos más oscuros. Ese día estaba melancólico, después de un viaje durante el que había tenido mucho tiempo para reflexionar, y ahora la alegría inconsciente y bulliciosa de esos jóvenes lo entristecía aún más. Pensaba en sus cincuenta años, en lo deprisa que habían llegado, en la vida insensata que le parecía haber llevado. Si no se hubiera despertado jamás en casa de Ahmed, su existencia habría sido breve, cierto, pero habría tenido un sentido completo: habría muerto como mártir en Tierra Santa, solo eso. Se acordó de sus ideales de muchacho, de la gloria que había soñado, de las grandes empresas de heroico caballero de la fe cuyas gestas los charlatanes un día habrían narrado en las plazas de las ciudades de Europa, en las fiestas populares, en las ferias atestadas de mercaderes italianos, franceses, alemanes, flamencos... Había soñado con convertirse en un modelo, un caballero como Roland o Perceval. En cambio, todo había naufragado deprisa, en ese terrible viernes de mayo en San Juan de Acre. La primera batalla ya había sido la derrota definitiva de sus sueños, sin apelación posible. Su mundo había muerto allí, y él había sobrevivido quién sabe cómo. El resto de su vida había sido el viaje de un extranjero que se pasea como un espectro por países cuya lengua no conoce. Si al menos no lo hubiera salvado precisamente Ahmed... Ahora ni siquiera creía ya que matar musulmanes fuera una buena estrategia para ser feliz en el más allá. ¿Para qué demonios había combatido? Sin embargo había seguido observando los votos de la orden por inercia, incluso al inicio se jactaba de ello. Más que nada, le había pesado la castidad. Esos chicos de la taberna, que visiblemente creían ser el centro del mundo, quién sabe qué sueños tenían. Convertirse en notarios quizá, ganar mucho dinero y divertirse lo más posible. Si les hubiera contado cómo le habían ido las cosas a él, simplemente hubieran pensado que era un viejo bobo. Europa había cambiado, o tal vez había sido siempre así; además, él qué sabía, si había nacido en Outremer.

Y mientras tanto un estudiante alemán se había puesto a cantar *Dulce solum natalis patrie*, y todos los versos que lo seguían, con especial énfasis en los últimos cuartetos sobre la mente afligida por las penas de Venus. «Tantas como las abejas hybleas[1], tantas como los árboles de Dodona, tantas como los peces en el océano, así son las penas en que el amor abunda...».

Había una mujer que se paseaba entre las mesas moviéndose con la elegancia de un leopardo. Evidentemente era la prostituta de la taberna, unos treinta años, ojos y cabellos oscurísimos, la tez en cambio blanquísima, el pecho voluminoso y duro asomando por el vistoso escote del vestido ajustado sobre los generosos promontorios de las dos caderas, donde después la falda se ensanchaba como el chorro de una fuente. Se mantenía lejos de la mesa de los estudiantes, demasiado jóvenes para ella, o porque por lo general estaban pelados. De vez en cuando se sentaba al lado de un parroquiano y le acariciaba la cabeza, parloteaba, sonreía con complicidad. Era muy guapa, o al menos eso le pareció a Bernard. Los chicos le lanzaban epítetos vulgares y bromas obscenas. En cierto momento la perdió de vista, desapareció a su espalda y después, de golpe, se la encontró en sus rodillas.

Se puso rígido como un bloque de toba.

---

[1] Del monte Hybla, en las cercanías de Siracusa, en Sicilia. Su miel es muy celebrada.

—¿Qué haces aquí tan solo, amor mío? Tienes que dejar de pensar...

Él no contestó. Ella se levantó, le cogió la mano y empezó a atraerlo hacia ella. Se levantó también él, dejándose arrastrar hacia las escaleras que llevaban al piso superior. «*Vade retro,* Satanás», dijo una voz en su cabeza, pero su cuerpo no, su cuerpo ya no obedecía a sus pensamientos. Se había convertido en un dócil instrumento sobre el que ella había establecido fácilmente su control. Desaparecieron por las escaleras. Uno de los estudiantes lanzó hacia ellos, sin darles, un cuenco vacío.

—Gallina vieja da buen caldo, ¿verdad?

—*Ubi amor, ibi miseria,* diez monedas hoy, diez mañana, y ¿quién te paga después los gastos fijos?

En cambio Giovanni se había retirado enseguida a la habitación que habían cogido en la posada. Estaba cansado, se había tumbado en su jergón aún vestido, pero sin decidirse a apagar la lámpara de aceite. Y no había logrado cerrar los ojos, obsesionado como estaba con el nuevo misterio de esas cuatro hojas de pequeño formato que le había enseñado Antonia antes de marcharse, con el enigma del lebrel, del *quinientos diez y cinco,* del águila, de los vínculos —en parte transparentes, en parte ocultos— que se podían establecer entre los fragmentos de los versos de Dante hallados en el doble fondo del arcón. Vendrá el lebrel y matará a la loba. Una caza: un perro ágil y fuerte, y la avidez, los güelfos negros en los que se encarna, los señores del dinero cínicos y sin escrúpulos que han corrompido a la humanidad, serán empujados a los brazos de Lucifer, que los ha vomitado en el mundo. Vendrá un DUX, un Quinientos quince heredero del águila, y matará a la Prostituta, y el nuevo Goliat rescatará el altar y el trono profanados por los inmundos artificios de los males de hoy. Y las santas criaturas envueltas de luz en el cielo de Júpiter, donde se desvela finalmente el diseño, el orden de los cielos que se encarnará en la Tierra en una era de justicia en el delta de la historia, vuelan y cantan y se vuelven alfabeto. La Ley, la Ley de Moisés, la de Cristo, violada por la política y traicionada por los pastores, volverá al mundo. La historia se acabará, y el bien y el mal refluirán para siempre en el regazo del cordero. Pero ¿por qué esos mensajes, dirigidos a cada lector y repetidos obsesivamente en el poema, estaban transcritos en hojas escondidas en un lugar secreto? ¿Quién sería el destinatario del mensaje en el que había pensado Dante? ¿Y qué significaría para quien las encontrara?

Repentinamente se había acordado de la cita del *Liber abaci* que había encontrado en el viejo cuaderno del poeta. Quizá la clave del problema, se había dicho, era numérica, y residía en el distinto valor del uno —la *figura unitatis*— según su posición, siguiendo la moda árabe. El número romano DXV, el *quinientos diez y cinco,* en cifras arábigas se transcribe 5-1-5, como había dicho también Bernard. Pero en el canto del águila en el Paraíso, al componer el primer verso del *Libro de la sabiduría,* los espíritus se detienen en las tres primeras letras: or *D,* or *I,* or *L.*

Las primeras tres letras de una palabra o de una frase son las que ciertos adivinos, por lo que sabía, transforman en cifras para someterlas a las interpretaciones numerológicas corrientes. Y las letras D + I + L son las del DLI, el número romano que corresponde al 551 arábigo, cinco-cinco-uno...

Se había levantado, había cogido un folio y la bolsita con la pluma y el tintero, se había sentado a la mesa y había escrito las letras y los números arábigos correspondientes... Claro que sí, la estera de detrás de la cama del poeta dibujaba la clave numérica del enigma. ¿Cómo no se le había ocurrido antes? Los versos del *Infierno* reproducidos en el cabezal de Dante eran, respectivamente, uno, cinco y cinco; los del *Purgatorio,* cinco, uno y cinco; los sacados del *Paraíso,* cinco, cinco y uno... Así pues...

$$? = 1\text{-}5\text{-}5$$
$$DXV = 5\text{-}1\text{-}5$$
$$DLI = 5\text{-}5\text{-}1$$

Después, finalmente, se acordó del extraño sueño en la selva, entre bestias luciferinas, las tres eles... *Lynx, Leo* y *Lupa,* más el *Vertragus,* el Lebrel... Las iniciales señalan una cifra romana, como en los otros casos: L+L+L+V, tres veces cincuenta más cinco, así pues el CLV que faltaba, que, como había hecho con los demás, transcribió en la numeración posicional: precisamente el 155. He aquí que entonces tuvo la serie completa, precisamente como el número de los versos en la estera:

LLLV = 1-5-5 *Infierno*
DXV = 5-1-5 *Purgatorio*
DLI = 5-5-1 *Paraíso*

Quizá esta fuera la clave de lectura: los tres fragmentos contenían las tres posibles combinaciones de estos tres números —un uno y dos cincos— en una secuencia que va desplazando, paso a paso, la unidad de la posición de la izquierda a la de la derecha: del cien al diez, del diez a la unidad. Casi la representación gráfica de la *reductio ad unum*, de lo múltiple que refluye en el uno, como había dicho Pietro aquella noche en casa de Dante. Además la suma de las cifras era siempre 11, y la suma de las sumas 33. Dibujó enseguida el cuadrado numerológico que se derivaba de todo esto.

33	11	11	11	33
11	1	5	5	11
11	5	1	5	11
11	5	5	1	11
33	11	11	11	33

El resultado le impresionó. La estera y los versos del arcón señalaban la misma serie numérica, y se trataba de una serie que debía de tener algún significado especial.

Treinta y tres no era un número cualquiera, era el número clave del poema de Dante: 33, las sílabas de un terceto compuesto por tres endecasílabos; 33, los cantos para cada cantiga. Era el número sagrado de la edad de Cristo, y el número de la teodicea, de la justicia divina, dado que el once es el número de la justicia y tres el de lo divino. Y el paso del uno de las centenas a las decenas y a la unidad parecería casi una representación numérica del camino a través de los tres reinos del más allá, del caos plural del mundo al uno de la razón, de los últimos seres de la creación al motor inmóvil, sustancia primera y Creador. Las profecías del lebrel y del dogo se realizan pues en el cielo de Júpiter, en el águila que representa la unidad de la justicia. Quizá no se refieren a hechos concretos, sino solo al necesario satisfacerse del orden cósmico, la unidad futura de la cristiandad, el refluir de las *nationes* en el poder central único de la sagrada *Respublica* fundada por Carlomagno.

Lo que no lograba captar era el significado de la insistencia repetida de estos números, el uno y dos veces el cinco, que volvían también en el canto de Trajano y Rifeo, donde David, pupila del águila, está rodeado por cinco piedras volcánicas, cinco espíritus justos. Estaba excitado por el descubrimiento, pero también insatisfecho. ¿Por qué Dante habría tenido que esconder un mensaje tan críptico en su poema? ¿Y qué tenía que ver todo esto con su muerte?

III

Ester, así se llamaba la mujer, hizo entrar a Bernard en su habitación, situada en el primer piso, y le indicó la cajita sobre la mesa por cuya ranura podía meter a partir de diez monedas, si quería poner más mejor que mejor: tres eran para cubrir los gastos, el alquiler diario de la habitación y otros conceptos, dos por la prestación en sí y cinco a modo de fianza *una tantum* para las eventuales consecuencias. La habitación era grande, había un brasero encendido y una olla de agua encima, hirviendo. En el suelo, un barreño medio lleno de agua fría, y en una esquina, una cama con una colcha de fieltro mancillada por sucias manchas. *Che di pel macolato era coverta* («de piel manchada todo recubierto»), le vino a la cabeza: el lomo de Dante de piel jaspeada, el símbolo de la inmunda lujuria.

Una señal clara: debía marcharse de ese lugar de perdición mientras estuviera a tiempo. Pero vio su propia mano meter las monedas en la cajita y no dijo nada, siguió mirando a su alrededor asombrado de lo que le sucedía, como si le estuviera ocurriendo a otro.

Una antorcha en la pared iluminaba una esquina de la habitación, proyectando largas sombras que ondeaban sobre la pared opuesta. Le recordó la sombra del poeta sobre la llama que quema a los lujuriosos en el Purgatorio: otra señal. Cuando oyó el último repiqueteo de las monedas, Ester se quitó mecánicamente la ropa con dos gestos rápidos y se quedó con las enaguas largas hasta la cintura, mostrando el pecho lozano y la sinuosidad de las caderas que resaltaban sobre un cuerpo magro. Era una visión que paralizaba la razón y Bernard permaneció inmóvil, atónito, petrificado. Se le acercó, y lentamente empezó a desnudarlo. Así vio el medallón con el emblema de los templarios y la gran cicatriz bajo el hombro derecho. Se detuvo pensativa, bajando la cabeza.

—Es la primera..., la primera vez... —balbuceó Bernard en voz tan baja que ni siquiera él consiguió entender qué había dicho. Repitió más fuerte—: Es la primera vez que estoy con una prostituta...

—Yo no soy una prostituta —respondió ella con aire ofendido, volviéndose de golpe y alejándose algunos pasos.

—¿No...? Eh..., perdona, creía... —dijo él cada vez más cohibido.

—Hago esto porque estoy sola y tengo dos hijos pequeños que mantener —prosiguió triste mientras se acercaba a la cama—. Soy una madre pobre, eso es..., más que una prostituta.

Quitó la colcha de lana basta y la tiró en una esquina del suelo, abrió un baúl y cogió una tela de lana tejida. Bernard lo entendió enseguida y la ayudó a extenderla sobre la cama. Después se metió bajo el cubrecama limpio, en el lado derecho, dejándole a él el espacio de la izquierda. Bernard se quitó los calzones y él también se quedó en ropa interior. Se metió bajo la tela en el lado vacío. Ester apoyó delicadamente los cabellos y después la cabeza sobre la cicatriz, un seno le rozaba el brazo. Olía bien, a lavanda. Con el brazo derecho le ciñó el otro hombro. Él estaba quieto, más avergonzado que excitado.

—¿Eres un caballero?

—Lo fui...

—¿Y la herida?

—En San Juan de Acre... —Pero no explicó cómo.

En cambio, le pidió que le hablara de ella y de su historia. Entonces ella le contó que de jovencita era muy guapa, pero también muy necia, y que se había dejado seducir, siendo ella de condición humilde, por el soberbio hijo de un conde. Había sido una estúpida. Por presunción había confiado en su propia belleza y había creído que el hijo del conde, al final, incluso se casaría con ella, en lugar de con aquella gorda dinosauria de archiduquesa, o vizcondesa, a la que estaba prometido desde pequeño con contrato, firmas y sellos de lacre. «Escapémonos juntos, marchémonos de aquí, amor mío, tú y yo solos», le decía siempre, además de otras trivialidades parecidas. Pero había bastado con el primer hijo y él no volvió a dejarse ver. «Intenta arreglártelas sola», le había dicho, y le había dado un poco de dinero, que apenas bastaba para mantener al niño durante un año...

Se las arregló sola, pero las cosas no fueron bien, no había trabajo o, si había, estaba mal pagado. Empezó así para saldar las deudas.

—Y ahora, como ves, aquí estoy —concluyó.

El segundo hijo podía ser de cualquiera, de un soldado de paso, de un juez, de un cura... Había sido castigada, y se lo merecía, por su vanidad. Estaba allí para pagar el castigo, pues había creído que su belleza era un don divino, que siempre la preservaría de los males del mundo. Había sido una creída y ahora lo pagaba, con el desprecio de los demás, las humillaciones que sufría en el ejercicio de su... profesión. Nadie se casaría con ella, con los hijos del pecado y ese feo nombre con el que incluso Bernard la había llamado... Pero sus dos guapos varoncitos no sabrían *nunca* cuál era su oficio. Estaba ahorrando dinero, y cuando tuviera bastante, se marcharía para siempre de Bolonia, a un lugar con mar, donde nadie la conociera, a empezar una nueva vida. Nadie volvería a llamarla puta, como había hecho él...

—Bueno, a decir verdad yo...

Bernard se preguntó por qué se dejaría llevar precisamente en ese momento por su maldito instinto de caballero; no creía que fuera oportuno, allí donde estaba, su impulso de proteger muchachas indefensas. Aunque se había sentido un poco culpable por haberla llamado prostituta. Le acarició los cabellos, la apretó fuerte contra su cuerpo. Pasaron casi una hora abrazados, hablando. Él también le contó su historia.

—Sal de aquí —le dijo también—, tengo algunos ahorros, podremos empezar una vida.

Entonces la excitación había empezado a vencer a la timidez. Le había quitado las enaguas largas, había empezado a acariciarle las caderas, la cara interna de los muslos, los pechos. De las manos le subían pequeños temblores, escalofríos de emoción que se descargaban en cada parte de su cuerpo. Nunca había experimentado nada semejante. Y ahora, a los cincuenta años... Había empezado a relajarse también él cuando alguien, probablemente borracho, empezó a llamar con furia a la puerta de la habitación.

—¡Me toca a mí! —se oía a voz en grito en el pasillo—. ¡Me toca a mí! ¡Es el turno de mi minga...! Hace más de media hora que espero, Estercita.

La mujer puso cara de disgusto:

—Qué lástima, Bernard —dijo—, tu tiempo ya ha pasado. Tendrá que ser en otra ocasión... —Al fin y al cabo no le disgustaban los que eran como él, los clientes un poco sentimentales. Había aprendido a reconocerlos al primer vistazo; aunque le hacían perder mucho tiempo y en teoría dividir el pago de una hora de trabajo, tenían la ventaja de acabar a menudo en blanco, y las cinco monedas de fianza eran ganancia limpia. Ella prefería no correr riesgos: ahora que había conseguido unos ahorros, no quería para nada otro hijo.

Y mientras tanto, el otro llamaba:

—¡Estercita! —lloriqueba—, ¡Estercita!

Bernard se levantó y, tal y como estaba, con los calzoncillos medio desabrochados, se precipitó amenazador hacia la puerta. Estaba dispuesto a cantarle las cuarenta a ese asqueroso putero.

—*Pardonnez moi, madame...* —Pero cuando abrió la puerta este cayó entre sus brazos antes de que Bernard moviera un dedo: estaba completamente ido. Era pequeño y olía a fondo de tonel. Le metió las manos debajo de las axilas y, sujetándolo de esta guisa, lo alejó de sí para verle la cara.

—¡Por Jerusalén! —exclamó cuando lo reconoció.

Giovanni había pasado la noche en blanco, meditando sobre lo que había descubierto. Las hojas halladas en el arcón y los versos citados en la estera colgada en la cabecera de la cama de Dante diseñaban un complejo enigma numerológico cuyo sentido a pesar de todo se le escapaba. Solo sabía que era una pista a seguir, pero ¿para llegar a qué? Quizá revelara un escondite, y se limitara a proporcionar la clave para encontrar los últimos trece cantos. Sin embargo, le invadía la sospecha de que lo que se ocultaba era algo muy distinto, pues el criptograma estaba escondido entre los propios versos del poema, accesible a todos, y por otro lado precisamente en los fragmentos más misteriosos. Por primera vez se planteó seriamente lo que había dicho Bernard durante su primer encuentro. El nuevo Templo, los eneasílabos..., todo eso le había parecido tan absurdo que ni siquiera le había pedido explicaciones. Pero allí había con toda evidencia un mensaje que tenía todo el aspecto de estar codificado, y el poeta, antes de partir hacia Venecia, tal vez sabiendo que estaba en peligro, dejó la casa llena de pistas que remitían a él. El cuadrado numérico contenido en su poema representaba la clave numerológica cifrada, aunque quizá nadie podría descifrarlo sin las pistas diseminadas por el propio Dante en su casa. La hipótesis que en primer lugar le vino a la mente fue que sus hijos fueran los destinatarios del mensaje, a menos que...

Cuando vio regresar a Bernard agotado ya era por la mañana. Hubiera querido ponerlo al corriente de su descubrimiento nocturno.

—Creo que he entendido dónde...

Pero Bernard lo interrumpió:

—Rápido, rápido... Tenemos que irnos. Tienes que venir enseguida conmigo, he encontrado a uno de los sicarios...

Mientras él se vestía, el excruzado le contó la historia, omitiendo evidentemente algunos detalles... Había estado en una taberna de la Garisenda y se había cruzado con el fraile bajo de la abadía de Pomposa. Se llamaba Cecco y venía de Lanzano, de los Abruzos, como el amigo boloñés de Giovanni. Bruno quizá lo conocía, de vista o por haber oído hablar de él. No llevaba ya las ropas de fraile, pero lo había reconocido igualmente. Lo había interrogado y este se le había desmayado entre los brazos. Lo había acompañado a su habitación, que estaba en la misma posada, situada encima de la taberna, pero, aparte del oscuro dialecto que hablaba, estaba en un estado tal que de él no se podía sacar demasiada información. Exceptuando la identidad de su compañero, el de la cicatriz en forma de ele invertida: era un tal Terino da Pistoia, debía haber cobrado de no se sabe quién el dinero por un trabajo hecho y después dividirlo con Cecco, pero le había perdido la pista. Habían llegado juntos a Bolonia, después Terino había ido a tratar con el jefe y ya no había vuelto. Cecco pensaba que se había marchado con el dinero a Florencia, donde tenía una compañera, Checca di San Frediano. No hacía más que repetir que se había equivocado confiando en él, mientras Bernard le quitaba los zapatos y le ayudaba a tumbarse. Bernard se había ido después cerrando la habitación por fuera con llave, de modo que no pudiera salir, y había venido a llamar a Giovanni. Cuando se despertara Cecco, estaría un poco más lúcido y podrían interrogarlo mejor.

En menos que canta un gallo llegaron a la posada de la Garisenda, que no estaba demasiado lejos de la suya, situada en la zona del *Studium*. Por el camino se había levantado un viento muy fuerte, penetrante, casi frío. Entraron en la taberna y subieron a los pisos superiores. En el rellano del primer piso había un mostrador, pero nadie detrás. Bernard lo rodeó y abrió un cajón situado en la parte de dentro:

—La llave la puse aquí... —Rebuscó un buen rato, con aspecto cada vez más agitado—. ¡Ya no está, alguien la ha cogido, rápido!

Subieron velozmente al segundo piso; Giovanni siguió a Bernard hasta la puerta de la habitación, que estaba abierta, con la llave aún metida en la cerradura, por fuera. La habitación estaba vacía y no había ni rastro de Cecco. Aprovecharon para registrarla, pero no había nada, aparte de un gran fardo en el suelo, en una esquina, que contenía todas sus cosas, muy desordenadas. Lo único relevante que encontraron dentro fue una pequeña botella semivacía, con las huellas en el fondo de un polvito blanco, y un medallón parecido al que tenía Bernard, dos caballeros sobre un solo caballo, el emblema de los templarios. Giovanni se lo mostró a su compañero, que arrugó la frente irritado.

—Templarios desviados —balbuceó, casi para sus adentros.

Voces y gritos, procedentes del patio interior, y de las plantas de abajo, interrumpieron sus meditaciones. Bajaron al patio a la carrera. Algunos hombres corrían de un lado a otro con cubos de agua para apagar una gran pira que pugnaba por incendiar el edificio entero. El viento fuerte, que giraba en el patio como un remolino, alimentaba las llamas, levantaba tizones y brasas, en una especie de gran turbina de ceniza. *La bufera infernal, che mai non resta, / mena li spirti con la sua rapina; / voltando e percotendo li molesta...* («La borrasca infernal, que no reposa, / rapazmente a las almas encamina: / volviendo y golpeando las acosa...) le vino a la cabeza a Bernard, quién sabe por qué. La tormenta de los lujuriosos del *Infierno*. Y enseguida le acudieron a los labios también los versos del *Purgatorio* con las llamas que queman las almas de los *peccator carnali: Quivi la ripa fiamma in fuor balestra, / e la cornice spira fiato in suso / che la reflette e via da lei sequestra...*

(«El muro una erupción de llamas muestra, / mas del rellano elévase una brisa / que las rechaza y lejos las secuestra...»). Lugar de perdición aquel, señales divinas, masculló. Debía arrepentirse de sus deseos, y del pecado contra los votos que había contraído, pero no lo conseguía. En una ventana del primer piso, por un instante, vio asomarse a Ester, asustadísima. Corrió enseguida a buscarla, a su habitación, para tranquilizarla. Giovanni lo perdió de vista, mientras estaba ocupado él también en echar una mano para domar el fuego a un lado de la pira, con su capa. Cuando Bernard llegó a la habitación de Ester (la halló abierta), ella ya no estaba. Vio el barreño y la olla llenos de agua, abrió la ventana y los vació uno tras otro en medio del fuego.

Cuando regresó abajo, las llamas estaban casi apagadas. Se empezó a ver una única masa negra en las brasas que se apagaban, el cuerpo de un hombre carbonizado en el centro de la pira. Bernard recogió del suelo, ahora separada del cuerpo, la hebilla metálica de su cinturón, le limpió el hollín y la reconoció: dos caballeros sobre un solo caballo; era todo lo que había quedado de la identidad ya deshecha de Cecco da Lanzano.

Llegaron a casa de Bruno con retraso, ya por la tarde, y él no estaba. Estaba su mujer, Gigliata da Melara, con su única hija, Sofia, de cinco años. Gigliata recibió a Giovanni calurosamente y no dudó en preparar dos habitaciones para los invitados en la gran casa en la que vivían.

—¿Has tenido noticias de Gentucca? —preguntó.

Giovanni le contó sus últimos movimientos, y su reciente viaje a Rávena. Gigliata añadió que tampoco en Bolonia, desde la última vez que se habían visto, habían vuelto a tener noticias. Después, cuando ella se fue a preparar las habitaciones, la pequeña Sofia se puso a contarle a Bernard una historia estrambótica de elfos y de hadas, y Bernard la escuchaba pacientemente, con expresión divertida, pero también de vez en cuando melancólica.

Habían esperado a Bruno sentados a la gran mesa del comedor. Gigliata le había contado a Giovanni las últimas novedades sobre su marido y sobre los amigos boloñeses que tenían en común. Con ellos había pasado los años más hermosos, los estudios con Mondino dei Luzzi, que les había enseñado la anatomía de Guglielmo da Saliceto, después las experiencias secretas con el maestro averroísta, las disecciones y los contactos con un docto judío que traducía del árabe y había traído de Venecia manuscritos valiosos de ultramar. Gigliata también había aprendido la lengua de Avicena para echarle una mano a su marido, y le mostró a Giovanni el último códice árabe que habían conseguido: los estudios sobre la circulación sanguínea de Ibn al-Nafis.

Tenía un poco de envidia de sus amigos, que se habían quedado en una ciudad universitaria donde bullía la inquietud y abundaban las actividades, mientras que él permanecía solo, exiliado en la ciénaga de una pequeña población provinciana, practicando ese poco de ciencia que había aprendido, lo cual, allí, bastaba para convertirlo en un médico apreciadísimo. Sin embargo Gigliata le informó de que el ambiente estaba cambiando también en Bolonia, que la Iglesia estaba volviéndose rígida y cerrando filas en la intolerancia.

—Todo es culpa de Federico II —dijo—, y no porque no haya sido un gran emperador, todo lo contrario; quizá precisamente porque lo ha sido. Antes de él estaban los monjes que corrían a Toledo a la caza de ciencia islámica; era de ellos de quienes llegaban las mejores traducciones latinas de los principales tratados de los musulmanes y de los griegos en versión árabe. Después, desde que él promovió la ciencia rodeándose de laicos, la Iglesia se puso a la defensiva: el enemigo era Hohenstaufen, y como Hohenstaufen cultivaba la ciencia, el enemigo también era la ciencia. Así el fervor de un Gherardo da Cremona ha degenerado en este sofocante clima de sospecha y de caza al hereje... ¡Quién sabe cuánto tardará la Iglesia en darse cuenta de que Federico hace tiempo que murió...!

Le había contado que Bruno había continuado sus investigaciones por su cuenta cuando el maestro averroísta tuvo que dejar la ciudad, sospechoso de herejía, para esconderse y desaparecer sin dejar rastro. Ahora estaba estudiando el aparato circulatorio y sospechaba que toda la teoría de Galeno de los cuatro humores y de los espíritus delicados podría ser completamente infundada. Sin embargo se guardaba muy mucho de publicar los resultados de sus investigaciones. Bastaba la delación de un colega envidioso para enviar a un médico o a un filósofo natural a la hoguera. En esta situación resultaba difícil poner en común entre ellos sus descubrimientos particulares, de forma que la ciencia progresara. Los estudios sobre los cadáveres habían tenido que suspenderlos, pues se habían vuelto peligrosos.

Giovanni esperaba a Bruno ansioso. Tenía prisa por exponerle los resultados de sus recientes investigaciones, pues confiaba en que su amigo, cuyo saber enciclopédico iba de las Sagradas Escrituras a los Padres de la Iglesia, de los clásicos latinos a los filósofos antiguos y modernos, pudiera ayudarle a descifrar el nuevo enigma al que le había llevado la explicación de aquel viejo del lebrel y del DUX.

Cuando Bruno llegó, se abrazaron como dos hermanos. Gigliata preparó la cena y después, tras haber comido, llevó a la niña a la cama.

—¡Buenas noches, Giovanni! —se despidió—. Ánimo, ya verás que si Gentucca está viva, antes o después volverá a aparecer...

Sofia le preguntó a su madre al oído si Bernard se iría o estaría allí a la mañana siguiente. Gigliata la tranquilizó, al día siguiente podría seguir contándole su historia. Le dio a su padre un beso de buenas noches, saludó con la mano al extemplario y desapareció con Gigliata, que le llevaba hablando de la vida de Bernard y de su cruzada contra los turcos desde hacía ya mucho tiempo.

IV

Se habían quedado ellos tres —Giovanni, Bernard y Bruno— sentados a la mesa, y Giovanni le había contado a su amigo lo que había sucedido en Rávena: la muerte de Dante, sus sospechas, la desaparición del autógrafo y el hallazgo de las cuatro hojas en el doble fondo secreto del arcón. Después los acontecimientos de la madrugada y el terrible final de Cecco da Lanzano. Bruno le contó que había visto por Bolonia a un Cecco da Lanzano a principios de septiembre: un siniestro individuo, por lo que él sabía. No eran amigos, pero se habían saludado como se suele hacer entre paisanos en el extranjero. Ese Cecco que él había visto era un embaucador, un tipo que frecuentaba ambientes en la frontera entre comercios lícitos e ilícitos, un mediador de intercambios que se dedicaba un poco a todo, y que en un determinado momento se metió también a templario, pero no por amor a la cruzada, sino porque olfateaba quién sabe qué posibilidades de ganancias en el transporte de mercancías para grandes empresas florentinas, las cuales se aprovechaban para sus negocios de las exenciones fiscales de que gozaban las naves de los caballeros del Templo: grandes caravanas pasaban por las ferias de Lanzano en dirección a la Apulia y a Brindisi, donde seguían por mar. Cecco estaba metido en negocios de ese tipo, no siempre limpios, o al menos eso era lo que se contaba en su pueblo. Cuando la orden fue disuelta, se decía incluso que había sufrido un proceso, pero al parecer había salido airoso. Si lo hubieran arrestado, igual aún estaría vivo...

Después Giovanni había hablado de su descubrimiento nocturno, de los números ocultos en los fragmentos de la *Comedia* hallados en las hojas escondidas en el arcón. Había dibujado el cuadrado numerológico y le había preguntado a Bruno si se le ocurría alguna idea de su significado. Todo parecía representar una gran alegoría de la justicia, que se revela en el cielo de Júpiter, pero Giovanni no lograba entender por qué esos números: el uno y el cinco más cinco.

—¡David y las cinco piedras! —exclamó Bruno—. Claro: el trigésimo segundo sermón de san Agustín, que explica el pasaje bíblico de David y Goliat en el que el uno, el cinco y el diez son interpretados como los símbolos de la Ley. David (cito de memoria) coge cinco piedras para su honda en el lecho del río, como se dice en el primer libro de Samuel, pero una sola es aquella con la que mata al gigante. David es antepasado y prefiguración de Cristo; Goliat, imagen de Satanás. Según el obispo de Hipona, las cinco piedras son símbolo de los cinco libros de la Ley de Moisés y diez, como el instrumento de diez cuerdas tocado por David en el salmo *ad Goliam,* son los mandamientos que el propio Moisés recibió en el Sinaí. Cinco y diez para Agustín significan la Ley. Pero una es la piedra que mata al gigante filisteo, pues la Ley antigua se reduce en el Nuevo Testamento a la unidad, en el único mandamiento del amor, el principio de reciprocidad... Uno, cinco y diez remiten a la actuación de la Ley entre el antiguo pacto, sancionado por los diez mandamientos de las dos tablas y señalado en los cinco libros del Pentateuco, y el nuevo, que los reduce al uno...

Giovanni se acordó entonces de la interpretación de *Tre donne intorno al cor mi son venute* («Tres mujeres vinieron a mi corazón»), de la que le había hablado Pietro, la *lex divina* que reduce a la unidad la justicia cristiana y que en el *Paraíso* está simbolizada por el águila: *e pluribus unum,* de los muchos una sola cosa, las mil almas que dicen «yo» en lugar de «nosotros».

—Pues ¡claro! —exclamó—. En el poema, en el último canto que tenemos, el águila, que hace única la voz de todos los espíritus que la componen, invita al poeta a mirar su ojo, cuya pupila, el espíritu más importante del cielo de Júpiter, es acaso precisamente David, quien tiene cinco piedras preciosas a su alrededor que circunscriben la órbita. Justamente cinco, como las piedras de David, los libros de la Ley, en el fragmento de san Agustín. ¡Exacto! Y de David se dice en el vigésimo canto que es aquel *che l'arca traslatò di villa in villa* («que el arca trasladó de villa en villa»), aquel que llevó a Jerusalén el arca de la alianza, en la que estaban depositadas las tablas de la Ley. Pero del lebrel se dice, precisamente, que acosará a la loba *per ogne villa...* («de pueblo en pueblo...»).

—¡El arca de la alianza! —exclamó Bernard animándose, como si hubiera tenido una intuición fulgurante. Cogió la hoja en la que Giovanni había dibujado el cuadrado numérico de Dante y empezó a examinarlo con atención.

—Entonces el lebrel alude a David —prosiguió mientras tanto Giovanni— o al cinco agustiniano de la Torá y del antiguo pacto, a la caza de la loba, triple *corpus diaboli* luciferino que desemboca en lo múltiple: en efecto, se dice que «muchos son los animales con los que se ayunta». Y he aquí explicado el misteriosísimo *fieltro* que envuelve al lebrel cuando nace: es la tela de lana prensada y no tejida usada por lo general por los pastores, una alusión a David-pastor...

—Podría aludir —prosiguió Bruno— a la profecía de Ezequiel que anuncia el restablecimiento de la justicia en el rebaño de los fieles conducido por David-pastor, que hará desaparecer de su tierra a los animales feroces, alegoría de los males: el *Lynx*, el *Leo* y la *Lupa*. David o un heredero suyo, y heredero de Cristo, vencerá a las tres fieras...

—Si David-lebrel —continuó Giovanni— es el perro que protege su rebaño de las bestias luciferinas, o sea David *miles,* armado con las cinco piedras-libros de la Ley, que debe aún enfrentarse al gigante filisteo, precisamente la derrota de este último en la figura de Felipe el Hermoso, por el contrario, es lo que es anunciado por el fragmento del *Purgatorio* con el *quinientos diez y cinco:* el mensajero de Dios que matará al nuevo Goliat. ¡Eso es! David *miles* se convierte en David *dux*, el jefe del ejército israelita, y el uno y el otro anuncian a David *rex*, pupila del ojo del águila y custodio de la *lex divina*, fundador de la dinastía mesiánica y *figura Christi*. Las profecías del lebrel y del DUX se cumplen pues en el cielo de Júpiter, en el águila que representa la unidad de la justicia. La alegoría numérica se refiere al personaje bíblico de David en la triple apariencia de protector del rebaño, general israelita, finalmente rey, y además figura de Cristo, el treinta y tres, que se alcanza gradualmente: en la selva del mundo con la profecía de Virgilio-razón, después en la cima del nuevo Sinaí con la predicción de Beatrice-teología, finalmente en el cielo de los justos...

—¡El arca de la alianza! —le interrumpió Bernard—. Ese es el mensaje oculto: en el gran libro está sellada la clave para encontrar el arca perdida, que David llevó a Jerusalén y alrededor de la cual Salomón hizo construir el Templo...

Bruno y Giovanni se volvieron hacia él sorprendidos.

—Nosotros en Jerusalén —prosiguió— éramos los custodios del Templo. Fueron los primeros templarios quienes la encontraron, allí donde había sido escondida por los grandes sacerdotes durante el asedio, antes de que Nabucodonosor destruyese la ciudad. En la Cúpula de la

Roca, en la gran mezquita octogonal que se levanta donde estaba el Templo de Salomón... Allí cerca estaba nuestra sede, que llamábamos el Templum Domini. El arca es un objeto sagrado dotado de poderes tremendos, en el que dos potencias angélicas representadas en oro custodian las tablas de Moisés. Entre los dos querubines esculpidos sobre su tapa, al gran patriarca se le manifestaba el Dios de los ejércitos, que les señalaba el camino del retorno a la tierra de los padres. Los caballeros de mi orden la custodiaron de nuevo allí, en el Templo, mientras nos quedamos en la ciudad santa. Después Saladino expulsó definitivamente a los cristianos de Jerusalén y entonces, en secreto, los maestros templarios se vieron obligados a trasladarla a otro lugar... ¿Adónde? Este es el misterio, destinado a convertirse en leyenda con el final de la orden...

Bruno y Giovanni estaban desconcertados, porque Bernard hablaba de estos temas con tal seguridad que les resultaba difícil distinguir entre realidad e imaginación. Bernard empezó a explicar el significado que se le podía dar al cuadrado de Dante:

—El uno es la clave para descifrar el mensaje secreto en eneasílabos. Son los versos de una especie de adivinanza, probablemente en el francés de Outremer, una lengua híbrida: francés, provenzal y normando de Sicilia. Lo oí en San Juan de Acre el día de la derrota, me acuerdo claramente: antes de dirigirnos a la torre Maldita, Guillaume de Beaujeu, el gran maestre, le ordenó a Gérard de Monreal salvar algo: los *nove*..., no lo entendí bien; acababa en *-rios*. Pensé que se refería a *novenarios* («eneasílabos»), que

se trataba de versos ultrasecretos que ocultarían el mapa
del nuevo Templo, el lugar al que los templarios traslada-
ron el arca con las tablas de la Ley. Ahora mirad aquí...
—Señaló el cuadrado dibujado por Giovanni.

1	5	5
5	1	5
5	5	1

—El cuadrado —prosiguió— nos proporciona el mapa, el texto está oculto en el poema, el uno del esquema de
Giovanni es la clave: cada cantiga del libro de Dante está
formada por treinta y tres cantos, cada canto con un número variable de tercetos, cada terceto de treinta y tres sílabas;
pues bien, el uno indica, en la secuencia del cuadrado, el primero, el central y el último de treinta y tres. Por tanto, se
debe tomar el primer canto de los primeros once, el sexto
de la segunda serie de once, el undécimo de la última, o sea
el primero, el decimoséptimo y el trigésimo tercer canto de
cada cantiga. En cada uno de ellos hay que buscar el primero, el central y el último terceto, y en cada terceto la primera,
la decimoséptima y la trigésimo tercera sílaba. Obtendremos
tres sílabas de cada terceto, nueve sílabas por canto, o sea un
eneasílabo; los tres eneasílabos por cantiga suman en total
nueve eneasílabos, de ahí... *salva los eneasílabos...* —Bernard
se levantó y fue a buscar su copia de la *Comedia,* mientras
Giovanni y Bruno se miraban escépticos.

—¿Y Dante de dónde los habría sacado? —preguntó Giovanni.

Bernard no contestó, sino que volvió a sentarse y empezó a transcribir versos del primer canto del poema. Giovanni planteó la objeción de que quizá para la primera cantiga, de treinta y cuatro cantos, había que saltar el primero, que hace de proemio a toda la obra. Bernard respondió que en su opinión el canto que había que excluir era el último, el de Lucifer: *Vexilla regis prodeunt inferni.* El estandarte de Satanás en el primer verso situaba ese canto fuera del territorio de la ley divina y humana, así pues, fuera del recuento. Empezó por tanto con el *Infierno:* el primer canto, el primer terceto, el central y el último. Transcribió las sílabas que resultaban, borró algunas consonantes, introdujo algunas otras, el cómputo de las sílabas en lengua vulgar no estaba, por otro lado, regulado por las gramáticas. Al final, escribió el resultado completo:

__Nel__ mezzo del cammin di nostra vita
mi ritrovai per __una__ selva oscura
ché la diritta via era smarri__ta__[1].

__Ris__puosemi: «Non omo, omo già fui,
e li parenti __miei__ furon lombardi,
mantoani per patrïa ambe__dui__»[2].

---

[1] «A mitad del camino de la vida / yo me encontraba en una selva oscura, / con la senda derecha ya perdida».

[2] «Respondiome: "Hombre no, que hombre ya fui, / y por padres lombardos engendrado, / de la mantuana patria"».

Che tu mi meni là dov'or dicesti,
sì ch'io veggia la porta di san Pietro
e color cui tu fai cotanto mesti[3].

—He aquí el primer eneasílabo: *Ne l'un t'arimi e i*
dui che porti...
—No significa nada —objetó Giovanni.
—Ya os he dicho —replicó Bernard— que los nueve
eneasílabos estaban escritos en la lengua de los francos de
Outremer. Y esto parece una vulgarización solo un poco
adaptada: *arimer* es un verbo francés usado por los mari-
neros de Tiro; significa «estibar», «depositar en el fondo
de la nave», de modo que en reflexivo puede significar
también «esconderse». Por eso el verso significa, más o
menos: «En el uno te escondes tú y los dos que llevas». El
misterio se esconde en el uno. ¿Qué os decía?
Giovanni seguía escéptico. A Bruno el asunto le parecía de todos modos divertido, y le pidió a Bernard que
continuara. El extemplario repitió la operación con el decimoséptimo canto:

«Ecco la fiera con la coda aguzza,
che passa i monti e rompe i muri e l'armi!
Ecco colei che tutto 'l mondo appuzza»[4].

---

[3] «Llévame donde ahora has prometido, / y las puertas de Pedro vea un día, / y a los de ánimo triste y afligido».

[4] «La fiera de la cola aguda es esta, / que ha montes, muros y armas traspasado; / ¡esta es la que a la tierra toda apesta!».

Or te ne va; e perché se' vivo anco,
sappi che 'l mio vicin Vitalïano
sederà qui dal mio sinistro fianco[5].

Così ne puose al fondo Gerione
al piè al piè de la stagliata rocca,
e, discaricate le nostre persone...[6]

Y finalmente con el trigésimo tercero:

La bocca sollevò dal fiero pasto
quel peccator forbendola a' capelli
del capo ch'elli avea di retro guasto[7].

Ai Pisa, vituperio de le genti
del bel paese là dove 'l sì suona,
poi che i vicini a te punir son lenti[8].

Trovai di voi un tal che per sua opra
in anima in Cocito già si bagna,
e in corpo pare vivo ancor di sopra[9].

---

[5] «Vete; y ya que estás vivo todavía / sabe que mi vecino Vitaliano / vendrá a sentarse a la siniestra mía».

[6] «Así Gerión en lo hondo se ha posado / al mismo pie de la pared rocosa, / y, habiendo a ambas personas descargado...».

[7] «La boca alzó de su feroz comida / el pecador, limpiola en la melena / de la cabeza por detrás herida».

[8] «Ay Pisa, vituperio de las gentes / del bello suelo donde el *sí* se entona, / ¿por qué no te castigan diligentes?».

[9] «A uno vuestro he encontrado en lo profundo, / cuya alma en el Cocito ya se baña / mientras su cuerpo vive en este mundo».

Después, garabateando, borrando y reescribiendo, separando con barras verticales las palabras, llegó a este primer terceto:

Ne l'un t'arimi e i dui che porti
e com zà or c'incoco(l)la(n). Né
l'abento ài là: (a) Tiro (o) Cipra.

Bruno le preguntó por qué, arbitrariamente en su opinión, había quitado algunas consonantes: *ecRomza, tiTrocipra*... Bernard respondió que en ambos casos se trataba del nexo *muta cum liquida*, que no cierra por lo general las sílabas, pues se podía quitar tranquilamente una consonante. Una especie de regla interna, pero válida solamente en el caso de una pareja de consonantes de esa clase: *muta cum liquida*.

Después explicó los versos:

—*E* com zà *or c'incoco(l)la(n): comme ça* es aún francés, significa «así». «Los dos que traes, así, nos "incucullan"», es decir, se visten con su cuculla, no sé si tenéis presente ese verso del noveno canto del *Paraíso* en el que se habla de los serafines, los ángeles *che di sei ali fanno la cocolla...* («que con las seis se han hecho la cogulla»). La cogulla es el hábito de los frailes, pero aquí, referido a los ángeles, significa que se cubren con las seis alas de los serafines, esto me parece bastante claro...

—¡El arca de la alianza! —exclamó Bruno—. ¡Los dos querubines! El arca está descrita en el Éxodo, Giovanni: es una caja de madera de acacia revestida de oro puro. En la tapa están las estatuas de dos querubines de oro en las dos extremidades, como dijo antes Bernard, esculpidas en un único bloque con las alas encima de ellos, que se unen para cubrir la caja entera. Las caras hacia el interior, las miradas inclinadas hacia el propiciatorio... «Cogullan» el arca, la tapan por entero con sus alas...

—*Ti nascondi nell'uno con i due che porti e che ci ammantano così, con le loro ali* («En el uno te escondes tú y los dos que llevas, y nos cogullan así, con sus alas») —resumió Bernard—: *Né l'abento ài là: a Tiro o Cipra.* El *abento* es el punto de llegada, el descanso, un término de los normandos sicilianos...

—Sí —confirmó Bruno—, es una palabra que aún se usa en Sicilia, pero también por aquí. Giovanni, ¿conoces el *Contraste* de Cielo de Alcamo? *Per te non ajo abento notte e dia* («Por tu culpa no hallo paz ni de noche ni de día»). Deriva del latín *adventus*, «llegada, arribo»...

—Así pues: *Né là hai riposo, né sei arrivato, riposi là: a Tiro o a Cipro...* («No hallas reposo, no has llegado, descansa: en Tiro o en Chipre»). *Chypre*, en francés, y la *e* es por lo general italianizada en *a*... —concluyó Bernard—. El arca probablemente fue puesta a salvo cuando Saladino conquistó Jerusalén, y la única ciudad cruzada que logró resistir a las armadas islámicas fue el puerto de Tiro, en el Líbano, que fue asediado, pero sin éxito, por los musulmanes. No era sin embargo una sede muy segura, Saladino habría podido intentar retomarla. Pero se movilizó todo el mundo cristiano, incluso Felipe Augusto y Ricardo Corazón de León. Este último llegó más tarde que el rey de Francia, ¿y sabéis por qué? Se había entretenido conquistando Chipre, arrebatándosela a los bizantinos. Probablemente fue entonces cuando el arca pasó de Tiro a Chipre, de Tierra Santa a Occidente. Tiro, Chipre, pero tampoco se detuvo en la isla. Casi hemos llegado, ahora debería decirnos dónde está actualmente...

Bernard se arriesgó entonces con el primer canto del *Purgatorio:*

> *Per correr miglior acque alza le vele*
> *omai la navicella del mio ingegno,*
> *che lascia dietro a sé mar sì crudele*[10].

> *Com'io l'ho tratto, saria lungo a dirti;*
> *de l'alto scende virtù che m'aiuta*
> *conducerlo a vederti e a udirti*[11].

> *Quivi mi cinse sì com'altrui piacque*[12].

Y se detuvo en este verso: *per cell(e) e cov(i) irti qui,* escribió.

—Y desde Chipre «aquí, atravesó celdas, cavernas subterráneas y cuevas hirsutas, inaccesibles» —tradujo—. Aquí, ¿dónde? ¡Ahora nos dirá dónde está! —gritó eufórico.

---

[10] «La barca de mi ingenio, por mejores / aguas surcar, sus velas iza ahora / y deja tras de sí mar de dolores».

[11] «Largo demás sería irte diciendo / cuál le traje, del cielo con la ayuda, / y cómo oírte y verte está queriendo».

[12] «Me ciñó como al otro le pluguiera».

Bruno lo miró receloso. Giovanni, que aún no estaba totalmente convencido, repitió en voz baja su objeción:

—¿Quién le entregó a Dante los nueve eneasílabos? ¿Acaso no se trataba de versos ultrasecretos?

—Quizá él fuera el gran maestre secreto —respondió Bernard. No cabía en sí, estaba desbordado, tenía prisa por descubrir lo que deseaba creer que era el motivo por el que había vivido—. Ahora estamos cerca, ¿es que no estás contento? Estamos cerca de resolver el misterio... —añadió en voz alta. Bruno y Giovanni lo miraron con los ojos abiertos de par en par.

—¡Chist! Gigliata y la pequeña Sofia duermen... —dijo Giovanni.

—No tengo ni la más remota idea —dijo entonces bajando la voz— de cómo llegaron al poeta estos versos...

—Aparte de eso, quien lo mató ¿qué querría de él? ¿Por qué harían desaparecer el autógrafo de la *Comedia*?

—Quizá alguien no quería que se divulgase el mensaje secreto, aunque fuera de una manera tan críptica, e intentó impedir que lo acabara —sugirió Bruno bostezando.

—¿Podemos continuar mañana con esta búsqueda, Bernard? —susurró Giovanni al darse cuenta de que Bruno estaba cansado, porque no quería resultar molesto.

—Sí, podemos continuar en otro momento. Yo ahora me voy a dormir, la verdad es que estoy muy cansado. Mañana podíamos dar una vuelta por la zona del *Studium*, allí se conoce a gente interesante. ¿Qué dices, Giovanni?

Bruno y Giovanni se levantaron.

—En cualquier caso, esta historia del arca es muy curiosa —comentó Bruno desperezándose un poco—. ¡Mucho, y muy misteriosa! De todos modos, quién sabe si es casualidad o...

—¡Muy curiosa y muy inquietante! —corroboró Giovanni.

Buenas noches... Hasta mañana... Sin embargo Bernard no se movía del sitio. Ni siquiera levantó la cabeza. Escribía en una hoja los últimos versos del primer canto del *Purgatorio*.

V

La primera en levantarse fue Gigliata, y en el comedor encontró a Bernard aún sentado a la mesa, dormido sobre un fajo de hojas de papel, con una vela ahogada en sí misma a un palmo de su cabeza. Se despertó sobresaltado y se levantó de golpe cuando ella entró en la habitación; la hoja sobre la que se había dormido se le había quedado pegada a la mejilla izquierda, dejándole la señal de una gran mancha de tinta. La noche anterior había pasado algunas horas descifrando los eneasílabos, cuando Giovanni y Bruno se fueron a dormir, y había reconstruido ya todos los versos accesibles. Al final se había quedado amodorrado, cuando estaba terminando su trabajo.

Poco después de Gigliata, se levantaron Giovanni y Bruno, y la pequeña Sofia, que había llegado con su padre, había ido enseguida a saludar a Bernard:

—¿Es verdad que estuviste en la cruzada?

—Sí, hace mucho tiempo...

—¿Y viste a Ricardo Corazón de León?

—No, él estaba en otra cruzada...

—¿Y cómo te has hecho esa mancha en la cara?

—Aceite hirviendo o el fuego griego del último asedio...

—¿Y por qué ayer no estaba?

—Quizá porque aparece solo de noche, cuando sueño con los muros incendiados de San Juan de Acre...

—¿Y qué libros encontraste en San Juan de Acre?

—¿Libros...?

—Sí, libros... Mamá me ha dicho que habéis hecho las cruzadas para traerle los manuscritos árabes a papá...

Gigliata se había echado las manos a la cabeza:

—¡Antes o después, nos entregará a todos a la Inquisición...!

Habían comido tortas dulces y luego, a media mañana, los tres habían salido a dar un paseo por el centro de Bolonia, por el barrio de las *universitates*. Pero muy pronto el extemplario los había dejado solos. De hecho, cuando caminaban por la zona de Santo Stefano, se habían encontrado casualmente a un hombre con una suave cabellera rubia, también él francés y al parecer excaballero, bien vestido, con una vistosa capa roja sobre la túnica blanca y una gran espada en la cintura.

—¡Dan! —lo había llamado Bernard cuando se lo cruzaron, presa de una alegría incontenible.

En cambio el otro no parecía que compartiera su entusiasmo. Se había detenido, lo había mirado atentamente, con la expresión sorprendida de quien no te ha reconocido pero al mismo tiempo no quiere ofenderte.

—Bernard, soy Bernard... En San Juan de Acre, ¿te acuerdas? —le había explicado el extemplario para ayudarle a recordar.

—Ah, Bernard... —había contestado el otro, aún totalmente perplejo.

—Daniel de Saintbrun, mi antiguo hermano y compañero de armas en Outremer. Aún estás vivo, entonces escapaste quién sabe cómo de los mamelucos, pero también del Hermoso de Francia, por lo que veo... —De esta forma se lo presentó a sus amigos.

—¡Claro, en San Juan! —Finalmente, el otro también se había animado un poco—. Perdona que no te haya reconocido enseguida, hay recuerdos de momentos tristes que uno querría borrar de la memoria...

Así fue como Bernard se disculpó y se marchó con Daniel, para celebrar juntos los viejos tiempos. Antes prometió volver a encontrarse con ellos hacia la hora sexta, directamente en casa de Bruno. Giovanni y su amigo, cuando se quedaron solos, se adentraron en el barrio del *Studium,* donde Bruno parecía conocer a todos y de vez en cuando se paraba a charlar con alguien. Se hablaba mucho de la muerte de Dante, pero también de la reanudación de la lucha entre facciones, entre las filas de los Maltraversi y las de los Scacchisi, y después de la crueldad del último Capitán del Pueblo, Fulcieri dei Paolucci da Calboli, un sanguinario. De él hablaba también el poeta en un canto del *Purgatorio;* el magistrado encargado de impartir justicia o *podestà* de Florencia, una veintena de años antes, para hacerse grato a los güelfos negros, que lo pagaban, se había distinguido por obras de refinada carnicería, masacrando a los blancos y también a quien hubiera sido simplemente amigo de uno de ellos. En Bolonia no se había desmentido, y había causado sensación recientemente la condena a muerte de un estudiante español acusado de haber raptado a una joven de buena familia de la que se había enamorado. Los boloñeses de familias de buena posición habían fingido indignación por la pena excesiva, pues los estudiantes ultramontanos eran, para muchos, también un buen negocio, y no se debía coartar su llegada. Pero en el fondo estaban todos más tranquilos por sus propias hijas, y por eso habían asistido desde las primeras filas a la ejecución de una sentencia que, sin embargo, habían juzgado demasiado severa. En el fondo, los estudiantes españoles eran una exigua minoría..., de modo que no se hacía un gran daño: matas a uno, educas a cien... La chica raptada se había encerrado en casa y, según se murmuraba, había intentado quitarse la vida el mismo día de la ejecución. A su prometido ese comportamiento le había parecido muy inapropiado.

Giovanni le había preguntado a Bruno si conocía a uno que llamaban Giovanni del Virgilio, pues los hijos de Dante habían encontrado entre las cartas del poeta una égloga en latín dirigida a él, y le habían pedido a Giovanni que se la entregara. Bruno le estaba diciendo precisamente que era uno de sus clientes más apreciados, afectado por varios males imaginarios, cuando he aquí que se toparon con un hombre alto y delgado que decía que se deleitaba con la poesía latina. Escribía églogas, pero se había presentado con el nombre bucólico de Mopso Siracosio. Estaba acompañado por un joven estudiante de la Facultad de Derecho que se llamaba Francesco, y que el gramático había presentado a Bruno como un estudiante muy prometedor, un mago del hexámetro dactílico. El muchacho era de origen florentino, pero ahora vivía con su familia en Aviñón, en la corte del papa. La suya era una familia de güelfos blancos. Su padre, don Petracco, había conocido bien a Dante, habían estado juntos en Arezzo en los primeros años del exilio. Mopso había expresado su pesar por la muerte del poeta, un luto catastrófico. Él había compuesto dos églogas, con las cuales había exhortado a Dante a escribir un poema épico en latín, pero el de Rávena no le había contestado.

—Disculpad, don Mopso —dijo entonces Giovanni intentando emplear un tono adecuado—, ¿sois vos aquel a quien fuera de Trinacria llamaban Giovanni del Virgilio?

—No creo ser tan conocido, fuera de Trinacria, ni por otro lado aspiro a una popularidad de bajos fondos. Escribo en latín precisamente porque no quiero que artesanos y arrieros ignorantes canten mis versos en los cruces como hacen con la *Comedia* de Dante, dado que él se rebajó a componerla en la lengua de las pueblerinas. Solo la poesía latina puede aspirar a las cumbres del Parnaso, ¿verdad, don Francesco?

—No, lo digo porque —había continuado Giovanni un poco incómodo— de Rávena, de los hijos de Dante, he conseguido y traigo conmigo una égloga del poeta para entregar a un tal Giovanni del Virgilio, a decir verdad no muy conocido en los bajos fondos ni entre las pueblerinas que yo frecuento...

—Dádmela enseguida —le había conminado perentorio el otro, alargando la mano.

Giovanni extrajo enseguida de su bolsa el legajo y se lo entregó. Mopso lo abrió con la avidez con la que un hambriento abriría el trapo que envuelve la torta aún caliente. Se puso a leer con lágrimas en los ojos.

Velleribus Colchis praepes detectus Eous.

—Ya decía yo que me contestaría, solo le faltaba entrenamiento con los hexámetros —dijo; después se leyó de carrerilla toda la égloga latina que Dante le había enviado—. No lo podéis entender, vos no podéis entender... —repetía de vez en cuando, interrumpiendo la lectura—. Dante quería comunicarme —dijo finalmente— que no podía venir aquí a Bolonia mientras estuviera Polifemo... Fulcieri da Calboli, lo llama así. Mientras él fuera Capitán del Pueblo aquí, el poeta no habría podido poner los pies en esta ciudad. En efecto, este hubiera podido entregarlo por dinero a los güelfos negros de Florencia, ávido como estaba...

—¡Lástima! —comentó Bruno—. Parece que, expirado el mandato del Paolucci, deba reemplazarlo Guido Novello da Polenta, el actual señor de Rávena, mecenas y poeta a su vez, lo que restituiría un clima ciudadano extremadamente favorable. Dante habría podido honrarnos con una prolongada permanencia...

—En cualquier caso no habríamos podido celebrarlo, aquí en el Universitas Studiorum —dijo Mopso finalmente—, sin una gran obra suya en latín. Cuanto más pienso en ello más... Pero si el buen Dios así lo ha querido... Se ve que será algún otro quien le robe la fronda penea, ¿verdad, don Francesco? Pero aún me tiro de los pelos cuando pienso qué gran poeta latino habría sido, no entiendo por qué eligió escribir en toscano moderno... ¿Sabéis? Al comienzo quería componer su poema precisamente en hexámetros virgilianos. ¡Ah, si lo hubiera hecho! Hoy, dada su profunda doctrina, lo consideraríamos un grandísimo poeta... Después, infaustamente, cambió de idea, decidió dar margaritas a los cerdos, y hoy se oye a herreros y tenderos estropear sus versos, los cencerrean en sus locales mientras golpean el hierro u ordenan los estantes, y las sagradas musas van a esconderse quién sabe dónde, horrorizadas...

Mientras decía estas cosas, el joven Francesco, que estaba con él, ponía expresiones de sufrimiento físico. Giovanni decidió intervenir en defensa de aquel a quien ya empezaba, cada vez más, a considerar su padre:

—En cambio, hizo bien escogiendo el vulgar —dijo—, fue coherente con su pensamiento político; pensó en el futuro, en que el latín caerá en desuso y los italianos necesitarán una lengua común, como los franceses... El vulgar es el sol nuevo, que asomará donde el otro se pondrá...

—¿Los italianos? —preguntó Mopso, como si el concepto le fuera del todo ajeno.

Después se sumó al corrillo otro personaje, un ascolano, para variar llamado Cecco, que tenía, él también, por lo que parecía, algo que decir sobre la *Comedia* de Dante, pero no a propósito de la forma, más bien cuestionaba la doctrina:

—Lo peor —decía— no es que instruya al pueblo, sino que lo haga con teorías equivocadas, sin citar nunca, que a mí se me alcance, a Alcabicio y el Sacrobosco... Dante es un falso profeta que enseña una doctrina falsa. Para empezar, vivo y con todo el cuerpo no podía pasar a través de las esferas cristalinas... El pueblo es analfabeto, y corre el riesgo de creerlo, pero así se alimentan creencias peligrosas...

—¿Peligrosas? ¿Y para quién? —preguntó Bruno.

—Además, para abreviar —continuó Cecco d'Ascoli—, la astrología practicada por ese sublime impostor hace aguas por todas partes. ¿Queréis una prueba bien sencilla? Pues bien: ¿cómo empieza el poema? *Nel mezzo del cammin di nostra vita...* Si el *mezzo del cammin di nostra vita* son los treinta y cinco años, Dante habría tenido que morir a los setenta; por tanto, dado que murió a los cincuenta y seis, convendréis conmigo en que no ha sabido ni siquiera prever la fecha de su muerte. ¿Os parece un astrólogo digno de confianza?

—Pero no es un astrólogo, es un poeta —rebatió Giovanni.

—Decid entonces cuándo moriréis vos, jovencito, si sois un astrólogo más perspicaz que él... —le había respondido Giovanni del Virgilio.

—Fácil, señor, entre setecientas cinco revoluciones de Marte *ab Incarnatione Dei* y ciento doce de Júpiter, basta hacer las cuentas...

—Pero, a cara y cruz, nos habéis señalado un lapso de tiempo de una decena de años... —dijo Bruno tras haber hecho mentalmente unos cálculos.

—Y Dante se equivocó en catorce, así pues...

—En cualquier caso, os habéis infligido la muerte demasiado joven...

—¡Estad listos, entonces, estáis todos invitados a mi funeral!

Giovanni había reflexionado sobre el hecho de que, por lo que respecta al móvil, también en Bolonia se encontrarían numerosos asesinos potenciales del poeta, entre académicos un poco envidiosos y políticos sanguinarios.

—¿Quiénes? ¿Los académicos? —había comentado Bruno cuando se quedaron solos—. La aritmética con ellos sería una ciencia imposible: solo una serie ilimitada de números uno...

Habían regresado a casa a la hora de comer. Así habían sabido por boca de Gigliata que Bernard, en el ínterin, se había marchado. Había regresado antes que ellos, había recogido sus cosas, garabateado dos líneas y dejado una nota para Giovanni. No volvería pronto, eso había dicho, pero no había explicado adónde se dirigía. Se marchaba con Dan, el viejo amigo con el que se había encontrado en Bolonia después de tantos años. Giovanni cogió la nota, la abrió y cayó una moneda al suelo, que recogió. Era un ducado veneciano.

Leyó el mensaje:

Querido Giovanni:

Perdona si me marcho así. Despídeme de tus simpáticos amigos, especialmente de la pequeña Sofia.

La noche pasada acabé de descifrar el mensaje y ahora sé dónde se esconde el arca sagrada que David llevó a Jerusalén junto con las tablas de Moisés. El amigo con el que me encontré en Santo Stefano es un viejo compañero de armas, que se marcha hoy con una compañía de romeros en peregrinación a Roma. Me voy con él. Haremos un trecho de camino juntos, después continuaré, como peregrino solitario, hasta el nuevo Templo.

Acuérdate de Terino da Pistoia y de Checca di San Frediano, y buena suerte en tus investigaciones. Cuando acabe, de regreso vendré a Bolonia para saber dónde te has metido mientras tanto. Adjunto un ducado de Venecia y te ruego que me hagas un pequeño favor. En la posada de la Garisenda, donde han matado a Cecco da Lanzano, hay una muchacha llamada Ester.

No es una prostituta, es la madre de dos niños.

Es una mujer que merecería una vida mejor. Llévale el ducado. Dile que se lo envía Bernard, el excruzado. Dile que...

Bueno, dile lo que quieras. Cuando regrese, iré a pedirle que se case conmigo.

Gracias por todo, amigo. Espero volver a verte pronto,

Bernard

VI

Giovanni estaba tentado de abandonarlo todo y regresar a Rávena a buscar los trece cantos del poema que faltaban, confiando en que los ladrones no los hubieran encontrado ya, y abandonar las investigaciones, ahora que parecía que desembocaban en un callejón sin salida. Ir a Florencia, antes de volver definitivamente a Pistoia, y hacer un último intento de hallar al otro sicario, el marcado, le parecía la única posibilidad concreta de resolver la intriga. Sin embargo, cuanto más pensaba en ello, más le parecía también esta una mera hipótesis. Terino da Pistoia podía estar en cualquier parte en realidad, quizá no se había movido nunca de Bolonia; quizá había sido él mismo quien eliminó a Cecco da Lanzano, o a la inversa, quien les había contratado, para borrar toda memoria del homicidio, podía haberlos quemado a ambos. Un viaje a Florencia tenía muchas probabilidades de acabar en fracaso.

Por un momento también había tenido el pensamiento de reunirse con Bernard, pero para hacer esto necesitaba al menos saber adónde se había dirigido. Entonces había intentado descifrar los otros eneasílabos siguiendo el método del extemplario. Primero había reunido el terceto y el verso que el francés había encontrado ya en el poema:

> Ne l'un t'arimi e i dui che porti
> e com zà or c'incoco(l)la(n). Né
> l'abento ài là: (a) Tiro (o) Cipra;

> per cell(e) e cov(i) irti qui...[1]

Volvió a empezar después desde el último terceto del primer canto del *Purgatorio,* la decimoséptima y la trigésimo tercera sílaba:

> Oh, maraviglia! **ché** quale elli scelse
> l'umile pianta, cotal si rinac**que**...[2]

Después había tomado el primero, el central y el último terceto del decimoséptimo canto:

---

[1] «En el uno te escondes tú y los dos que llevas, / y nos cogullan así, con sus alas. / No hallo paz: ni en Tiro ni en Chipre; / por celdas, cavernas y cuevas hirsutas...».

[2] «Y, ¡oh maravilla!, apenas arrancada / la humilde planta, su lugar ya era...».

Ricorditi, lettor, se mai nell'alpe
*ti colse nebbia **per** la qual vedessi*
*non altrimenti che per pelle tal**pe**...*[3]

*G**ià** eran sovra noi tanto levati*
*li ultimi raggi **che** la notte segue,*
*che le stelle apparivan da più la**ti***[4].

*L'**a**mor ch'ad esso troppo s'abbandona,*
*di sovr'a noi si **pian**ge per tre cerchi;*
*ma come tripartito si ragio**na***[5].

Chequeriperpegiachetilapia(n)na.

Totalmente carente de sentido. Había continuado con
el trigésimo tercero:

*«**De**us venerunt gentes», alternando*
*or tre or quattro **dol**ce salmodia,*
*le donne incominciaro, e lagriman**do***[6].

*M**a** perch'io veggio te ne lo ntelletto*
*fatto di pietra **e, im**petrato, tinto,*
*sì che t'abbaglia il lume del mio det**to**...*[7]

---

[3] «Rememora, lector, si bajo copo / de la niebla en el monte te has hallado, / viendo cual por la piel distingue el topo...».

[4] «Sobre nosotros se elevaban tanto / los rayos de la noche precursores / que aparecía el estrellado manto».

[5] «El amor que demás se le abandona / sobre nosotros llora en tres sectores; / mas como tripartito se razona».

[6] «"*Deus venerunt gentes*", alternando, / ya tres, ya cuatro, dulce melodía / las mujeres cantaron, y llorando».

[7] «Mas viendo como piedra tu intelecto / —teñido y a la vez petrificado— / y a mi discurso en él no hacer efecto...».

Io ritornai da la santissima onda
rifatto sì come piante novelle
rinovellate di novella fronda...[8]

El resultado era realmente incomprensible, dos versos de los que no lograba obtener más que un par de palabras dotadas de sentido:

Chequeriperpegiachetilapia(n)na
Dedoldoma(e)i(m)toiomeda

Lo intentó entonces con el primer canto del *Paraíso:*

La gloria di Colui che tutto move
per l'universo penetra, e risplende
in una parte più e meno altrove[9].

Trasumanar significar per verba
non si poria, però l'essemplo basti
a cui esperïenza grazia serba[10].

«... D'impedimento, giù ti fossi assiso,
com'a terra quïete in foco vivo».
Quinci rivolse inver' lo cielo il viso[11].

---

[8] «Luego volví de la sagrada onda / tan renovado cual las plantas bellas / que se renuevan con su nueva fronda...».

[9] «Penetra el universo, y se reparte, / la gloria de quien mueve a cuanto existe, / menos por una y más por otra parte».

[10] «Transhumanar significar hablando / no se podría; y el ejemplo baste / a quien lo esté la gracia demostrando».

[11] «"... Que, ya libre, quedases en el suelo, / como quieta en la tierra viva hoguera". / Dicho lo cual, volvió la vista al cielo».

Finalmente con el decimoséptimo:

Qual venne a Climenè, per accertarsi
di ciò ch'avea incontro a sé udito,
quel ch'ancor fa li padri ai figli scarsi...[12]

... Che in te avrà sì benigno riguardo,
che del fare e del chieder, tra voi due,
fia primo quel che tra li altri è più tardo[13].

... Che l'animo di quel ch'ode, non posa
né ferma fede per essemplo ch'aia
la sua radice incognita e ascosa...[14]

Los versos que resultaban esta vez eran más aceptables:

Lapevetrarobadimeso
Qualco(n)sichechiedochepersa

Para el primero se dio un par de posibilidades: *l'ape*
v'è tra roba, dime s'ò, o quizá *l'ape ve tra(r)rò, badi me'*
s'ò... El segundo le pareció incluso claro: *qualcos'i' che chie-*
do ch'è persa. En cualquier caso, si Bernard había hallado

---

[12] «Como se fue a Climene, a asegurarse / de lo que en contra suya había oído, / el que a los padres hace escatimarse...».

[13] «... Suave ha de serte su mirar gallardo, / y entre hacer y pedir, contra lo usado, / lo primero será lo que es más tardo».

[14] «... Que al ánimo del que oye no convida / ni convence el ejemplo cuando tiene / la raíz ignorada y escondida».

indicaciones topográficas concretas en esa masa desordenada de sílabas incongruentes, tenían que estar precisamente en esos dos versos que no lograba descifrar. Consultó también a Bruno, que no salió más airoso. Supuso:

Che queri per pegi' à cheti la piana
de dol doma. E i' toio me da

la pève tra roba. Dime s'ò
qualcos'i' che chiedo ch'è persa.

Pero tampoco así se sacaba nada en claro. *Queri* es un verbo latino, aunque vulgarizado, «buscar»: *Ciò che cerchi per il peggio ha già quieti la pianura domata dall'inganno. E io mi tolgo dalla pieve tra varie cose. Dimmi se ho qualcosa che chiedo che s'è persa* («Eso que buscas para lo peor ha silenciado la llanura domada por el engaño. Yo me marcho de la iglesia entre otras cosas. Me pregunto si hay algo que se ha perdido»).

—La llanura domada por el engaño —dijo Bruno— podría ser aquella junto a Troya, vencida por la astucia de Ulises. Lo cierto es que nadie sabe dónde se encuentra. No creo que Bernard tenga intención de buscarla por toda Asia Menor. De todos modos, como dice el segundo Libro de los Macabeos, el arca permanecerá escondida hasta el día en que todo el pueblo de Dios esté unificado bajo una misma ley; hasta entonces el propio Dios velará por ella, y hará lo posible para que nadie la encuentre, si se cree en las Escrituras. Y «todo el pueblo de Dios» podría significar todos los pueblos que sobre la ley de Moisés fundan su propio monoteísmo, es decir, judíos, cristianos, musulmanes. Así pues, ese día parece estar bastante lejano...

Se había resignado. Solo le quedaba una cosa por hacer en Bolonia, ir a visitar a Ester para entregarle el ducado de Bernard. Esa misma tarde se llegó a la posada de la Garisenda, se sentó a una mesa y pidió vino tinto. Estaban los estudiantes de costumbre tomándole el pelo a un alemán que, por lo que entendió, había perdido la cabeza por la prostituta de la posada y no conseguía pagar los plazos a los propietarios de los libros porque se lo gastaba todo con ella. Y con tono burlón le cantaban la estrofa de los males de amor:

Quot sunt apes in Hyble vallibus,
quot vestitur Dodona frondibus...

Cuando vio a la mujer pasearse entre las mesas se levantó, se acercó a ella y le preguntó si era Ester y si le podía conceder unos minutos. Al ver el ducado veneciano que tenía en la mano derecha, lo invitó a subir enseguida a su habitación, pensando que era su día de suerte.

—Se paga por anticipado —dijo de todos modos, empezando a desnudarse enseguida en cuanto llegaron a la habitación.

—Esta vez será la excepción —había respondido Giovanni—, vístete otra vez...

Ella hizo un amago de protestar y dijo que no tenía tiempo que perder.

—Yo tampoco —contestó Giovanni—. ¿Te acuerdas de un excaballero cincuentón y robusto que estuvo aquí contigo hace dos noches? Un tal Bernard... —le preguntó.

—Ah, sí, el francés, el puro de corazón que estuvo aquí solo una vez; también había otro de la misma edad, más asiduo, pero hace tiempo que no lo veo...

—Sí, Bernard, es él quien te envía el ducado... Pero yo te lo daré solo a cambio de un par de informaciones, que para mí son importantes y que a ti no te costarán nada.

Le preguntó, garantizándole la máxima reserva, si Cecco da Lanzano y Terino da Pistoia, el de la cicatriz en la cara, habían estado entre sus clientes y si tenía noticias en concreto del de Pistoia. Ella, sin perder tiempo en ceremonias, que el tiempo es dinero y un ducado una hora después es aún un ducado, le había contestado que ambos eran clientes habituales suyos, pero que el primero había muerto. Alguien le había pegado fuego en el patio de la posada. El segundo había estado con ella la semana anterior, alterado, y había afirmado que alguien que tenía que darle mucho dinero, en cambio, había intentado matarlo, y que por eso debía marcharse de Bolonia. No tenía dinero para pagar e incluso le había pedido que se lo hiciera gratis, pero ella se había negado. Se había marchado y no había vuelto a aparecer. Eso era todo lo que sabía.

—¿Tienes alguna idea de adónde ha podido irse? —preguntó Giovanni.

—No lo sé —respondió Ester—, seguramente a la Toscana, a Florencia, porque allí tiene una compañera, o a Pistoia, donde tiene una casa. No sé más, y ahora dame el ducado...

Al día siguiente Giovanni se encontró en el centro a Meuccio da Poggibonsi, el mercader, que lo informó de que a la mañana siguiente se volvería a poner en camino con toda su tropa, esta vez en dirección a Florencia. Regresó a casa de Bruno, preparó su petate, se despidió de sus amigos antes de irse a dormir y al canto del gallo acudió a su cita con la caravana de toscanos. Salieron de las murallas hacia el sur, y después doblaron hacia los Apeninos.

Las dos mujeres que estaban en el caserón ruinoso los vieron pasar por el valle que había debajo, una larga hilera de carros y caballeros que desde allí arriba parecía lentísima. Cecilia bostezó:

—¿Y ahora qué hacemos?

Habían llegado la noche anterior, pero no habían podido entrar en Bolonia. Lo habían intentado por varias puertas, pero las disposiciones eran taxativas: prohibida la entrada a los leprosos. Por ese motivo, habían buscado un lugar para cambiarse, pero mientras tanto, anunciadas las vísperas, habían cerrado la ciudad. Por ello se habían visto obligadas a pasar la noche en ese caserón escarpado, un viejo y sórdido refugio para pastores de paso.

—Disfraz número dos —había ordenado Gentucca.

En la puerta de Sant'Isaia los aduaneros habían sacudido la cabeza y murmurado entre sí la típica cantinela sobre los tiempos que corren arrasando a su paso los buenos valores de antaño. ¡Cuando ellos eran jóvenes ciertos espectáculos no se veían, no! Dos muchachas en edad casadera, con la venda hasta los ojos, que regresaban al alba, tras una noche pasada quién sabe dónde. Solas. Con ese carro descompuesto y ese rocín bobo.

¡Bah, los estudiantes ultramontanos, que habían traído la peste de la lujuria! Habría que enviarlos a su casa, o ahorcarlos a todos...

¡Qué tiempos, menuda gente!

VII

Se separaron en Fano. Los romeros habían continuado por el interior, y Bernard y Daniel por el Adriático en dirección a Ancona, donde se habían embarcado hacia el sur. A decir verdad, Daniel hablaba poco, mientras que Bernard no hacía más que evocar aquellos tiempos de Outremer que es posible que el otro hubiera querido borrar para siempre, atarlos a un ancla herrumbrosa y lanzarlos al fondo del Mediterráneo. El día de la derrota él se había salvado de milagro; fue presa del pánico cuando su caballo resultó herido de muerte y cayó a pocos pasos de las líneas enemigas. Cuando los cruzados retrocedieron para preparar la segunda carga, vio a los turcos avanzar hacia él. Aterrorizado, se tiró con la armadura puesta en el foso de delante de los muros internos de la ciudad, a riesgo de ahogarse. Bajo el agua se libró de la coraza y del yelmo. Soñaba aún, una pesadilla recurrente, con esa tremenda sensación de estar ahogándose con el casco en la cabeza. Consiguió llegar a nado a la puerta de San Antonio y trepar al puente mientras lo estaban cerrando... Después se fue al puerto y se embarcó en una nave del Templo. Los primeros tiempos en Europa habían sido dificilísimos, pero había entendido enseguida que aquella experiencia en San Juan de Acre era un capítulo que había que cerrar lo antes posible. Había dejado la orden antes de su disolución, aunque había mantenido cierto contacto con algunos excompañeros. Se había casado, después vino a la Toscana con unos mercaderes que había conocido en Borgoña y viajaba por Italia como agente de una empresa comercial. No se había quedado anclado en el pasado; más bien lo había apartado de sí y lo tenía archivado en alguna zona inaccesible de la memoria, y pensaba que volvía a la luz solo en sus peores pesadillas. Era comprensible que hablar de ello le hiciera incluso daño. Por otro lado, reflexionó Bernard, a saber qué ilusiones se habría hecho Daniel en Outremer. Además, todos los que habían estado allí se sentían igual: era como si hubieran vivido dos vidas.

A pesar de ello, Bernard tenía ganas de hablar, él se acordaba bien del viejo Dan. Entre los jóvenes de San Juan, era el más prometedor: fuerte y apuesto, decidido y amable, carismático, nacido para mandar. También Beaujeu parecía tenerlo en gran consideración, era quizá el único de los muchachos a quien el gran maestre trataba con familiaridad. «Alguien así dará de qué hablar», se decía entonces. Por Daniel, Bernard habría vendido su alma al diablo. Le gustaba pensar que un hombre como él era capaz de llegar a ser el gran maestre algún día. Cuando vio a los turcos cerca del armazón de su caballo, lo dio por perdido, muerto allí, en Outremer, en el mejor de los casos; un beato, un mártir de la fe cristiana... En cambio allí estaba, reaparecido como en un sueño, despertando esperanzas que desde hacía tiempo languidecían sin el objeto que las había animado.

Ahora tenía mucha curiosidad, lo acribillaba a preguntas, pero el otro parecía casi molesto; leía en la mirada de Bernard el resurgir de una antigua e ilimitada admiración y le fastidiaba estar condenado a desilusionarlo. «Las cosas no son como tú quisieras que fueran, Bernard —pensaba—. No han ido como esperabas...». En realidad Daniel no se había alegrado tanto de volver a verlo en Bolonia. Quizá incluso lo había reconocido enseguida, pero había deseado con todo su ser que no fuera él. Ese día frente a Santo Stefano había sido como encontrarse con un viejo acreedor, al que no se debe dinero, sino algo mucho más oneroso: le debía la confianza desmesurada que había depositado en él, las expectativas que había traicionado, aquello en lo que se hubiera tenido que convertir en opinión del otro, algo que nunca había ocurrido. «Me dedico al comercio, solo eso; una vida monótona vendiendo y comprando, una vida muy banal, con mucho dinero, eso sí, una mujer, tres hijos que no veo casi nunca. No un héroe, ni un mártir, sino uno como tantos, una vida haciendo dinero por todos los medios. Mis retoños no tendrán que alimentarse de mentiras, como nosotros en Tierra Santa. Ellos tendrán dinero para invertir en su futuro, y está bien que sea así...», pensaba Daniel sin prestar atención a las viejas historias que Bernard desenterraba. Al este el cielo plúmbeo teñía de melancolía el mar; al abrigo de la costa, en el oeste, la Maiella parecía un dragón hibernando, con la cabeza entre las patas y la cola doblada hacia el mar.

—¿Has oído hablar alguna vez —le preguntó después Bernard— del nuevo Templo y de los nueve eneasílabos? ¿Sabes algo del arca de la alianza? ¿Conoces el misterio, el mensaje oculto que los caballeros del Templo custodian en secreto, incluso después de la derrota?

«Sí —pensó entonces Daniel—, conozco el misterio del dinero que nuestra orden ha acumulado a toneladas. Nosotros íbamos a Palestina y al Líbano a morir, nuestra carne como aval, como garantía de los depósitos millonarios... Y las donaciones que se acumulaban, las tierras, las propiedades, los latifundios sobre los que Felipe el Hermoso ha puesto sus manos insaciables, mientras el papa se esforzaba por salvar las suyas, no menos ávidas, anexionándolas a las propiedades de los hospitalarios. Conozco el enigma del florín y del ducado, el código secreto del oro y de la plata, y el dinero que discurría a raudales, encendiendo la codicia de los reyes, la del papa...».

Pero no dijo nada, se limitó a encogerse de hombros. Miraban el mar hacia oriente, hacia el sur. Allá abajo estaba Grecia, después a la izquierda, lejos de cualquier sitio, el ombligo aún sangrante de la historia.

En San Frediano, Giovanni había localizado a Checca, en un caserón con un tejado que se caía a pedazos al amparo de las nuevas murallas, donde vivía gente pobre, familias enteras hacinadas cada una de ellas en una habitación. Fue impresionante ver tanta pobreza en la ciudad más rica de Italia. Experimentó un cierto malestar cuando vio tanta miseria a pocos pasos de los palacios de los más acaudalados banqueros de Europa. Le parecía que ofendía a la razón, antes que cualquier valoración moral. Ya al atravesar el puente viejo hacia Oltrarno —la parte de Florencia situada al otro lado del río— había observado a su izquierda, bajo las colinas de San Giorgio y San Miniato, las magníficas torres y la residencia de los Bardi, que prestaban dinero a todos los reyes del Imperio y administraban los recursos del papa, y a su derecha, más allá de los molinos de agua de los talleres y el puente de Santa Trinità, las casas adosadas sin enyesar, viejas e inestables, descuidadas, llenas de grietas. Por un lado, pensó, gente que para disfrutar por completo de sus propias riquezas habría necesitado millares de vidas; por otro lado, millares de vidas a las que les faltaban los recursos para llegar al día siguiente.

No se había adentrado solo en el barrio que había crecido fuera de las murallas, el *borgo* popular, sino que se había hecho acompañar por un subdiácono de la iglesia de los cistercienses, a quien le había dado una ofrenda y le había preguntado por la muchacha. Se habían, pues, sumergido en la tupida red de callejones sin luz que llevaban a las nuevas murallas, habían atravesado bulliciosas zonas nauseabundas sembradas de porquería, ruinas decrépitas que la gente usaba sin vergüenza como letrinas. Había visto el trasero desnudo de una vieja que defecaba delante de todos los que pasaban, niños que orinaban en la esquina de una casa e incluso el cadáver de un viejo en descomposición dentro de una fosa, cubierto de andrajos consumidos y de moscas. Más adelante, bajo las nuevas murallas, se abría una extensión donde los cerdos y las gallinas escarbaban, y las casas, hechas con piedras y argamasa y sujetas por vigas de madera, estaban adosadas a las murallas a la buena de Dios, sin un orden concreto, con techos de madera cubiertos de forraje, bajo los cuales, probablemente, en los días de lluvia, caería un poco menos de agua que en el exterior.

Checca no era una chica fea, pero no obstante le dejó una desagradable impresión. Era delgada como un clavo, sin pecho, e iba vestida de hombre. Era oscura de cabello y tez, con la nariz respingona. Hubiera podido parecer en abstracto incluso bonita si no hubiera sido por ese ceño de resentimiento que llevaba como una máscara fija y la expresión vacía como un libro en blanco, donde no se reflejaba ni la sombra de cualquier sentimiento que no fuera un rencor sordo e indiscriminado hacia cualquier ser humano. Una mujer endurecida de esas que no parecen mujeres y, como tampoco son hombres, podrían ser estatuas de sal, llegadas a ese estado quizá a causa de una experiencia dolorosa, o solo por haberse visto envueltas demasiado precozmente por las urgencias de lo cotidiano. Estaba ayudando a su padre, su madre y otros trabajadores a cardar una partida de lana cuando el subdiácono introdujo a Giovanni en el habitáculo oscuro y sucio en el que estaban trabajando. El padre de Checca había reaccionado mal a la visita e, imprecando, había concedido una pausa solo por respeto al religioso. Giovanni había asegurado que se trataba solo de un par de preguntas, pero la chica, lanzándole una mirada torva, se había negado a contestar a las que aludían a un natural de Pistoia llamado Terino. Se había vuelto hacia el otro lado, centrándose de nuevo en su trabajo.

—Lo he visto recientemente en Bolonia —mintió Giovanni.

Checca se volvió de nuevo hacia él.

—Después lo perdí de vista —continuó— y pensé que podría estar aquí...

—No lo veo desde hace tres años, y no sé dónde está —había sido la respuesta seca de la muchacha—. Mi historia con él es antigua, se acabó hace tres años, no hay ninguna razón para que vuelva a Florencia..., y en caso de que tuviera que poner los pies en la ciudad, no hay ningún motivo para que me venga a ver...

Después se había dado la vuelta definitivamente y, tras hacerle un gesto a su padre, habían retomado en silencio su trabajo.

Regresó desilusionado hacia el puente viejo, pensando que había hecho otro viaje para nada. Se quedaría aún un poco en Florencia, así como mínimo podría visitar la ciudad de la que había sido exiliado sin haber estado nunca en ella. Si le sobreviniera la nostalgia del exiliado, al menos sabría de qué tener nostalgia. A la altura de la puerta de San Friano de la vieja muralla, dio la espalda al puente de Santa Trinità y se encaminó entre las tiendas de los artesanos hacia el corazón de los barrios de Oltrarno. Llegó así a una plaza con una iglesia y tropezó con un séquito formado por dos señores a caballo rodeados por una docena de infantes armados que debían de ser los guardaespaldas. Por los arreos de los animales, por la vestimenta fastuosa que llevaban, por la propia presencia de ese séquito armado, Giovanni comprendió enseguida que los dos personajes que venían hacia él debían de ser muy importantes, dos peces gordos de la economía o de la política, o bien de ambas. Pero el corazón se le subió a la garganta cuando reconoció a uno de los dos caballeros: era Bonturo Dati, el viejo jefe de los güelfos negros de Lucca, ahora en el exilio; el mismo que, mientras estuvo entre los ancianos de Santa Zita, dictaba la ley, movía ingentes sumas de dinero, pagaba a los funcionarios del consistorio —los *bargelli*—, corrompía a los gonfalonieros —los encargados de ser abanderados y custodiar el estandarte— y acaparaba los contratos más lucrativos. Su padrastro y su hermanastro Filippo habían sido amigos suyos, y este había contado con su ayuda para expulsar de Lucca a los desterrados florentinos. ¿Y dónde se lo encontraba ahora? Junto a sus amigos más cercanos, los güelfos negros de Florencia. Giovanni bajó instintivamente la mirada, buscando pasar inadvertido. Si Bonturo lo reconocía, se metería en un buen lío.

De pronto un lisiado que tocaba el laúd sentado en el suelo al borde de la plaza, con el sombrero boca arriba delante de él para recoger dinero, empezó a cantar una cuarteta improvisada al paso de los dos señores:

> *Il vostro nome viga imperituro*
> *nei versi che vi conia il menestrello,*
> *se date, messer Mone e ser Bonturo,*
> *di vostro conio a lui, come a un fratello[1].*

El séquito pasaba por delante sin soltar ninguna limosna, los dos poderosos señores incluso se habían puesto a bromear sobre el término «hermano» utilizado por aquel juglar de aspecto bastante feúcho, y el uno le tomaba el pelo al otro sobre su presunto parecido con el lisiado.

—¡Es verdad, realmente es tu hermano, como dos gotas de agua! Igual de feos, ji, ji, ji... —dijo el que no era Bonturo.

El músico callejero se puso entonces a improvisar, ofendido, una segunda cuarteta:

> *Nulla date pe' versi, messer Mone,*
> *ma a strozzo alla Ginestra e al Fiordaliso;*
> *finché un poeta goda usucapione*
> *di monna Bice vostra in Paradiso...[2]*

Entonces el caballero dejó de reír y se detuvo, y con él Bonturo y toda la comitiva. Se inclinó para susurrarle

---

[1] «Vuestro nombre aparece eternamente / en los versos que acuña el poetastro, / dadle, señor Mone y don Bonturo, / de vuestro suelto a él, como a un hermano».

[2] «Nada dais por los versos, señor Mone, / pero sí a la Ginesta y a la Flor de Lis; / mientras goza un poeta en usufructo / de vuestra doña Bice allá en el Paraíso».

algo a uno de sus guardaespaldas. Dos hombres armados se acercaron al poetastro y empezaron a propinarle puñetazos y patadas con una violencia inaudita, hasta dejarlo desvanecido en una esquina de la plaza. Después volvieron a ocupar sus lugares en el séquito de los dos caballeros. Giovanni se acercó enseguida al pobre juglar para prestarle ayuda, y fue alcanzado por una mirada de aquel que debía de ser don Mone, que confabulaba en voz baja con Bonturo. Este se asomó un poco desde su cabalgadura para verlo mejor y Giovanni se dio cuenta con horror de que el güelfo negro de Lucca ahora sí que lo había reconocido. Los dos señores y sus esbirros se alejaron cuchicheando.

Giovanni enderezó la espalda mientras sujetaba la cabeza del juglar desmayado. Cuando volvió en sí, le preguntó:

—¿Cómo os encontráis?

—¡Bastante bien! —respondió el otro escupiendo un diente.

—Nadie lo diría —le dijo Giovanni.

—¡Ah! —replicó el juglar—, para un artista, incluso para uno modesto como yo, siempre va bien cuando se recibe dinero o golpes. Si te dan dinero quiere decir que tu obra ha gustado, si te muelen a golpes significa que tus palabras han acertado en el blanco. Son las caras opuestas del éxito. Creedme, buen hombre, lo peor para alguien como yo es la indiferencia de los transeúntes a los que regalo mis improvisaciones... —Escupió saliva mezclada con sangre y continuó—: Como con los güelfos negros sucede que si quieres dinero de ellos tienes que hacer de tu lengua un limpiaculos, recibir bastonazos aquí en Florencia supone el más alto reconocimiento para un artista, el premio literario más ambicionado. Los mejores poetas eran todos güelfos blancos o gibelinos, y están todos exiliados, aquí en la ciudad no ha quedado ni uno. Señor, ¿vos sois florentino?

—Es mi primer día en esta gloriosa ciudad —respondió Giovanni—, y no está mal como comienzo...

—Es una ciudad de banqueros, mercaderes, artesanos y harapientos... —continuó el otro—. El papa Bonifacio llamaba a los florentinos el quinto elemento; después de los cuatro de Empédocles, el quinto elemento constitutivo de todas las cosas de la naturaleza: el aire, el agua, la tierra, el fuego y el florín de oro, he aquí de qué está hecho el mundo. Dos son las cosas que no faltan nunca en nuestra reverenciada ciudad: el dinero que se acuña en la fábrica de monedas y los comensales en el comedor de los pobres...

—¿Qué es eso tan desagradable que le decíais —preguntó Giovanni— a ese señor que os ha maltratado?

—Ese señor —respondió el juglar— se llama don Mone y pertenece a una familia de banqueros riquísima, que presta dinero a los Plantagenet de Inglaterra y a los Capetos de Francia, a la Ginesta y a la Flor de Lis que los representan. Son poderosísimos y tienen propiedades inmensas en el condado. Se casó con la mujer más bella de Florencia, la cual, al parecer, no le quería demasiado. Pero él es tan poderoso y tan soberbio que se quiere él solo lo bastante para frustrar el amor de cualquiera. Se murmura que doña Bice, así se llamaba la mujer, no era en cambio indiferente al prolongado cortejo de un poeta, el hijo de Alighiero segundo, un pequeño prestamista de clase media...

—¿Queréis decir que ese señor... es el marido de Beatrice? —preguntó Giovanni.

—Era. Ella lo dejó..., extinguiéndose. ¿Conocéis, pues, la *Comedia* de Dante? Don Mone se ponía furioso cuando oía los chismorreos que circulaban sobre el poeta enamorado de su mujer. Está acostumbrado a tener a todos los hombres a sus pies, y así habría querido a su mujer: algo suyo, como las casas y los caballos. Y con sus cosas es muy posesivo. Si al menos la historia entre los dos hubiera tenido consecuencias concretas, habría podido legítimamente matar a Dante y a Bice, como Gianciotto hizo con Paolo y Francesca, y casarse con otra mujer más gratificante para su delirio de omnipotencia. En cambio no podía, porque el amor era platónico. No puedes matar a un tipo solo porque va diciendo por ahí que tu mujer es bellísima. Así fue como tuvieron una hija, Francesca, pero doña Bice murió muy joven, no se recuperó después del parto. Parece ser que don Mone, aunque disimulándolo muy bien, la tenía tomada con el poeta, y su opinión tuvo mucho que ver en la expulsión de Dante de Florencia. Es un conspirador que actúa a escondidas, no se expondría nunca personalmente en la escena de la política, es demasiado peligroso. Pero puede actuar en la sombra y corromper a quien quiera. Es un güelfo negro por excelencia. Solo que ahora ha empezado a circular también aquí la *Comedia,* que el poeta escribió en el exilio, y acaba de llegar a Florencia la conclusión de la segunda cantiga. Pocos la han visto, pero corre la voz de que desde el trigésimo canto del *Purgatorio* en adelante se da a entender la unión mística de Dante en el Paraíso con la mujer de este señor. Es el punto débil de don Mone: si se le provoca con este tema, puñetazos y patadas, y con ellos la consagración poética, están asegurados. El amor de una mujer, pensaba él, era como cualquier otra cosa que se compra, que una vez comprada es tuya, como una espada que es dócil en la funda y se anima cuando la empuñas. Sin embargo, son varias las cosas de este mundo que no se pueden comprar: el amor, la vida, una amistad verdadera, el don de la poesía, el Espíritu Santo...

Bien, también en Florencia, pensó Giovanni, como en Ferrara, en Venecia, en Pomposa y en Bolonia, había candidatos destacados para el papel de asesino, pero en este caso al menos se habría tratado de un móvil pasional. ¿Celos del amor platónico, envidia metafísica o, peor aún, rivalidad en la necrofilia?, se preguntó. Demasiado poco para matar, pero más que suficiente para intentar hacer desaparecer el *Paraíso* de Dante... Ayudó al lisiado a levantarse y le dio la muleta.

—Podéis tranquilizar a ese señor —dijo—. He leído el *Paraíso* hasta el vigésimo canto. No hay ningún coito, y mucho menos paradisiaco... Miradas, solo miradas, y diálogos... El poeta y la amada celeste se hablan con los ojos: él se zambulle en la mirada de ella, ella se llena de amor y se vuelve más hermosa; al verla más bella los ojos de él se acostumbran gradualmente a tolerar dosis más intensas de belleza, y así de cielo en cielo... Él se emborracha de ella, y progresivamente *se vuelve infinito...*».

—Pero eso no sucede muy a menudo —rebatió el juglar riendo—, o quizá lo pienso solo porque tengo cara de caballo y jamás en mi vida me he cruzado con la mirada enamorada de una mujer...

—Bah, quizá sea solo una metáfora —prosiguió Giovanni—. El poeta ha imaginado así el reino de los beatos, una especie de enamoramiento prolongado, esa borrachera que invade todo el cuerpo cuando uno está enamorado, elevado a la enésima potencia, un estado de excitación permanente...

Se dirigieron juntos, caminando despacio, hacia el Arno. El juglar correspondió a la amabilidad de Giovanni ofreciéndose como guía para visitar la ciudad. Lo llevó al otro lado del puente viejo, hacia el castillo de Altafronte, pasaron cerca de San Piero Scheraggio y desde ahí se acercaron a la plaza del nuevo palacio de los priores. Dentro de la segunda muralla, Florencia era realmente magnífica: todas las calles estaban empedradas, había soportales por todas partes, y torres e iglesias a decenas. Pasaron por delante de la vieja casa del poeta, esa pequeña vivienda tan añorada en la parroquia de San Martino, frente a la Torre della Castagna. Llegaron después a San Giovanni y Santa Reparata, rodeada de andamios destinados a su ampliación. Se despidieron allí; el juglar iba al Orto dei Servi, Giovanni, en cambio, hacia Santa Maria Novella, para retirarse después a su alojamiento en la zona de Ognissanti.

Estaba en la ciudad de Dante, en la ciudad que lo había parido y expulsado. Estaba en el quinto elemento, la fábrica de moneda de Europa. Tenía que pensar, pensar mucho, buscar una solución a los enigmas que se acumulaban en su cabeza, una explicación a las cosas que le sucedían. El viaje en vano, ese encuentro con Bonturo que de golpe le había vuelto a abrir las heridas del pasado. Y el marido de Beatrice, la casa de Dante, la pequeña iglesia donde el poeta se cruzaba con un escalofrío con la mirada de una muchacha ya prometida. Otro, en su lugar, habría dicho: «No es nada», y habría intentado olvidar... Otro habría dicho que la historia de los hombres es un haz de probabilidades más o menos equivalentes, el tiempo hace su trabajo, realiza una y borra mil... Y el amor es una afección de la carne, eso habría dicho otro, que antes o después se olvida, como las mil posibilidades que el tiempo ha borrado. No el poeta, no su padre. El poeta metía en el Infierno a los que pensaban que el mundo está gobernado por el azar, decía que el amor mueve los cielos, los planetas, las estrellas... El amor escribe la historia de los hombres, no es nunca casual... Y el pensamiento le llevó hasta Gentucca. A saber si ella, en cambio, había olvidado...

Se acordó repentinamente del bosque de los Apeninos en el que se había perdido cuando iba a Rávena, y le pareció que no había salido de él.

Vieron de lejos las colinas y a Poseidón dormido a los pies de la amada. Corfú le pareció que por acogerlo se volvía aún más bella, como si se peinara las verdes copas de los árboles con la brisa ligera para mostrarse finalmente espléndida bajo un sol que parecía aún estival y vibraba en las cosas, de las cuales salían chispas de color encendido. Bernard subió a cubierta con el corazón agitado. Cuántos viejos interrogantes tendrían dentro de poco una respuesta. Estaba convencido de que Daniel sabía mucho más de lo que daba a entender acerca de los eneasílabos y del Templo. Alguien como él, tan cercano en su época a las jerarquías, tenía que saber por fuerza; sin embargo no lograba hallar la manera de vencer su discreción, y cuando, sin que se le notara, intentaba tocar ciertos temas, el otro parecía encerrarse en un silencio más rotundo de lo normal. Era la prueba más aplastante de su implicación en la aventura de los templarios ocultos, la que le convencía de que Daniel era el depositario de un secreto formidable que no podía confesarse nunca, cuya revelación se castigaba con la muerte. Estaba cada vez más seguro, y varias veces, para inducirlo a abrirse, había estado a punto de decirle lo que él también sabía, pero al final se había frenado, algo lo había detenido. Había intentado hablar de Dante para observar sus reacciones, pero Daniel cuando se mencionaba al poeta se encastillaba en un silencio igualmente significativo, o cambiaba de tema. Sin embargo, al menos en una ocasión le había parecido leer como un rayo en su mirada que revelaba una emoción indefinible. ¿Acaso el miedo a traicionar el secreto que le había sido confiado? ¿Cómo darle a entender que él también lo sabía todo, que con él podía sincerarse como con un viejo amigo?

Finalmente una vez se puso a canturrear el primer eneasílabo —*Ne l'un t'arimi e i dui che porti*— para ver

cómo reaccionaba Dan. Pero del otro lado no hubo ni siquiera un sobresalto; entonces la canturreó de nuevo, pero
en lengua francesa —*Denz l'un t'arimes et les dui qui tu
ports*—, y le pareció que esta vez el compañero lo había
mirado con una expresión a caballo entre el asombro y una
gran curiosidad. «Ya estamos», se había dicho. Y era cierto
que antes o después cedería, le diría todo lo que sabía, e
incluso le revelaría el último eneasílabo, que él no conocía.
Es más, sospechaba que Dan también se dirigía allí, al nuevo Templo, pero Bernard no le había hablado nunca de su
destino, y cuando le dijo que era Corfú, se había limitado
a responder: «Mira qué suerte, yo también voy a Corfú».

Ahora que habían llegado y veían Koryphai (Corfú)
en la distancia desde la proa, con sus colinas, milagrosamente Dan había empezado a abrirse, a hablar sin tapujos
de San Juan de Acre y de las historias que se contaban allá
abajo, en el extremo del Mediterráneo.

—El secreto —empezó entonces— no es solo el arca
de la alianza, sino también los sepulcros de Cristo y de
Magdalena, la esposa de Jesús. Acaso se refiere a ellos el
verso que has recitado, *les dui qui tu ports;* y al mensaje de
los dos sepulcros está vinculado el de su descendencia, la
sangre real, en la que se perpetúa la estirpe de David: en
algún sitio estaría un emperador oculto heredero de Cristo, cuya identidad es secreta. Solo dos personas en el mundo la conocen, un gran maestre y un gran comendador,
pero ahora nadie sabe ya quiénes son los depositarios de
los versos, ni si el secreto ha sobrevivido a las torturas
de los verdugos de Felipe el Hermoso. Los reyes de la tie-

rra no tienen ningún interés en que se desvele, pues los deslegitimaría a todos. Por otro lado, el arca será hallada solo al final de los tiempos, eso dicen las Escrituras, cuando los tres monoteísmos sean unificados bajo leyes comunes. Entonces un descendiente de David, Cristo, Mahoma se revelará a la humanidad enferma y será consagrado en Jerusalén rey del mundo. Eso sucederá en cualquier caso, incluso si han muerto los custodios de la Ley. El mensaje es depositado en un libro; cuál es no lo sabe nadie, un gran libro, el último de los libros sagrados, en el que han participado cielo y tierra. En este libro, los versos sagrados y el mapa secreto que contienen están ocultos, de modo que harán falta siglos para que sean descifrados. Mientras tanto los herederos de la dinastía de David saben todo sobre su origen, se lo transmiten de generación en generación... Esto lo he oído contar en Outremer, pero lo que tiene de verdad no lo sabe nadie. A mí me parece un relato fascinante, como todos los que dan un sentido a la historia de la humanidad, y es por eso por lo que te lo he contado. Si es verdad o no, te lo repito, no lo sé ni siquiera yo...

Bernard estaba entusiasmado, estaba a punto de decir que en cambio él sabía incluso cuál era el libro sagrado. Él, Giovanni y Bruno eran pues los únicos que lo sabían. Pero guardó su secreto y no dijo nada. La nave había embocado las aguas tranquilas entre la isla y la tierra firme, y estaba a punto de atracar en el puerto de Kerkyra. A la izquierda surgían los montes salvajes y boscosos del Epiro, las bahías insidiosas, sembradas de escollos y de islitas, guarida ideal de los piratas; a la derecha, en cambio, la larga extensión de colinas de Corfú. Lentamente se acercaron al puerto esquivando farallones a ras de la superficie, con una maniobra que a él le pareció interminable. Una guarnición del capitán de la isla, que la administraba para el príncipe de Taranto, vasallo angevino, subió a bordo a controlar los salvoconductos y a cobrar los impuestos. Con los soldados subió a la nave el secretario de la empresa italiana para la que Dan trabajaba y lo señaló para que lo vieran los guardias. Daniel tenía un permiso sellado; lo abrió, se lo mostró a uno de la guarnición y después dijo que Bernard iba con él. Mientras tanto este se había puesto a charlar con un armígero que hablaba como se hace en la Apulia.

Bajaron todos a tierra y los dos extemplarios se fueron a una posada cercana al puerto. Después Bernard salió solo, casi a escondidas, regresó al puerto y en los muelles más pequeños se puso a hablar en griego con los pescadores. Preguntó cuánto costaba, y si se podía hacer, la travesía hacia el continente. Negoció un poco y pactó el precio. Había que sopesar las condiciones del mar, le decían. Además estaba el riesgo de los piratas. Convenía zarpar desde el sur de la isla.

Dijo que volvería al día siguiente a pagar un anticipo y fijar el lugar y la fecha exacta. Quería partir lo antes posible, antes de que fuera pleno otoño y se anunciara el invierno.

VIII

Se despertó sobresaltado porque alguien llamaba con fuerza a la puerta de su habitación. No sabía aún dónde se encontraba. No recordaba si la pared a la que estaba pegada la cama se encontraba a la derecha o a la izquierda. Un filo de luz bajo la puerta, otros dos a ambos lados de la ventana.

—¡Abrid!

—Un instante, que me visto...

Se levantó, se puso los calzones y la camisa, abrió las contraventanas y después la puerta.

—¿Giovanni Alighieri? —preguntó uno de los dos.

—Giovanni da Lucca —respondió él—. Alighieri no..., ya no...

—¿Queréis seguirnos? Nuestro patrón quiere hablaros...

Aunque no llevaban uniforme, a Giovanni le pareció reconocer en los dos jóvenes —que andaban sobre la treintena— a dos de los soldados que el día anterior había visto en el séquito de don Mone y el señor Bonturo. Eran altos, musculosos, con una expresión obtusamente agresiva; no se trataba precisamente de personas con las que tuviera ganas de discutir. «Será mejor hablar con el patrón que tratar con estos», pensó. Acabó de vestirse deprisa y pocos minutos después estaba en la calle con ellos, como un ladrón entre dos guardias, pues se habían puesto uno a su derecha y otro a su izquierda.

—Bonita ciudad, Florencia —dijo intentando romper el hielo.

—Ya —respondió uno de ellos.

—Yo soy luqués... ¿Habéis estado alguna vez en Lucca?

—No —contestaron al unísono.

—¿Sois florentinos?

—No.

No preguntó de dónde eran, porque resultaba evidente que no tenían ganas de hablar. Habían atravesado el puente viejo, con sus casas de madera, y habían vuelto a Oltrarno, caminando rápido y en silencio. Lo habían acompañado a una especie de palacio-fortaleza, con dos torres flanqueando la entrada y un portón monumental con una gran ventana encima con cristales de colores. Nada más entrar en el inmenso atrio supo que junto a la muralla solo se encontraban las oficinas, la sala de audiencias y el cuerpo de guardia, mientras que las habitaciones privadas de los amos de la casa estarían escondidas quién sabe dónde, más allá del jardín que se veía desde las ventanas del vestíbulo. Lo hicieron subir al piso superior por una ancha escalinata. Cuando entró en el salón, reconoció la ventana de cristal que había visto desde fuera. Entrecerrada, ofrecía la vista de la ciudad: delante estaba el Arno, después las viejas murallas sobre el río, tras las que despuntaban decenas de torres y campanarios.

La decoración del salón era sobria y suntuosos los frescos en las paredes, que representaban las parábolas de Jesucristo: el hijo pródigo, el buen samaritano y, a la espalda de don Mone, de cara a los invitados, naturalmente, la parábola de los talentos. Don Mone, sentado en una especie de trono de madera cubierto de oro y rubíes, le hizo un gesto para que se sentara frente a él. Estaba hojeando un gran libro de cuentas apoyado sobre un valioso atril, a la derecha del cual tenía una hoja llena de cálculos con números arábigos y un enorme ábaco de diez columnas detrás de ella.

—De modo que vos —dijo don Mone casi distraídamente— seríais un hijo natural del poeta Alighieri, o al menos eso dice Bonturo...

—Bueno, no es exacto... —respondió Giovanni—. Es decir..., hablando sinceramente, no sé de quién soy hijo. Mi madre se llamaba Viola...

—Ah, *quella ch'è sul numer de le trenta...* («con la que es la trigésima»)[1]. Lo sabemos todo, Bonturo y yo siempre lo sabemos todo... Pero veréis, debo confesaros

---

[1] Verso de la rima LII (dedicada a Guido Cavalcanti) de las *Rimas* de Dante Alighieri.

algo: don Dati no está muy contento de saber que circuláis a vuestro antojo por esta ciudad, de la que me consta que habéis sido expulsado...

—No exactamente —respondió—. El acta notarial que me declaraba hijo de Alighieri ha sido revocada, y después...

—¿Sí?

—Y después el poeta murió...

Don Mone levantó las cejas y lo miró sin fijarse en él, como quien está absorto en otros pensamientos. Después le preguntó:

—¿Y cómo es que estáis por aquí, señor Giovanni?

El de Lucca, que estaba mirándolo a los ojos, advirtió de repente el resurgir de su mirada como un hielo sumergido que sale a la superficie de un lago. Improvisó una mentira:

—Por cuenta de un mercader boloñés que me ha encargado venir a Florencia, a la boca del lobo..., o acaso debería decir de la loba... —don Mone reaccionó a la cita con una mirada de desprecio—, un mercader —prosiguió Giovanni— que, preocupado por el futuro de sus negocios y no sabiendo cómo invertir los beneficios de su empresa, dado que hiede a agua estancada, me ha encargado venir aquí a estudiar el clima que se respira en el mundo de las finanzas florentinas. Está convencido, y quizá tenga razón, de que lo que debe suceder sucederá primero aquí y después en el resto de Italia. ¿Tenéis vos, señor, algún consejo que darle?

Don Mone no pudo por menos que lanzarle una mirada de conmiseración:

—También en Bolonia tenemos una sede, que se dirija a ellos, que sabrán darle los consejos más adecuados... ¿Y vos? ¿Vos qué habéis descubierto hasta ahora? ¿Qué agudas conclusiones habéis sacado de vuestra permanencia en esta ciudad?

—A decir verdad —contestó Giovanni—, un solo día es poco para hacerse una idea precisa. He percibido apenas un par de señales negativas. En primer lugar, un aumento de la desigualdad respecto a Lucca en los años en que era niño: los ricos, al parecer, son cada vez más ricos y los pobres cada vez más pobres. Mala señal, por lo que a mí respecta. ¿Sabéis?, mi formación es de médico y filósofo natural, por lo que tiendo a observar la sociedad como un organismo, y el dinero es como la sangre, que lleva alimento a los tejidos. Si circula mal, en algunos sitios mucho y en otros muy poco, para un médico como yo, no es una buena señal, porque algún tejido se gangrenará y eso perjudicará a todo el organismo... Otro indicador negativo es que he visto a un poderoso financiero detenerse en la calle para ordenar que dieran una paliza a un juglar que estaba ejerciendo su oficio de sátiro... Que un hombre rico y poderoso, favorecido por la fortuna, se enfade con un pobre poeta cómico sin duda es señal de falta de consideración hacia la propia suerte y al Dios que la otorga, antes que hacia el poeta... En la historia, la arrogancia de las clases poderosas nunca ha dado buenos resultados. Espero, pues, decisiones peligrosas y exceso de presunción, por lo que no arriesgaría ni un solo florín en negocios con gente semejante. Le aconsejaré a mi comerciante que invierta en terrenos...

—No juzguéis demasiado deprisa —respondió don Mone—. También la sátira debe aceptar sus límites: no me parece de buen gusto burlarse de los muertos, y menos insinuar cosas sin fundamento de una mujer como mi esposa, que falleció hace ya un tiempo en olor de santidad, como podréis comprobar si preguntáis por ahí.

—De peor gusto —replicó Giovanni— es pegar a un poeta. La sátira tiene la sagrada tarea de recordarnos que solo somos hombres, y por otro lado absorbe, como creían los antiguos, la envidia de los dioses... Señala nuestros defectos y nos pone en guardia, riéndose de ellos, del peligro que corremos de perder el contacto con la tierra que nos alimenta. Creo que es mejor tolerar a veces algún pequeño exceso de la sátira antes que intimidarla y correr así el riesgo de hacerla callar para siempre...

—¡Ofendedme a mí —exclamó don Mone—, pero no a mi mujer, que descanse en paz...! Como aquel poeta expulsado de Florencia que decía ser vuestro padre...

—Dante Alighieri.

—Dante Alighieri, sí...

—Se dice que no le tenéis simpatía.

—Una vieja historia sin ninguna importancia...

Don Mone se miró las uñas de la mano derecha con un destello de melancolía que de pronto le invadió. Miró enseguida afuera, hacia la ventana, y la visión de la ciudad a sus pies le devolvió la calma.

—Una vieja historia —repitió— hace ya tiempo superada. Que su alma descanse en paz, que pueda estar en el Paraíso que ha descrito... Me han contado que no pudo acabar el poema, lo cual es una lástima. Aunque, si tengo que ser sincero, a mí no me gusta en absoluto: se trasluce demasiada hostilidad, demasiado rencor... Ha enfangado el nombre de familias respetabilísimas, mucho más nobles que la suya, y no hubiera debido hacerlo. Ha metido en el Infierno a santos pontífices, sembrando el germen de la duda, profanando una institución como la Iglesia, que considero sagrada... Ha tildado de usureros a todos los que prestamos dinero y somos la sal de la tierra, un punto de vista anticuado, ampliamente superado por la historia. Lo cierto es que prestamos nuestros florines a gente que los necesita para emprender actividades que producen riqueza, y no hay nada malo en que nos paguen con parte de esa riqueza. Sin nosotros, el prodigioso desarrollo del siglo pasado sería inconcebible. En la Iglesia, sus más valientes miembros han superado la anticuada y estrecha mentalidad que prohibía el préstamo con intereses, que también prohibía vender el tiempo, mercancía divina... *Nummus non parit nummos* («El dinero no pare dinero»), tronaban los de la vieja escuela desde sus púlpitos. En cambio aquí en Florencia, cuando yo era joven, había un predicador extraordinario, un franciscano que entendía cómo funciona el mundo. Enseñaba teología en Santa Croce y era tan riguroso en practicar la pobreza como brillante a la hora de comprender la riqueza... Un francés de Sérignan, en Languedoc...

—¿Pierre Olieu, por un casual?

—¡Precisamente él, Pietro di Giovanni Olivi!

—Pero ¿acaso no es el mismo a quien Juan, el actual pontífice, condenó a muerte hace pocos años? ¿El mismo que ahora es un herético y horriblemente descompuesto cadáver?

—Ya se sabe que a este papa no le gustan mucho los religiosos franciscanos...

—Tampoco a mí si están en avanzado estado de putrefacción...

—Pero hay que aclarar que lo condenó por la intransigencia de algunas de sus doctrinas de fe, no por su pensamiento económico...

—¿Y qué decía Pierre Olieu a propósito del préstamo con intereses?

—Superaba el anticuado y estrecho punto de vista según el cual el único beneficio lícito es el que se obtiene por la retribución del trabajo. Él decía que hay muchos más factores: la habilidad del mercader, la capacidad de prever desarrollos futuros y el riesgo al que nos exponemos con cualquier inversión. Nada de la maldita loba, nada de avidez insaciable de los güelfos negros... Lo cierto es que el viejo poeta no ha entendido demasiado esta edad difícil...

—Me voy a tomar la libertad de disentir —replicó Giovanni—. Si de lo que se trata es de polemizar con la avidez como fin en sí mismo, coincido plenamente con Dante. *Nummus non parit nummos* («El dinero no pare dinero»), estoy de acuerdo con vos, es un lema superado, pero, como habéis dicho, los banqueros prestáis a los mercaderes emprendedores y son ellos, no vos, quienes producen riqueza. En ese caso estoy de acuerdo en que os den una parte como compensación por vuestras capacidades de evaluación y por los riesgos que corréis. Pero eso no es dinero nacido del dinero... En cambio, desde hace algún tiempo se oye hablar de puras especulaciones sobre el cambio, de inversiones sobre la moneda, de deudas que crecen desmesuradamente, de dinero generado a partir del dinero, y al mismo tiempo el pueblo tiene más deudas que dinero y ya no puede ni comprar. Entonces, ¿para quién produce el productor si ya nadie le va a comprar?

—Las cosas no son tan sencillas —respondió don Mone—, siempre ha habido crisis, son cíclicas, y antes o después se acaban. Hay que ser optimistas, si se sigue apostando por el futuro se sigue invirtiendo, si se sigue invirtiendo la riqueza vuelve a crecer... El pesimismo, jovencito, es el peor de los males, genera desconfianza y no beneficia a nadie. La desconfianza es madre de los problemas. Hablas de crisis y la crisis llega... Esos religiosos franciscanos apocalípticos, la pobreza, el fin del mundo... ¡Cuentos! Ha habido carestía en el norte de Europa, pero ya se ha pasado. Estamos en una fase de ajustes. No veo todas las catástrofes que anuncia vuestro poeta, los bíblicos castigos divinos por los pecados de los hombres que se han entregado a la adoración del becerro de oro. Poetas y franciscanos, no hay nadie que perjudique la economía más que ellos; son unos desgraciados, y como ellos son unos fracasados querrían hundir al mundo en la inanición... ¿Lo veis? Yo trabajo todo el día, soy rico, sí, y sin embargo vivo como si mis riquezas no me pertenecieran, poseo terrenos en lugares de Europa a los que no iré nunca, pero tengo responsabilidades que vos no podéis ni siquiera imaginar. Yo tengo el dinero, yo soy para muchos el destino. Los cálculos que estaba haciendo antes de que vos entrarais, las decisiones que debo tomar cambiarán la vida de muchos hombres... El dinero, amigo mío, mueve las cosas de este mundo...

—Pero no —intervino Giovanni— el curso del Sol y los planetas.

—De aquí hasta la Luna, creedme, lo mueve casi todo.

—Excepto lo que no se puede comprar.

—De aquí hasta la Luna, casi todo se puede comprar. —Entonces abrió un cajón del que sacó un montón de florines de oro. Los puso sobre la mesa, delante de los ojos de Giovanni—. Cogedlos —dijo—, son vuestros si dejáis Florencia antes de mañana por la mañana.

Giovanni observó el Bautista representado sobre cada uno de los grandes; una cifra considerable, al menos una veintena. Sin embargo no se movió, solo se esforzó por disimular su sorpresa.

—Dante —dijo— estaba enamorado de vuestra esposa, y por ahí se dice que ella no era indiferente a su cortejo...

—Decidle a cualquier mujer que es la más bella del mundo y no encontraréis ni a una sola que no se deje embelesar...

—También se dice que vos habéis tenido una participación activa en la expulsión del poeta de esta ciudad...

—Fue un extranjero quien dictó la sentencia, uno de Gubbio que ni siquiera conocía... Pero fue la voluntad de Juan Bautista, protector de esta afortunada ciudad. Dante nunca me ha caído demasiado bien, ya os lo he dicho,

pero ¿qué os hace pensar que lo consideraba tan importante como para que mereciera mi atención? Era un pobre
hombre que atormentaba a mi mujer con sus insulsas poe-
sías, eso es cierto, pero jamás me lo tomé demasiado en
serio, ni lo consideré nunca un peligro para mí o para la
integridad de mi familia... Era un visionario, un idealista.
Soñaba con que Italia fuera una sola, con que se hablara
una única lengua, con que la Iglesia renunciara a su poder
temporal, con que Europa fuera unificada bajo un único
imperium...

—Soñaba con un mundo en paz bajo un gobierno
universal, donde reinara la justicia...

—Pero ese mundo no existe. Mirad a vuestro alrededor, don Giovanni, en este mundo los lobos devoran a los
corderos...

—Pero no los lobos a los lobos ni los corderos a
los corderos —replicó Giovanni.

—Esa es la razón por la que la economía animal nunca ha evolucionado demasiado —comentó irónicamente
don Mone—. Nosotros financiamos a los soberanos de
Europa que guerrean entre sí, con los belicistas siempre
hemos hecho buenos negocios. Y qué decir del chollo de
las cruzadas, ¡lástima que se hayan acabado tan pronto...!
Que Italia esté fragmentada en una miríada de ciudades es
lo que ha constituido hasta ahora su riqueza. Se puede pre-
tender que no es así para estar en paz con la propia conciencia, pero lo cierto es que una buena parte de la prodi-
giosa floración del último siglo es resultado del odio más
que del amor. El reino de Dios en la tierra, el reino mile-

nario que todos los cristianos esperan, la paz universal, el triunfo de la justicia divina al final de los tiempos... no es más que una larga y aburrida fase de recesión, que Dios los mantenga lo más lejos posible...

Giovanni inclinó la cabeza desalentado.

—Solo digo que los negocios que pisotean la idea cristiana de la reciprocidad...

—Solo conozco la parábola de los talentos: si Dios me da cinco, yo tengo que producir diez; si he multiplicado mi capital, he contribuido a la riqueza y a la felicidad de quien está a mi alrededor, esa es mi ética...

—Entonces mirad un poco a vuestro alrededor, don Mone, daos un paseo por la zona de San Frediano, así os haréis una idea del estado actual de felicidad de quienes están a vuestro alrededor.

—No me siento responsable de la felicidad de gente ignorante y de baja condición que no sabe cuidar de sí misma. En cambio, sí que puedo garantizársela a todos los que trabajan para mí, y vos no os podéis imaginar cuántos son en toda Europa...

Giovanni dejó de responder. Alargó las manos sobre la mesa, cogió solo tres monedas de oro y las metió en un saquito de piel que llevaba consigo.

—Me serán útiles para el viaje —dijo.

Don Mone permaneció sentado y le estrechó la punta de los dedos.

—Adiós, buen hombre —dijo sardónico.

Giovanni se giró y dio dos pasos hacia la puerta, pero de pronto se detuvo y volvió hacia atrás.

—Dante no murió de malaria, como se dice: fue envenenado. Vos, que lo sabéis todo, ¿estáis al corriente?

Vio a don Mone con un gran pañuelo limpiándose la mano con que había estrechado la suya. Recibió, de arriba abajo, una mirada de desaprobación.

—Sea lo que sea de lo que haya muerto —dijo suspirando—, *fat voluntas Dei!*

—*Et sancti Iohannis...* —murmuró el de Lucca.

Se marchó ese mismo día, avanzada la madrugada.

IX

Para sor Beatrice el otoño en Rávena transcurría como una lenta convalecencia. La herida por la muerte inesperada de su padre estaba aún abierta. Punzadas atroces por su ausencia eran las que la atravesaban cada vez que entraba en aquella casa donde antes lo encontraba siempre sentado en la silla robusta de madera, con una tabla apoyada en los reposabrazos, con la pluma, el cortaplumas y el tintero, pues era allí donde escribía. Algunas veces, en cambio, estaba inclinado sobre el escritorio del estudio con la lente en la mano, hojeando manuscritos colocados sobre el atril. Había volúmenes por todas partes, abiertos sobre la mesa o cerrados con un marcapáginas que sobresalía. Los encontraba incluso en la cama, y a menudo era ella la que los devolvía a los estantes. Por lo general él no decía nada, salvo algún gesto de comprensión y de afecto con los ojos. Se intercambiaban miradas de complicidad, entre ellos casi nunca había necesidad de palabras. Ella había tenido este papel: al menos al comenzar los primeros cantos del *Purgatorio*, había sido la primera lectora de la *Comedia*. Se los encontraba cuando ya estaban listos, canto tras canto, a un lado de la mesa; los cogía, los leía, raramente los comentaba con su padre. Sonreía, y él entendía que le habían gustado.

Algunas veces se confundía y la llamaba Beatrice.

Ahora, cuando entraba en ese estudio, el silencio estaba tan vacío... Abrazaba a su madre, hablaba con ella y con sus hermanos, su familia, que pronto volvería a dispersarse, y sentía más punzadas de nostalgia. Los hermanos seguían escribiendo y declamando endecasílabos, pero no acababan nunca el vigesimoprimer canto del *Paraíso*.

Después, afortunadamente para ella, había llegado ese niño a llenar su tiempo mientras le enseñaba aritmética y astronomía. El pequeño Dante era un encanto, un abismo de curiosidad que no hacía más que preguntar. Una vez a ella se le escapó algo sobre Giovanni y el niño, cuando se dio cuenta de que conocía a su padre, lo quiso saber todo de él: si era gigantesco e imbatible, valiente, cortés... Le preguntó por qué no hacía como los demás padres, que vuelven por la noche a casa con las madres. Ella le respondió que no era culpa suya, que no se había enterado de su nacimiento. Si él lo supiera, se precipitaría a hacer de padre, como todos los de sus amigos. Llegaron entonces a un acuerdo, establecieron un trato: si Giovanni aparecía por Rávena cuando el niño todavía estaba allí, sor Beatrice le daría a entender quién era, pero sin contarle al padre que se encontraba ante su hijo; de esta manera, el niño tendría una ventaja sobre su padre y podría estudiarlo con calma antes de revelarle quién era.

—Para que sepas que es tu padre —le dijo—, diré en su presencia: *Vuolsi così colà dove si puote ciò che si vuole* («Así se quiere allí donde es posible lo que se quiere»). ¿De acuerdo? Esa será la señal, acuérdate bien de estos versos... Así sabrás quién es, pero a él no se lo diremos, y tú podrás ponerlo a prueba y ver si te sirve como padre. Si después no te gusta, quedará como un secreto entre nosotros dos...

Al pequeño Dante la idea le había gustado mucho, y había empezado a fantasear y prever el encuentro, a esperar con impaciencia a que llegase ese momento. Mientras tanto sor Beatrice le enseñaba las operaciones con números de Fibonacci, la astronomía de Ptolomeo, la gramática y los fundamentos del latín. Y de ese modo ella también se distraía de sus pensamientos. A decir verdad, de todos excepto de uno. En efecto, había una única inquietud que la carcomía, un misterio que ocupaba su mente y no le daba tregua. Había descubierto dónde estaba la parte que faltaba de la *Comedia*, pero no conseguía recuperarla. Un día entendió, de repente, que los trece cantos estaban detrás de la estera a espaldas de la cama del poeta. Había llegado a esa conclusión reflexionando sobre el verso de Virgilio transcrito en el cuarto folio que había encontrado en el arcón del águila:

Sacra suosque tibi commendat Troia penates.

«Troya te confía sus penates». Los penates, como los lares, son los dioses familiares en el Imperio romano. Por lo general, eran custodiados en un tabernáculo abierto en una pared de la casa, y la de Dante conservaba la estructura de una antigua vivienda romana. Había que buscar el lugar donde había estado el *lararium*, probablemente en una esquina del *peristilium*. Y como el dormitorio de su padre se había hecho cogiendo un trozo del antiguo pórtico, enseguida había pensado en mirar detrás de la estera. En efecto, había encontrado el larario, la hornacina donde eran venerados los antiguos lares. Dentro de la cavidad de la pared había un cofre de mármol historiado. Los bajorrelieves laterales contaban la historia de David llevando a Jerusalén el arca de la alianza. Los cantos finales del poema, no había duda, debían hallarse dentro.

Pero la tapa estaba cerrada y la cerradura estaba formada por un teclado de teclas de mármol que reproducía el célebre palíndromo del SATOR, que puede leerse indistintamente hacia delante y hacia atrás, en horizontal y en vertical, en cuatro direcciones distintas:

S	A	T	O	R
A	R	E	P	O
T	E	N	E	T
O	P	E	R	A
R	O	T	A	S

Seguro que había que pulsar consecutivamente algunas letras, tenía que haber una combinación secreta. Había hecho algunos intentos, pero todos fallidos, y finalmente se había resignado. Una vez había estado incluso tentada de romper la pequeña arca con un martillo, pero temía dañar el contenido. No les había contado nada a sus hermanos, pero esperaba el regreso de Giovanni para revelarle su secreto, porque esperaba contar con su ayuda. La combinación tenía que estar escondida en los otros versos citados en las cuatro hojas; no hacía más que exprimirse las meninges sin llegar a ningún resultado que al menos fuera alentador.

Finalmente Giovanni había acabado por llegar una fría tarde de principios de noviembre. Entró en casa jadeando y se encontró al pequeño Dante, que hacía sus ejercicios de latín en la mesa del estudio, y a sor Beatrice, que leía a san Bonaventura. Gemma estaba en el jardín absorta en sus pensamientos; empezaba a tener ganas de marcharse para afrontar los espinosos asuntos relacionados con sus propiedades que la esperaban en Florencia.

—Sé dónde están los trece cantos —le dijo enseguida el de Lucca a la monja—. Están detrás de la cama. Los números clave de los versos de la estera (155-515-551) son los mismos que indican los versos que estaban en el arcón...

—Ya los he encontrado —respondió sor Beatrice, y después añadió en voz alta—: *Vuolsi così colà dove si puote ciò che si vuole* («Así se quiere allí donde es posible lo que se quiere»).

Giovanni se sobresaltó. Beatrice llevó a Giovanni al dormitorio para enseñarle la caja con el palíndromo del SATOR. El pequeño Dante había dejado inmediatamente de hacer los deberes y los había seguido a la habitación. Lo miraba con expresión absorta, casi de éxtasis. Giovanni, al verlo así, pensó que era un niño al que le faltaba algún tornillo. En un aparte, le preguntó a sor Beatrice quién era y si no se podía evitar que estuviera pegado a ellos mientras hacían algo tan importante.

—Guapo, ¿verdad? —comentó la monja—. ¿No se parece un poco a mi padre?

—Hum..., no sé..., pero ¿por qué?, ¿quién es?

Sor Beatrice le explicó que había sido confiado al monasterio, en concreto a su cuidado, por una mujer misteriosa y bellísima. Tambien le comentó que le había cogido mucha simpatía, porque le recordaba mucho a Dante. Por último le aclaró que no pasaba nada por que estuviera con ellos mientras intentaban resolver ese enésimo misterio. Dicho esto, apartó la estera de la pared y sacó la caja con la curiosa cerradura. Giovanni leyó el palíndromo y cayó presa de un tremendo desaliento. Ciertamente, el poeta no podía haberlo puesto más difícil...

—¿Sabes cómo se llama? —preguntó Antonia.

—¿Cómo se llama? Pues palíndromo, un texto que leído al revés es igual... ¡Ah, no, te refieres a cómo se llama el niño...! ¿Cómo iba a saberlo? Además, no me parece este el momento adecuado...

—Se llama Dante —le cortó la monja antes de que pudiera acabar su frase.

—Ah, hum... Hola, pequeño Dante, yo me llamo Giovanni...

Suspiró. Pensó que sor Beatrice había enloquecido. Tenían entre las manos los trece cantos que tanto habían buscado y parecía como si aquello no fuera con ella. El verdadero problema era que no lograba entender qué tenía que ver el palíndromo del SATOR con la serie numérica que había hallado en los fragmentos de Dante en los que todo parecía indicar que se encontraba la clave para abrir tan singular cerradura. Sin embargo, la clave era numérica y la cerradura alfabética, y entre ellas no había ningún nexo evidente.

—Hum... Veamos, cinco palabras de cinco letras... No, no tiene nada que ver... Veinticinco..., treinta y tres...

—¿Sabes que el pequeño Dante está aprendiendo ahora la teoría de los epiciclos?

El niño seguía observándolo de una manera que a él le parecía extraña, pero en ese momento Giovanni necesitaba concentración. Precisamente había vuelto a Rávena para poner al corriente a Antonia de sus deducciones, ya que creía que, por lo menos, había resuelto un problema. En cambio, sor Beatrice había llegado por sus propios medios a la estera. Sin embargo, eso no bastaba, porque detrás del primer enigma se escondía otro aún más complicado.

Dijo que se iría a alquilar una habitación a la posada de costumbre.

Pero esa noche no logró cerrar los ojos.

Al día siguiente estaba sentado al borde de la cama del poeta con la caja en la mano y el palíndromo en la cabeza. De repente oyó llamar con fuerza a la puerta de la casa. Sor Beatrice y el niño fueron a abrir, y oyó cómo se alejaban confabulando en voz baja.

Se quedó en el dormitorio con la caja y empezó a pensar en la solución del nuevo enigma. «A las malas —se dijo—, simplemente se puede intentar romper la tapa del cofre». Recordó la espada colgada de la pared del estudio, podía intentarlo con ella. Cuando ya casi había llegado a la cortina que separaba el dormitorio de la habitación adyacente, se detuvo porque le pareció oír al otro lado la voz de Bruno, que se acercaba. ¿O acaso era tan solo una proyección de su deseo? Bruno era precisamente la persona que podría ayudarle a resolver ese misterio. Acercó una oreja a la cortina. Sí, era la voz de Bruno, su amigo. Quién sabe por qué había venido a Rávena. Por un instante se alegró, después oyó claramente estas palabras:

—Gentucca está con mi mujer en Bolonia, pero he venido yo solo a recoger al hijo de Giovanni...

Retrocedió rápidamente para poder fingir que no había oído nada. «Gentucca, el hijo de Giovanni...». ¡El pequeño Dante! El corazón se le puso a cien por hora y se le heló la sangre. Le asaltó un miedo sin límites, una angustia jamás experimentada. Pasaron unos cuantos segundos en los que le pareció que el tiempo se había detenido; después la cortina se abrió y entraron Antonia, Bruno y su hijo Dante.

Un Dante de nueve años, el hijo de Giovanni... Entonces Gentucca... Tenía que aparentar que no pasaba nada, tomarse su tiempo...

—¡Bruno, qué alegría verte...!

—¡Giovanni!

Se abrazaron. Cuando se separaron, tenía los ojos húmedos.

—Estoy un poco constipado, he venido de Florencia con este frío... Los Apeninos ya están llenos de nieve...

Observó la mirada curiosa del pequeño, que le sonreía. «Él también lo sabe —pensó. Esbozó también él una sonrisa—. Soy el único que no sabe nada —se dijo—, yo, que no entiendo en absoluto lo que significa ser padre...».

Lo primero que experimentó fue una irreprimible sensación de estar fuera de lugar. Pero después el niño le cogió de la mano y se puso a su lado, como un ciego que hubiera encontrado a su guía.

Volvieron con la caja de mármol al estudio y Antonia la depositó sobre la mesa.

—Entonces, Giovanni, ¿has conseguido entender algo?

—No, francamente no. Esta historia está siempre tan llena de sorpresas...

Entonces Bruno empezó a contarle a Giovanni que había estado reflexionando largo y tendido sobre aquella extraña combinación de números. Esas cifras, que diseñaban una alegoría teológica ligada a la interpretación de Agustín de la numerología de David, podían prestarse también a una interpretación geométrica.

—Un uno y dos cincos —dijo— pueden ser las cifras del pentalfa (o estrella pitagórica) inscrito en un pentágono, que circunscribe a su vez un pentágono invertido.

Entonces dibujó un círculo y en el círculo dos cuadrados donde los lados de cada uno de ellos eran paralelos a las dos diagonales del otro. Luego unió los vértices de ambos cuadrados, formando un octógono, y en el círculo dibujó también el pentalfa. Después numeró del uno al ocho los lados del octógono y asoció a cada vértice del pentalfa un número arábigo, del 1 al 5, y uno romano, del I al V; estos últimos seguían un orden creciente rotando en círculo desde arriba hacia la derecha, y los arábigos, en cambio, seguían el orden de la pluma al dibujar la estrella de cinco puntas.

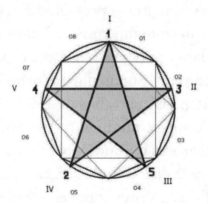

Giovanni miraba al niño. «Un chico guapo —pensó—. En efecto, ¡se parece al abuelo!».

—El pentalfa —dijo Bruno— es símbolo del hombre, con sus cinco extremidades, pero sobre todo es imagen del planeta Venus...

—No entiendo por qué —intervino sor Beatrice— lo habéis inscrito en un octógono.

—El octógono representa los ocho años de un ciclo de Venus —respondió Bruno—. El pentágono en octógono, cinco veces en ocho años, los pasos de Venus sobre el Sol... Giovanni, si miras la figura, por ejemplo... ¡Giovanni!

«Dante era realmente mi padre, he tenido un padre así —estaba pensando Giovanni—. Y este Dante es mi hijo, por eso...».

—Sí, la figura... —dijo—, si miro la figura...

«Esa es la razón por la que Gentucca no se podía mover del lugar donde se encontraba... Pero entonces ¿por qué se marchó?».

—Si miras la figura —prosiguió Bruno—, tienes la descripción de los movimientos de Venus en un periodo de ocho años, lapso de tiempo en el que el planeta se alinea con el Sol cinco veces. Supón que los ocho lados del octógono representen los ocho años de 1301 a 1308 *ab Incarnatione Dei*. Y supón también (no es así, pero sirve de ejemplo) que tienes en el punto I una alineación Venus-Sol. La serie numerada de I a V indicará entonces los momentos en que hallarás a Venus sobre el Sol en ocho lados del octógono que representan la sucesión de los años: si el punto I corresponde al día uno del año, es decir, a la Encarnación, el 25 de marzo de 1301, los otros vértices de la estrella de cinco puntas indican aproximadamente el final de octubre de 1302, los primeros días de junio de 1304, los primeros de enero, o sea el tercer último mes de 1305 *ab*

Incarnatione, finalmente la mitad de agosto de 1307, para volver después de ocho años casi exactamente al punto de partida...

«¿Por qué no intentó comunicármelo?», se preguntaba el de Lucca. Recordó la cantidad de veces que había llegado a la conclusión de que se había marchado con otro. «Habría tenido que ser más valiente —se dijo—, ir a Lucca a cualquier precio, suponiendo que ella hubiera regresado allí... Ahora está en Bolonia...».

Pero él se había quedado en Bolonia durante tres años: ¿por qué Gentucca no había intentado por lo menos hacerle llegar un mensaje? «Quizá tenía apuros económicos... Quizá esperaba de mí un gesto valeroso...».

—Ahora observa —continuó el amigo— los números arábigos del 1 al 5, no en el fondo del octógono sino en el del círculo circunscrito: son los puntos del cielo en los que verás aparecer sucesivamente el planeta Venus las cinco veces en que, en estos ocho años, se superpondrá al Sol. Si el octógono representa los ocho años del ciclo, en fin, imagina que el círculo sea la banda del Zodiaco. Tenemos, pues, cinco puntos de la eclíptica, en correspondencia con cinco diferentes signos zodiacales: el punto 1 hemos dicho que corresponde al 25 de marzo, así pues, la primera vez encontraremos a Venus y al Sol en Aries; después, para dibujar, como hace Venus en el cielo, una estrella de cinco puntas sin levantar la pluma de la hoja, tenemos que rotar siempre el ángulo del centro aproximadamente 216 grados, y entonces la segunda vez los encontraremos emparejados en Escorpio, la tercera en Géminis, la cuarta en Capricornio y la quinta en Leo, antes de que vuelvan a Aries. Uniendo con segmentos imaginarios los puntos obtenidos sobre la circunferencia conseguiremos, pues, nuestra bonita estrella de cinco puntas, y es esto lo que hace el planeta Venus, en ocho años se cruza con el Sol cinco veces, dibujando en el cielo la figura del pentalfa... Giovanni, ¿me estás escuchando?

—Sí, claro, el pentalfa, lo sé, asociado al planeta Venus...

—Así pues, la serie de números 1-5-5, 5-1-5, 5-5-1 podría señalar tres posiciones distintas del planeta del amor sobre el círculo del Zodiaco y sobre el octógono del calendario astronómico. Por ejemplo, mira la figura que he dibujado, donde encontramos el siguiente orden: el cinco romano a la izquierda, el uno en el centro, el cinco arábigo a la derecha; esta podría ser la clave, una lectura de izquierda a derecha en la dirección normal de la escritura cristiana, de forma que la imagen podría representar el cinco-uno-cinco anunciado por el último canto del *Purgatorio*. ¿Me sigues?...

—Bueno, sí, claro, podría ser...

—¿Recuerdas a los Fieles de Amor, ese círculo de poetas de los que Dante formaba parte de joven en Florencia? Además él siempre se declaró como tal, sujeto de una manera especial a la influencia de Venus: *Voi che 'ntendendo il terzo ciel movete*... («Vosotros que amando el tercer cielo movéis...»).

Giovanni se estaba preguntando cómo era posible que, en todos esos años, nunca hubiera pensado que Gentucca podía haber dado a luz un niño, como si él hubiera querido mantener lejos de sí esta idea. «Estaba buscando un padre..., y el padre era yo...».

Sor Beatrice, mientras tanto, le enseñó a Bruno el cofre de mármol historiado y le señaló el palíndromo del Sator. Bruno lo observó y dijo que, por lo que sabía, estaba presente en muchas mansiones e iglesias templarias, y que debía de tener un significado oculto bajo la letra, ya de por sí misteriosa.

—El escrito significa —explicó Bruno— que el *sator Arepo* (el «sembrador Arepo») mantiene con cuidado las ruedas, o bien que el sembrador tiene cuidado con *(opera)* las ruedas en su carro *(arepus)*, pero es el sentido oculto lo que más cuenta: alude al octógono y a la cruz templaria, uniendo todas las A y las O, el alfa y el omega, la primera y la última letra, el principio y el fin de los tiempos según las Escrituras, pasando por la T, la tau griega, símbolo de la cruz, el momento central de la historia cristiana, y uniendo en el centro las líneas resultantes, se obtiene la cruz templaria inscrita en el octógono...

Entonces dibujó lo que estaba explicando.

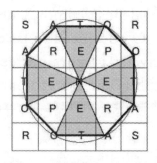

—Según algunos —añadió—, el octógono es una imagen de la Cúpula de la Roca, la iglesia octogonal, ahora una mezquita árabe, de la que los caballeros del Templo eran los guardianes en Jerusalén. De hecho la planta de la mezquita octogonal, con las doce columnas que contiene el Templo, se obtiene formando, a partir de la cruz templaria, la cruz griega correspondiente.

También hizo un gráfico que mostraba esta evolución.

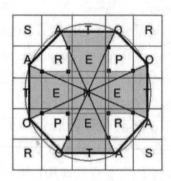

—Pero lo que convierte —continuó Bruno— el palíndromo del Sator en un símbolo al que se atribuyen poderes mágicos excepcionales es el hecho de que su doble anagrama defectuoso en cruz es Paternoster, donde sobran dos veces la A y la O, de nuevo el alfa y el omega, el comienzo y el fin de los tiempos, y de nuevo alineando las dos A y las dos O que quedan a las cuatro T, símbolo de la cruz, se vuelve a la figura perfecta del octógono.

—Una vez más, dibujó un boceto para mostrar lo que pretendía decir.

Giovanni vio en la mirada del pequeño Dante un gesto de desilusión, mientras el niño miraba a Bruno con admiración creciente. Aunque no entendiera nada de lo que estaba diciendo, intuía que él era el bueno, cuando era a su padre a quien hubiera querido ver como héroe.

—Podría ser precisamente así, esta es la clave —prosiguió Bruno—. Los números de la *Comedia* podrían señalar un lugar del Templo aludiendo a la revolución de Venus, el pentalfa inscrito en el octógono. Se debe dibujar en el mapa de la mezquita trazado por el palíndromo la estrella de cinco puntas, orientada hacia el norte. La secuencia 1-5-5 podría señalar una posición como esta. —La dibujó con extrema precisión.

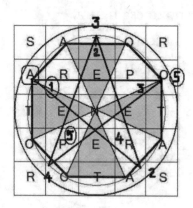

—Los números dentro de la estrella indican el tiempo, las posiciones sucesivas a los lados del octógono; los de fuera, en cambio, representan las sucesivas posiciones sobre la eclíptica. Se parte de un alfa, una A, de manera que el uno esté a la izquierda de los dos cincos, y leyendo de izquierda a derecha tenemos 1-5-5. Después se avanza hacia la derecha, aproximadamente un año y medio sobre el octógono.

Lo dibujó en la hoja.

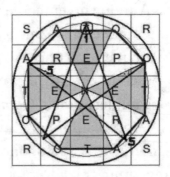

—Ahora, de izquierda a derecha, tenemos la figura dibujada antes, el 5-1-5. Finalmente, rotamos aproximadamente otro año y medio en el octógono.

También esbozó esa figura.

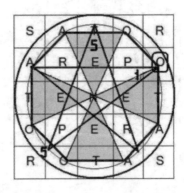

—Desde la izquierda, 5-5-1. Hay otras dos figuras posibles, con el uno en la O y en la A del Rotas de la última línea horizontal: la primera da otra vez 1-5-5, la segunda 5-1-5. Solo la combinación 5-5-1 no se repite, y nos indica unívocamente un solo lugar. Pues he aquí el lugar, si queremos creer en la leyenda, en el que estaba escondida el arca en el Templo de Jerusalén: la única combinación 5-5-1, la del *Paraíso* que expresa la *reductio ad unum*, señala la O del Arepo horizontal y del Rotas vertical, el borde al noroeste del lugar santo...

Giovanni atrajo hacia sí la caja y puso los cinco dedos de su mano derecha sobre las letras del artefacto que se correspondían con las cinco puntas de la estrella: el dedo medio en la T del Sator de la primera línea, el índice y el anular en la A y en la O del Arepo de la segunda, el pulgar y el meñique en la O y en la A del Rotas de la última. La tapa del cofre se abrió con un clic. La levantaron. En la caja había unas cuantas páginas manuscritas, en la primera de las cuales se leía *XXI capitulum Paradisi,* y debajo los versos inconfundibles del maestro, que Antonia leyó con la voz temblando a causa de la emoción:

> *Già eran li occhi miei rifissi al volto*
> *de la mia donna, e l'animo con essi,*
> *e da ogne altro intento s'era tolto.*

> *E quella non ridea; ma «S'io ridessi»,*
> *mi cominciò, «tu ti faresti quale*
> *fu Semelè quando di cener fessi:*

ché la bellezza mia, che per le scale
de l'etterno palazzo più s'accende,
com'hai veduto, quanto più si sale,

se non si temperasse, tanto splende,
che 'l tuo mortal podere, al suo fulgore,
sarebbe fronda che trono scoscende.

Noi sem levati al settimo splendore,
che sotto 'l petto del Leone ardente
raggia mo misto giù del suo valore»[1].

Y todos se fueron, con el poeta, al séptimo cielo. «Así
es la felicidad para Dante —pensó Giovanni—, un enamoramiento prolongado, de la vida, del mundo, de la mujer
amada a los dieciocho años y que si te hubiera sonreído
demasiado pronto, si te hubiera de algún modo correspondido, te habría incinerado como el rayo la fronda del árbol
sobre el que se abate. Porque a esa edad se es frágil y demasiada felicidad no se sabe aún cómo soportarla. Algunas
emociones queman, como a Sémele la visión de Júpiter en
su fulgor divino».

---

[1] «Ya, al rostro de mi dama había vuelto / los ojos, y con ellos mi alma entera, / y de
todo otro intento estaba absuelto.

»Y ella no sonrió, mas "Si riera / —me comenzó—, serías semejante / a Sémele,
cuando cenizas era;

»"que mi belleza, escalas adelante / del eterno palacio, más se enciende, / como
ves, al subir, de instante a instante.

»"Y si no la templase, tanto esplende / que tu mortal poder, a su fulgor, / fronda
sería a la que el trueno hiende.

»"Hemos subido al séptimo esplendor, / que bajo el pecho del León ardiente /
mezcla e irradia abajo su valor"».

Sor Beatrice tenía lágrimas en los ojos y abrazó primero a Bruno y después a Giovanni.

—¡Ha sido él! —dijo el pequeño Dante—. ¡Ha sido Giovanni! Es muy inteligente, ¿verdad, tía Antonia?

Y él pensó que en el fondo no debía ser difícil, como había temido, hacer de padre, pues la mente de un niño está tan predispuesta a la epopeya del padre que no hace falta estar a la altura de esa figura inmensa que de niños, a su vez, hemos idealizado.

—Giovanni, tengo que hablarte en privado —le dijo sor Beatrice.

—Ya lo sé todo —respondió—, y soy yo quien debe hablar en privado con el pequeño Dante.

Todo se resolvió marchándose los dos al dormitorio, solos. No hace falta mucha imaginación para saber qué se dijeron. Cuando volvieron al estudio el pequeño Dante se había dormido en los brazos de su padre, con la cabeza apoyada en su hombro. Pesaba.

Giovanni lo aguantó en silencio. Solo sentía una gran necesidad de expiación.

Tercera parte

Raccontava uno valente uomo ravignano, il cui nome fu Piero Giardino, lungamente discepolo stato di Dante, che... era una notte, vicino all'ora che noi chiamiamo «matutino», venuto a casa sua il predetto Iacopo, e dettogli sé quella notte, poco avanti a quell'ora, avere nel sonno veduto Dante suo padre, vestito di candidissimi vestimenti e d'una luce non usata risplendente nel viso, venire a lui... e quinci gli parea che 'l prendesse per mano e menasselo in quella camera dove era uso di dormire quando in questa vita vivea... Per la quale cosa, restando ancora gran pezzo di notte, mossisi insieme, vennero al mostrato luogo, e quivi trovarono una stuoia al muro confitta, la quale leggiermente levatane, videro nel muro una finestretta da niuno di loro mai più veduta, né saputo che ella vi fosse, e in quella trovarono alquante scritte tutte per l'umidità del muro muffate... li tredici canti tanto da loro cercati...

In cotale maniera l'opera, in molti anni compilata, si vide finita.

G. Boccaccio, *Trattatello in laude di Dante*[1]

---

[1] «Un distinguido caballero de Rávena, cuyo nombre fue Piero Giardino, discípulo de Dante a lo largo de muchos años, contaba que [...] una noche, ya muy tarde, llegó a su casa el susodicho Iacopo para contarle que poco antes, en sueños, había visto a su padre dirigiéndose a él, ataviado de muy cándidos ropajes y con una insólita luz que resplandecía en su rostro [...], y luego, llevándolo de la mano a la habitación donde dormía en esta vida [...] aprovecharon lo que aún quedaba de noche y juntos se dirigieron al lugar que le había mostrado, y allí encontraron una estera colgada de la pared, la misma que, al levantarla un poco, dejó al descubierto una hornacina que nadie había visto antes ni sabía que existiera allí, en la cual encontraron unas hojas escritas, manchadas por la herrumbre y a punto

I

Así eran los inviernos en Rávena, en los que las gotas de niebla heladas quedaban suspendidas en el aire como minúsculas virutas de cristal opaco: cada uno de ellos parecía el último. Las ramas entumecidas del olivo goteaban lágrimas de escarcha por la mañana, después de que la casa hubiera absorbido todo el hielo y la humedad de la noche, tanto que parecía que anunciaban, tristes, en los campos desolados, el final del calor del mundo, el invierno perpetuo en el que las vidas de todos serían selladas, se decía, en una oscuridad infinita. Había entonces que desentumecer los brazos y avivar el fuego de la chimenea, salvar incluso la más pequeña chispa de energía que hubiera sobrevivido, reavivar casi de la nada todo residuo de luz. Afortunadamente el poema hallado les había calentado a todos el corazón, después de la noche en que sor Beatrice había convocado a su familia. Solo había que buscar la manera de anunciárselo al mundo, alejando cualquier sospecha de que esos trece cantos, como se hubiera podido creer, los habían escrito Pietro y Iacopo. Fue este último, entonces, quien se inventó la extravagante historia de la visión, la cual, gracias al cielo, fue aceptada como cierta.

Una mañana, cuando aún estaba oscuro, había ido a despertar a Pietro Giardini:

—¡Rápido! ¡Rápido! —le había dicho, y lo había llevado consigo a la casa del poeta.

Mientras estaba durmiendo, aquella noche se le había aparecido, o eso había contado, al filo del alba, a la hora en que los sueños, como es sabido, depurados del peso engañoso de las impresiones diurnas, se acercan a la esencia de las cosas y se la revelan a nuestros ojos, tan ofuscados por la sombra o por el veneno de la carne. Resplandecía en la visión el padre, a causa de la luz insoportable del Paraíso, y le había enseñado el lugar, allí, detrás de la cama, donde las últimas páginas del libro que el cielo le había dictado descansaban impregnadas por el olor a moho de la vieja pared. Iacopo había llevado al amigo al dormitorio y había dejado que fuera él quien apartara la estera de la pared y hallara el manuscrito. De este modo, después Pietro Giardini habría contado que, en el sublime diseño, le había sido reservado este honor, de haber sido él quien había devuelto a la luz los trece cantos de otro modo destinados al moho y al olvido. Redactaron decenas de copias, y mandaron llamar a los emisarios del Can de Verona, a quien solemnemente le hicieron entrega del más valioso de los ejemplares, con los dibujos de un miniaturista muy conocido en Rávena, el mismo que el poeta había llamado para la copia destinada a Scaligero.

Leyeron y releyeron esos cantos varias veces: el cielo de Saturno con las almas contemplativas, san Pedro Damián en Fonte Avellana, san Benito en Cassino, la escalera de Jacob, las invectivas contra la corrupción de los monjes, después la ascensión al cielo de las estrellas, sobre cuyo fondo se mueven los planetas en la bóveda celeste; el poeta entra en la constelación de Géminis, su signo zodiacal, donde, en presencia de Beatrice, tres santos, Pietro, Iacopo y Giovanni, lo interrogan sobre las virtudes teologales: un auténtico examen de teología que Dante tiene que superar para acceder a la visión de Dios. Pietro sobre la fe, Iacopo sobre la esperanza, Giovanni sobre la caridad, el amor divino... Beatrice, Pietro, Iacopo, Giovanni: Antonia se estremeció cuando leyeron juntos los cantos del vigesimocuarto al vigesimosexto, escrutó los rostros de sus hermanos para tratar de entender si esos nombres provocaban en ellos alguna reacción, pero Pietro y Iacopo dijeron solamente que sus homónimos y Giovanni eran los tres santos que habían asistido a la transfiguración de Cristo, y pasaron a otro tema. De este modo ella tuvo la impresión de ser la única que entendía completamente esos versos, la que entendía cuál era la secreta fuente de inspiración. *O santa suora mia che sì ne prieghe...* («Oh, santa hermana, con tus fraternales ruegos...»), dice en el vigesimocuarto canto Pietro a Beatrice, llamándola a la vez monja y hermana, pues *suora* tiene ambos significados. Pietro es la fe, sustancia de lo que se espera y fundamento de lo invisible. En efecto, Pietro, su Pietro, era así. El hermano obediente que acepta su destino sin lamentarse jamás, que mantiene el tipo y es una torre firme que los vientos no doblegan nunca. El hermano que no vacila, que cree, que si tiene dudas, y quizá las tenga, no lo demuestra nunca. En cambio a Iacopo en el vigesimoquinto se le da el rostro de la esperanza, la espera cierta del triunfo de Cristo: la confianza en el futuro incluso en las congojas de la vida y del presente inestable. De hecho así era su Iacopo: le cuesta encontrar su camino, pero es tenaz al buscarlo, no se deja abatir por el pesimismo al que el presente lo llevaría. Un muchacho exigente, que se exige mucho, y aunque la vida sea avara con él, no se resigna. Es el primero en lanzarse a las cosas, con el entusiasmo siempre vivo de un eterno niño: la esperanza. Iacopo interroga a su padre sobre la esperanza. Giovanni, en cambio, sobre el amor, el amor divino, el amor cósmico, la *charitas-claritas*, luz-amor.

> Lo ben che fa contenta questa corte,
> Alfa e O è di quanta scrittura
> mi legge Amore o lievemente o forte[1].

Le pareció extraordinario que tuviera que ser precisamente Giovanni quien interrogara a su padre sobre el amor. Es el bien, declara el poeta en el canto vigesimosexto, el que enciende el amor: no es amor si no lo es del bien. El

---

[1] «El bien que da a esta corte gozo ardiente / Alfa y Omega es de la escritura / que Amor me lee, ya leve o fuertemente».

bien supremo es el alma divina del mundo, pues *ciascun ben che fuor di lei si trova / altro non è ch'un lume di suo raggio* («que todo bien que fuera de ella existe / nada es sino un destello de su rayo»). A Giovanni le había tocado experimentar el amor terrenal, que no es más que un barrunto del cósmico. A él el destino le había concedido experimentar esa chispa que sublimada dilata el corazón humano hasta el vértigo de lo divino. Con el tiempo lo entendería, se dijo sor Beatrice. «Hermano —concluyó para sus adentros—, tal vez estés solo a mitad de un camino cuesta arriba, pero cuando llegues a lo alto del monte quién sabe qué alturas del corazón te estarán aguardando, qué alegrías incomunicables llenarán tus días...».

Giovanni, Bruno y el pequeño Dante se entretuvieron en Rávena más de lo previsto; Bruno envió un mensaje a Bolonia para informar a Gigliata y a Gentucca. A menudo a última hora de la tarde se pasaban por la casa del poeta; sor Beatrice habría preferido no tener que separarse del niño, y a este a su vez le habría gustado llevársela consigo. Bruno seguía dándole vueltas a lo que les había dicho Bernard. Quería hablar con Antonia para ver si ella sabía algo de ese tema. Un día le preguntó a la monja si estaba al corriente de algún misterioso encuentro de su padre con veteranos de Jerusalén, con caballeros del Templo o con cualquier personaje de ese estilo.

—No —respondió la monja—. En principio, no creo que tuviera relaciones de esa clase... El único misterio, en realidad, es el año que pasó en Roma con el papa, el 1301. De ese año no hablaba jamás, y nunca hemos sabido por qué permaneció en Roma después de que el papa enviara de vuelta a Florencia a los demás embajadores florentinos, quedándose solo él en el Vaticano. No se sabe con quién se vio en la ciudad de la loba ni por qué razón se quedó tanto tiempo. Se dice que hizo los votos de los frailes menores, de fraile laico; llevaba la cuerda atada, símbolo de humildad que sanciona los votos de castidad y obediencia.

Mientras tanto Giovanni pasaba los días haciéndose amigo del pequeño Dante, quien al parecer tenía tanta curiosidad y deseos de tener nuevas experiencias como su abuelo. A Giovanni, por ese extraño prejuicio que tienen los niños de que su padre es un ser omnisciente, lo asaltaba continuamente con su desmedida ansia de saber. Parecía que quería aprender rápidamente los porqués fundamentales, aquellos que su madre parecía por lo general reticente a explicar y a propósito de los cuales también su tía Antonia daba respuestas cuanto menos evasivas. Por ejemplo, preguntaba por qué le había tocado nacer y en cambio no había existido siempre; si también a él, a Giovanni, le había correspondido la suerte de nacer; si hay alguien que existe desde siempre; por qué al final uno se ve obligado a morir, aunque por lo general se preferiría no hacerlo. Asuntos de este tipo preguntaba. Al comienzo Giovanni se empeñaba en buscar respuestas plausibles para no desilusionarlo, pero al final se rindió y decidió confesar que él tampoco sabía demasiado de todas esas cuestiones. Una vez le preguntó por el tiempo, por qué de hoy se debe por obligación pasar a mañana sin poder alguna vez volver a ayer, cuando ayer fue estupendo y es una lástima que ya no exista. Giovanni se rascó la cabeza en busca de una respuesta rápida.

—Si siempre fuera ayer —le dijo—, al final se volvería aburrido, y es que ayer fue estupendo precisamente porque ya no existe.

Tras comprobar que ya se había quedado dormido, lanzó un suspiro de alivio, se levantó en silencio de la cama de su hijo y, tras salir de la habitación de puntillas, llamó a la habitación de Bruno.

—¿Te molesto? —preguntó asomando la cabeza por detrás de la puerta—. ¿Estabas haciendo algo importante?

—No —contestó el otro—, solo estaba pensando...

Con su copia de la *Comedia* en la mano, Bruno estaba completando con el último canto del *Paraíso* el presunto mensaje secreto contenido en el libro, para intentar al menos averiguar dónde se podía haber metido Bernard. Había transcrito el primero, el central y el último terceto del último canto de la obra:

Vergine madre, figlia del tuo figlio,
umile e alta più che creatura,
termine fisso d'etterno consiglio...[2]

Ché, per tornare alquanto a mia memoria
e per sonare un poco in questi versi,
più si conceperà di tua vittoria[3].

---

[2] «Oh, Virgen madre, hija de tu hijo, / humilde y alta más que otra criatura, / del consejo eternal término fijo...».

[3] «Que por tornar un algo a mi memoria / y por sonar un poco con mi verso, / más se concebirá de tu victoria».

A l'alta fantasia qui mancò possa,
*ma già volgeva il **mi**o disio e 'l velle*
*sì come rota ch'igualmente è mos**sa**...*[4]

Después había cogido el último eneasílabo: *Verpiuglio cheporia ami(s)sa.* Le mostró entonces a Giovanni su hipótesis de interpretación de los demás versos que habían examinado juntos después de la marcha de Bernard. Había recuperado una sílaba en el eneasílabo tomado del decimoséptimo canto del *Purgatorio,* donde *talpe* («topo») rima con *alpe* («copo»), y la rima es consonante, es decir, la palabra *alpe,* en su sentido de montaña alta y escarpada, se repite completamente en el interior del otro término, *[t] alpe,* así pues quizá se podría descifrar en el verso restaurando la palabra entera. Así:

Chequeriper(al)pegiachetilapiana
Dedoldoma...

Che queri *per alp(e) è già chet' i'la piana*
de dol doma.

Cuya interpretación era: *Ciò che cerchi sui monti è già quieto, riposa già nella piana domata dall'inganno* («Lo que buscas en la montaña está en silencio, descansa ya en la llanura domada por el engaño»). En este punto, intentó entender la continuación:

---

[4] «Y la alta fantasía fue impotente; / mas a mi voluntad seguir sus huellas, / como a otra esfera, hizo el amor ardiente / que mueve [al sol y a las demás estrellas]».

(e)itoiomeda
Lapevetrarobadimeso
Qualcosichechiedochepersa
Verpiuglio cheporia ami(s)sa

Según él, tenía que haberse resuelto de la siguiente manera:

E ito io meda
lape *ve trarò. Badi me' s'ò*
qualcos' i' che chiedo, ch'è per saver:
più gli ò che poria amissa.

Le explicó a Giovanni:

—*Ed essendoci andato* (ito), *io vi trascinerò* (ve trarò) *il lapis medus* (meda lape). *Osserva meglio* (badi me') *se c'è qualcosa che chiedo, che è per sapere: l'ho messa via, cioè nascosta* (amissa) *più che potrei* («Y tras marcharme, os traeré la piedra de los medas. Fíjate bien en lo que digo, que es digno de saberse: la guardé, o sea, cuanto pude la escondí»). El gran maestre que habría llevado el arca al misterioso lugar en el que se halla ahora, una llanura rodeada de escarpadas montañas, la ha sepultado detrás de una losa de piedra caliza, una piedra oscura con venas doradas procedente de los medas (esto es, de los persas) de la que habla Plinio y a la que los que trabajan con piedras preciosas atribuyen poderes milagrosos, como el de devolver la vista a los ciegos. El nominativo latino *lapis* se vulgariza en femenino, como es normal en el toscano *lapide* («lápida»). El acertijo concluye invitando al receptor del mensaje a focalizar la atención en una pregunta que el propio acertijo plantea, para saber, no para obtener algo; pregunta que el autor de los eneasílabos ha ocultado lo más posible... «Preguntar para saber», *quaerere* en latín, también tiene el sentido de «buscar»; y antes, más arriba, aparece el verbo *queri: che queri per alpe* («que buscas en el monte»), pero quizá el acertijo simplemente sugiera centrar la atención en este verbo, en el hecho que él mismo pregunta para saber... ¿Para saber qué? ¿A quién, a quién se pregunta para saber? Acaso a un oráculo...

Quot vestitur Dodona frondibus... A Giovanni le vino a la cabeza el verso del *Dulce solum natalis patrie* que había oído en la taberna de la Garisenda: Dodona, en Epiro, era el más antiguo oráculo de Zeus.

—De Dodoma —dijo—, *che* queri *per alp(e) è già chet' i·la piana de Dodoma.* ¿Recuerdas qué dijo Bernard sobre el enlace *muta cum liquida?* Una de las dos consonantes se puede elidir, así que *dedoldoma* se convierte en «de Dodoma», o sea, cambiando la nasal, «la llanura de Dodona» en Epiro; lo que buscas en el monte, es decir, quizá la colina de Moriah en Jerusalén, ahora, en cambio, descansa en la llanura de Dodona, por eso usa *quaerere* y no *petere.* Significa «buscar», pero también que es un sitio al que se va a preguntar para saber. Y he aquí por qué es en el cielo de Júpiter donde se disuelve el enigma numérico en la *Comedia:* Júpiter, Zeus, representa la justicia divina, es en su cielo donde Dante se encuentra con David...

—¡Sí, así es! —exclamó Bruno—. El roble de Zeus en Dodona, donde los más antiguos sacerdotes del culto interpretaban el susurro de las hojas y el vuelo de los pájaros. ¿Estará allí la nueva Jerusalén? Claro, un lugar que no se le ocurriría a nadie...

Volvieron a escribir la composición entera, los nueve eneasílabos completos:

Ne l'un t'arimi, e i dui che porti
e com zà or c'incoco(l)la(n). Né
l'abento ài là: (a) Tiro (o) Cipra;

per cell(e) e cov(i) irti, qui. Che queri
per alp(e) è già chet(i) i la piana
de Dodoma. E ito, io meda

lape ve tra(r)rò. Badi me' s'ò
qualcos'i' che chiedo, ch'è per saver:
più gli ò che poria amissa.

Bruno intentó también hacer una paráfrasis que fuera definitiva:

Nell'uno ti nascondi con i due che porti
e che ci ammantano così (con le loro ali).
Né lì hai riposo: a Tiro o a Cipro;

ma qui, attraverso caverne e covi inaccessibili.
Ciò che cerchi sul monte è già quieto nella piana
di Dodona. Ed essendoci andato, io vi trascinerò su

il lapis medus. *Osserva meglio se c'è*
qualcosa che chiedo, che è per sapere:
l'ho occultata più che potrei[5].

Se sintieron como si estuvieran soñando. Podía ser casual que uniendo los cantos, los tercetos, las sílabas según un diseño numérico contenido en tres fragmentos igualmente misteriosos del poema resultara una secuencia de versos más bien híbrida en cuanto al lenguaje pero en cualquier caso dotada de sentido. ¿Qué probabilidad había de que esto mismo sucediera sin que hubiera una intencionalidad por parte del autor? Realmente no sabían qué pensar.

Se acordaron de Bernard. Con la regla de la *muta cum liquida,* él tenía que haber llegado a la misma conclusión enseguida. Quizá fuera precisamente allí adonde había ido, a la llanura de Dodona, en Epiro, donde estaba el roble milenario a través del cual Zeus dejaba oír su propia voz al antiguo oráculo.

---

[5] «En el uno te escondes tú y los dos que llevas, / y nos cogullan así (con sus alas). / No hallas paz: ni en Tiro ni en Chipre;

»sino aquí, por cavernas y cuevas hirsutas. / Lo que buscas en el monte en silencio se halla / en la llanura de Dodona. Y tras marcharme,

»os traeré la piedra de los medas. Fíjate / en lo que digo, que es digno de saber: / la guardé, o sea cuanto pude la escondí».

II

Quizá fuera porque había traído consigo reservas de pan de centeno que había encontrado en el mercado, en el puesto de un panadero de Corfú. Y ya se sabe que a veces el pan duro, especialmente el que tiene cornezuelo, cuando empieza a fermentar hace que se vean cosas que no son exactamente como parecen, lo cual dificulta distinguir entre lo que efectivamente se ha visto y lo que, por el contrario, no estaba y de hecho no habría podido estar nunca. O quizá fuera por la naturaleza singular de los lugares que atravesó, habitados por deidades y potencias ocultas: lugares con nombres espantosos que evocan a los espectros y a los espíritus de los mundos subterráneos, monstruos infernales, sombras de las vidas que fueron. Pero quizá, sencillamente, fuera por el estado de sobreexcitación en que se hallaba, pues a veces la condición de la mente de quien está convencido de encontrarse cerca de un cambio crucial es tal que lo lleva a ver detrás de cada persona con la que se cruza un ideograma, un signo dotado de un significado especial. En resumen, no sabía explicar por qué, pero ese viaje fue para él una especie de catábasis, un descenso a los infiernos, una incursión en su subsuelo olvidado, el encuentro fatal consigo mismo y con el secreto de las cosas.

Vivió esa experiencia como si fuese el sueño de otro; se sintió como si fuera el personaje de un libro en el insólito momento, pues no es lo acostumbrado, de conocer a su propio autor. O bien como si se hallara en una de aquellas escrituras antiguas que había encontrado en la biblioteca de Ahmed, historias griegas de la época de los héroes, donde el protagonista se topa con un personaje cualquiera, un rey o un pastorcillo, habla con él y medita sobre sus inspiradas palabras; de pronto advierte en el aire el perfume característico que dejan los dioses cuando se han manifestado a los humanos, y de ese modo se entera de que alguno de los hombres con los que se ha topado ocultaba una divinidad, tal vez al propio autor de su historia que ha intervenido en persona para protegerlo de las insidias que le ha tendido, o bien a la diosa sabiduría que se encarna en quien quiere; a esta se la reconoce enseguida, la diosa de los ojos azules, pues tiene la mirada transparente como la superficie del mar cuando incluso desde lo alto de un acantilado se ve nítidamente el fondo. Ciertamente, se encontraba de humor para epifanías, y cualquier cosa que le hubiera sucedido en ese lugar le habría parecido cargada de sentido.

Había encontrado en Kerkyra un guía excelente, un timonel griego de consumada sabiduría que se llamaba Spyros. Había traído consigo reservas de comida seca de harina y agua, unas pocas mudas de ropa, todos los denarios que le quedaban, una letra de cambio de una empresa florentina para embolsarse el equivalente a diez florines y la pala con el mango retráctil que habría tenido que usar en San Juan de Acre para trabajar en el campo de batalla y que en cambio nunca había utilizado. Habían navegado a toda vela hacia el sur y después habían hecho escala en una pequeña isla no muy alejada de la costa.

—Tenemos que penetrar en el interior remontando el curso de un río —dijo Spyros—, ir un poco más hacia el sur, hasta el cabo Cimerio y la desembocadura del río negro. Si fuera verano no te llevaría, porque no regresaríamos vivos; el aire es malsano, hay pantanos que te tragan y mosquitos con aguijones de hierro. Nadie quiere ir a vivir a la llanura de Fanari, las muchachas de las colinas de los alrededores no aceptan jamás que las cortejen pretendientes de las tierras bajas, por muy ricos que sean. Si alguna acepta, quiere decir que es realmente muy pobre. Allí abajo se vive mal, de cada dos recién nacidos mueren tres y no se sabe cómo aún no se han extinguido. Si fuera verano habría que llevar estiércol de vaca para quemarlo y mantener alejados a los insectos, pero también están las mefíticas exhalaciones del pantano, de las que se muere, agua que enferma, hierbas venenosas con las que se impregnan flechas mortales y un haba salvaje que, si se come, parece que hace ver liebres vestidas de obispo que caminan con la cabeza hacia abajo por el techo de las casas. Pero ahora es casi invierno, y se corren menos riesgos. Solo barro fundido que se derrama desde los montes y entierra viva a la gente, ríos que inundan y anegan la llanura, y una niebla tan densa que, si ahora estuviera aquí, yo tendría la extraña sensación de estar hablando solo...

Bernard pensó que se trataba solo de una estrategia del barquero para aumentar el precio del viaje. Lo relativizó, le atribuyó escasa importancia y acordó una cifra asequible para la última travesía. Hubo unos días de calma en el mar casi a mediados de noviembre, y partieron. Llegaron pronto a las inmediaciones de las costas del Epiro, y prosiguieron por el litoral a la izquierda durante un breve trecho. Llegaron a una bahía y entraron en la desembocadura de un río que tenía las orillas cubiertas por altas cañas. Alrededor había una niebla inmóvil y densísima que convertía en inquietantes las siluetas jorobadas de los sauces, apostados como grandes buitres en lo alto de las cañas.

—¿Cómo se llama el río? —preguntó Bernard.

—Aqueronte —respondió el guía.

Le recorrió un escalofrío, solo uno, pero que le atravesó todo el cuerpo. Se lo hizo repetir.

Sí, era precisamente el Aqueronte, el río de los muertos.

—No sabía que estaba aquí...

—Lo remontaremos hasta la confluencia con el Cocito, antes del lago Aquerusia —dijo entonces Spyros—, donde hay una colina que los antiguos llamaban Ephyra porque había una colonia de Corinto, creo, y de ahí el antiguo nombre... Allí, en algún sitio, en la noche de los tiempos, debió de estar el más antiguo oráculo de los muertos, de ello habla Homero en la *Odisea;* venía gente de toda la Hélade para encontrarse con sus propios difuntos... Pasaremos la noche, yo en mi barca y tú donde quieras. Yo no bajo en un lugar del que se dice que está frecuentado por espíritus. Hasta allí te acompañaré, pero después continuarás solo; yo te esperaré durante trece noches y doce días, transcurridos los cuales, si no te veo, regresaré.

Ese parecía el lugar originario del más allá pagano, el Hades, tal como lo narran los libros antiguos; estaban todos los ríos del Infierno, el Aqueronte, el Cocito y, según añadió Spyros, también el Flegetonte, un río cuyo fondo brillaba de corpúsculos fosforescentes, además del Estige, una corriente que parecía nacer del goteo del techo de una gruta. Entrar en esa región con una niebla lechosa, con la barca avanzando lentamente, impulsada por los remos que los dos hombres empleaban cuando no había viento, era algo que le turbaba, pero lo que le asustó más que nada fue empezar a oír, de repente, un profundo rugido procedente del subsuelo, y prolongados lamentos como de recién nacidos o dolientes, pero con un extraño eco que amplificaba el sonido y lo volvía impresionante.

Uuuuuh... Uuuuuh... Un quejido siniestro que provenía de todos los lados.

—Es el gran toro —dijo Spyros—, prisionero en una caverna del subsuelo, que muge su dolor atávico... Eso cuenta una vieja leyenda. Otra prefiere decir que se trata del ladrido del perro tricéfalo, Cerbero, que refunfuña y se queja por tres gargantas. Pero también hay quienes piensan, yo entre ellos, que se trata simplemente del retumbar de ríos subterráneos que desembocan en la bahía directamente en el mar... También el Aqueronte hace eso, más arriba, si se sigue más allá del pueblo de Glykì, donde es alimentado por mil corrientes que discurren bajo el suelo y que repentinamente fluyen como por milagro de una roca hueca o incluso de la grava de un sendero...

A veces parecían, ciertamente, los lúgubres aullidos de tres perros gigantescos. Si los antiguos habían copiado de ese lugar pantanoso y oscuro la geografía de su más allá, pensó, tenían muy buenas razones. Spyros le dijo que había sido Homero el primero en ambientar en esos lugares el viaje de Ulises en la nebulosa tierra de los cimerios, para encontrar las sombras de su madre y del adivino Tiresias; después todos los demás habían aceptado para el Infierno aquella siniestra topografía.

—¡Las puertas del Hades! —anunció, señalando delante de él un punto en el que las orillas del río parecían extinguirse entre dos colinas—. Detrás de esas colinas —añadió— se abre la llanura de pantanos y arenas movedizas donde ya no conviene adentrarse en barca. Allí se bifurcan los dos ríos, el Aqueronte y el Cocito. Más arriba se halla la confluencia del Piriflegetonte, el río del fuego. Hasta ese punto incluso Ulises llegó en su nave negra. El lago muerto y gélido de Aquerusia lo llaman también Aornos, «sin pájaros», pues se dice que si por error un emplumado lo sobrevuela, cae dentro fulminado por las terribles exhalaciones venenosas de sus vapores... Yo te dejaré en la colina cuya silueta verás a tu izquierda, allí pasarás la noche, después recorre a pie el valle, con el Cocito a tu derecha, hasta el viejo puente. Pasa al otro lado, atraviesa la parte alta de la llanura, donde en primavera florecen los asfódelos de hojas lanceoladas, los blancos prados que vio Ulises en el más allá (Campos Elíseos los han llamado después), que es donde el dios del inframundo Aidoneo concede a algunas almas luminosas de sabios y héroes pasar cuarenta días al año a la luz del sol. Continúa hasta que el alto monte que hay a tu derecha disminuya casi a la altura de tus pasos. En ese punto rodéalo, hay un paso que atraviesa tres cadenas de montes. Cuidado con los osos, con los lobos, con los jabalíes, con las víboras y con los ladrones. El tercer valle es el tuyo, más allá de las dos cimas gemelas del Tomaros verás aparecer a tus pies la llanura de Dodona, con lo que queda de un teatro antiguo y las ruinas de una vieja iglesia...

Poco antes de la puesta de sol fueron a Ephyra. Spyros ató a un palo sumergido en el río su embarcación, Bernard bajó con su petate. Se despidieron. El francés subió hacia la cima de la colina, que apenas asomaba por encima de la niebla, donde descubrió restos de antiguos muros y montones de piedras procedentes de una construcción, una casa o una iglesia que debía de haber sido destruida hacía mucho tiempo. Encontró una esquina aún cubierta por un trozo del antiguo techo que no se había derrumbado y decidió pernoctar allí. Desde la cima de la colina se veía por un lado el mar, donde el sol se estaba poniendo en un cielo de fuego, y por otro la llanura, un lago blanco de vapores. Frente a él, el perfil de una alta montaña, más allá de la cual otros dos relieves y dos valles, y después debía de hallarse aquello que estaba buscando. Comió un poco del pan de centeno y después se puso a explorar mejor el lugar.

Entre los montones de piedras le impresionaron dos losas apoyadas la una en la otra, que servían de suelo; una fisura entre las dos dejaba entrever debajo un espacio que parecía vacío. Se agachó para mirar, cogió una piedrecita y la dejó caer en la cavidad. Pasaron algunos segundos antes de que oyera el ruido del impacto con el suelo de abajo: allí debajo había una habitación de la antigua casa cuyo techo no había cedido. Cogió la pala y empezó a excavar alrededor de una de las dos losas de piedra, para intentar levantarla y ver qué había debajo. Pero cuando esta fue liberada de la tierra que había a su alrededor, cedió, se desmoronó y se llevó consigo también las otras piedras que sostenían el peso. Bernard perdió el equilibrio y cayó. Durante unos instantes no vio nada, estaba aturdido. Después, cuando su vista se adaptó a las nuevas condiciones de visibilidad, se dio cuenta de que se había precipitado entre los muros de un antiguo palacio o de algo parecido. Se levantó en la oscuridad y comprobó que no tenía nada roto. Le dolía la cabeza. Por el agujero que se había abierto en lo alto se filtraba poca luz. Las paredes que había a su alrededor eran las de un pasillo serpenteante. ¿Un laberinto? «Si camino manteniendo siempre el muro a mi derecha, no debería perderme». Pero encontró enseguida, la primera vez que giró a la derecha, una gran puerta en forma de arco. Notó que un líquido caliente le recorría la frente, estaba sangrando. Entró en el espacio grande al que daba acceso la puerta. Se limpió con el dorso de la mano la sangre, que goteó rápidamente hasta el suelo. Oyó un ruido de succión, como de alguien bebiendo.

Dame un poco más —dijo la voz.

—Mamá —respondió—, ¿dónde estás?

Había un agujero en el suelo que no vio y se cayó dentro; consiguió agarrarse al borde, que se desmoronó haciéndole resbalar. Un espacio negro, un techo abovedado, una caverna subterránea.

Bienvenido, Bernard.

Desconcertado, se preguntó cómo podía saber que esa era la voz de su madre si apenas la había conocido, y a una edad de la que no podía recordar nada.

Nunca te quise, Bernard. Fuiste una equivocación, ya que yo no amaba a tu padre... Pero después me desesperé, cuando te arrancó de mi lado y te llevó con él...

Sí, eso él lo sabía, aunque nadie se lo había contado nunca. Hay cosas que se saben aunque nadie nos las haya explicado nunca.

Te he echado de menos, Bernard.

—También yo a ti. Si supieses cuánto, madre...

Se levantó. Ahora tenía que subir dos pisos desde ese antiguo lugar sepultado. Acaso el singular edificio en el que se hallaba era...

Había un hombre que no quería perder, un caballero a quien amaba locamente y que me había dejado, un prepotente al que detestaba y deseaba con todo mi ser, al que amaba por el mismo motivo por el que lo detestaba... Sí, cedí a la insistencia de tu padre, pero para poner celoso al otro, que de otro modo me hubiera hecho morir a mí de celos... ¡Qué tonta que fui! Para conquistar al equivocado, seduje al adecuado y los perdí a ambos. Mejor dicho, perdí tres, porque tú fuiste el tercero, el más importante; fuisteis tres los que me dejasteis, pero uno solo quien...

Había una especie de escalera natural formada por los escombros que se habían acumulado en la caverna a causa del agujero que se había abierto arriba. Intentó subir por allí, pero la tierra estaba suelta y resbaló de nuevo hacia abajo. Sangró un poco y oyó una vez más sorber...

Tu padre no quiso saber nada cuando se enteró de lo que pasaba: se marchó y te llevó con él... No lo amaba, pero le supliqué que se quedara: tenía miedo...

Los ojos se le humedecieron, ¿de dónde demonios venía ahora esa historia que le vendían como suya?

Y mi propósito, escucha, lo alcancé, pero no exactamente como hubiera querido: el otro regresó un año después, el que tan insensatamente había deseado... Estaba furibundo de celos, él no compartía con nadie sus emociones... Me pegó, me violó, me destrozó...

No, esto en cambio él no lo sabía, no podía saberlo: ¿de quién demonios era esa voz? ¿Estaba en el templo del antiguo oráculo de los muertos?

Me dejó allí ahogándome en mi propia sangre; la agonía fue tremenda, una tortura interminable el tiempo que tardé en morir...

Se había caído con su pala de San Juan de Acre, se la había colgado del cinturón; podía intentar arrancar piedras y construir él mismo una escalera para subir.

Tu padre se marchó para dar paz a su orgullo herido, él no tenía ningún pecado que expiar, a no ser el mismo hecho de marcharse: no se fue para morir por una causa justa, como intentó justificarse incluso ante sí mismo, sino solamente a desahogar su rencor...

«Sí, ahora lo sé, lo he aprendido —se dijo Bernard respondiendo para su adentros—, el odio jamás es una causa justa».

Llevarte con él fue despecho hacia mí, prefirió morir en otro lugar que vivir allí donde estaba yo, en la dulce Francia...

Sí, esto en cambio lo sabía, en lo más hondo lo había sabido siempre, sin que nadie se lo hubiera revelado nunca. Hay cosas que se saben sin que se conviertan nunca en palabras. Halló al tacto un bloque cuadrado que parecía de granito; se propuso moverlo de donde estaba y colocarlo en la escalera que se había formado con los escombros en la que antes había resbalado. Recogió unas cuantas ramas secas y se dispuso a frotar sus piedras de pedernal, que llevaba consigo, para encender un fuego.

Bernard, Bernard —lo llamó su padre a su espalda.

Se volvió e incluso le pareció verlo, aún con la flecha que lo había matado clavada en la garganta.

Bernard —dijo—, *te has equivocado completamente...* —Con la laringe perforada, le costaba hablar, y acabó en una ronca agonía—: *No deberías haberme perdonado nunca...*

Cuando al final, después de dos días de viaje con una caravana de mercaderes, llegaron los tres a Bolonia, un domingo aún a tiempo para la última misa, el pequeño Dante corrió enseguida a los brazos de su madre. Bruno abrazó a Gigliata y a la pequeña Sofia, mientras Giovanni se quedó atrás admirando desde allí a su Gentucca. Le pareció que no había cambiado nada desde la última vez que la había visto, mucho tiempo atrás... No tenía palabras, la emoción lo inmovilizaba, como un riachuelo impetuoso que borbotea en un estrechamiento del cauce en el que se frena. Pero Gentucca evitó cuidadosamente cruzar su mirada con la de él y, cuando el pequeño Dante se puso a jugar con Sofia, ella salió al jardín. Giovanni la siguió.

—Gentucca...

—Vete, vete, bellaco...

—Gentucca...

—No te acerques, márchate. Busca una habitación en cualquier parte, que no quiero verte...

—Perdóname, yo no sabía adónde habías ido a parar...

Ella cogió dos piedras del suelo y le lanzó una. Giovanni se agachó instintivamente, y la esquivó por un pelo.

—Gentucca, por favor, créeme...

Ella se detuvo y se volvió. Ahora estaban inmóviles el uno frente a la otra.

—Ya sé que Lancelot es solo el personaje de una novela y que los peligros que corre para liberar a Ginebra son todos imaginarios. Sé que la historia de Tristán, que muere por amor, es solo una leyenda no demasiado verídica... No digo que hubieras tenido que enfrentarte a gigantes ni morir consumido por mi ausencia. Pero esperaba que hubieras tenido la valentía de enfrentarte a Filippo, tu hermanastro, no solo para defender a tu mujer, también al menos para reclamar la parte de herencia sobre la dote de tu madre que te correspondía, a la que has renunciado por cobardía... Mis padres quizá hubieran reaccionado de una manera distinta si hubieras ido tú en persona a hablar con ellos en lugar de enviar a tu amigo...

—Sí, tienes razón... —Dio un paso hacia ella. Se moría de ganas de abrazarla.

—¡Si te acercas, te mato! —gritó ella.

Giovanni se detuvo. Gentucca empezó a reír.

—¿Lo ves? Tienes miedo incluso de mí..., de una mujer... ¿Qué clase de hombre eres?

—Deja que te explique... —Y dio otro paso.

Ella entonces lanzó con rabia la otra piedra que tenía aún en la mano.

Él no se lo esperaba, así que le dio en plena frente, encima de la nariz. Cayó al suelo medio aturdido.

III

Uuuuh... Uuuuuh... Toda la noche Cerbero y las almas de los muertos... Había tardado algunas horas en salir del subterráneo del oráculo, pero finalmente lo había conseguido. Había dormido poquísimo, un sueño inquieto atormentado por las visiones, allí abajo en el laberinto. Fuera, cuando salió, era de día y hacía un frío insoportable. El sol salía tarde en aquella zona, detrás de las montañas. *Per celle e covi irti qui,* entre cavernas subterráneas y escondites inaccesibles... La niebla se había aclarado en el llano de Fanari, y la mirada podía alcanzar, a la izquierda, hasta los prados de asfódelos de la *Odisea,* los campos Elíseos, tal como le había dicho Spyros; el pantano Aquerusia, sobre el que los pájaros no vuelan nunca, y el curso alto del Aqueronte estaban al otro lado, a su derecha. Avanzó por la orilla del Cocito, caminó un buen trecho, hasta el viejo puente.

Lo que buscas en el sagrado monte de Jerusalén descansa ahora en la llanura de Dodona. Y habiendo ido en persona, yo os traeré la piedra hechizada por los medas que devuelve la vista a los ciegos, símbolo de la clarividencia interior que se adquiere en el viaje. Largo era el camino y fatigoso, terrible aquello que tanto Homero como Dante llaman «el otro viaje». Recitó de memoria los versos del poema santo que abre las puertas de lo divino:

> *Ma per narrar del ben ch'i' vi trovai*
> *dirò de l'altre cose ch'i' v'ho scorte*[1].

De los asfódelos, a decir verdad, ni rastro, era ya demasiado tarde: quizá las almas de los justos salen fuera de las moradas subterráneas solamente en primavera. Había extensiones inmensas, al otro lado del viejo puente, de campos congelados por la escarcha. El aire era gris y frío, como de cristal. Se encontraba turbado por las visiones nocturnas, hacía memoria y no entendía las palabras que había soñado: *No deberías haberme perdonado nunca...* Continuamente le parecía que estaba a punto de tener una revelación, que se encontraba muy cerca del umbral que nos separa del mundo verdadero. Pero siempre, en solo un instante, la realidad recaía indefectiblemente en su plana y monolítica inmanencia. ¿Dónde están los signos, los indicios del ultramundo?

---

[1] «Mas por tratar del bien que allí encontré / diré de cuanto allá me cupo en suerte».

Después una vez se volvió de golpe, casi queriendo sorprender la verdad de las apariencias. Y vio no muy lejos de él (no lo había visto antes o no se había fijado) a un pastor con los ojos azules sentado en una piedra al borde del camino. Notó un perfume que no había olido nunca antes. Ojos azul transparente, como el mar de Corfú. Le preguntó el camino como si no pasara nada. Con los dioses los antiguos hacían eso, fingían no haberlos reconocido. Un pacto no escrito, pero ya se sabe que con lo divino no se juega. El pastor, que debía de tener unos veinte años, le contestó lo que ya le había dicho Spyros, que cruzara las tres cadenas de montañas.

—Extraños lugares estos —dijo entonces Bernard para ver si le sonsacaba—, se encuentra uno seres que no se sabe nunca si están vivos o muertos...

—Sí que lo sabes —respondió el pastor divertido—: los vivos tienen sombra, pero los muertos y los dioses no...

Vio que el pastor no tenía sombra, pero quizá fuera algo normal a mediodía con el cielo tan oscuro. Por otro lado, ni siquiera él la tenía. Se lo hizo notar al muchacho, que se encogió de hombros con indiferencia. Vivos o muertos, ¿qué más da?

—Te faltan al menos dos días de camino —concluyó— y te conviene arrendar un mulo en la aldea de aquí al lado, posiblemente con un carrito para uncirlo a la bestia, puesto que llevas contigo una pala y eso quiere decir que vas allí a excavar, y si buscas un antiguo tesoro supongo que al regreso es posible que lleves una carga pesada...

¿Cómo podía saberlo? ¿Y cómo es que, si no era la diosa de ojos azules sino solamente un simple pastor, lo tuteaba aun siendo un muchacho que se dirigía a alguien mayor que él? Tuvo la sensación de formar parte de un plan providencial, y se preguntó entonces cuál era la tarea que le esperaba en los inescrutables designios divinos.

Acaso solo borrar toda huella, cerrar definitivamente la época en la que lo divino se manifiesta a los humanos, le pareció oír. Pero el muchacho no había abierto la boca.

Le dio las gracias y retomó su camino.

Bruno había aplicado un ancho vendaje en la frente de Giovanni antes de acompañarlo a la posada donde ya había estado antes con Bernard.

—Deja pasar un par de días —le había aconsejado—, después preséntate con un bonito regalo... Yo hablaré con ella, le contaré lo mal que te quedaste cuando ella desapareció. No te preocupes: os amáis, y mucho. Después de todos estos años, las cosas volverán a su cauce. ¡Ten fe!

Cuando se quedó solo, Giovanni se entristeció por la acogida hostil de Gentucca, pero por aquel entonces él no sabía el motivo de la desaparición de su mujer, y a menudo había pensado que se había marchado por iniciativa propia. En aquella época él estaba siempre trabajando, porque tenía que ampliar su clientela, y era consciente del hecho de que, desvanecido el entusiasmo inicial, a ella no le gustaría la soledad del hogar que la esperaba. Después ella desapareció, y se materializaron los miedos con los que Giovanni había convivido.

Pero lo que no le dejaba descansar era que no se le hubiera ocurrido en ningún momento que Gentucca podía estar embarazada. En esa época, si hubieran tenido un hijo, nadie se habría asombrado. Esto lo turbaba, el hecho de haber apartado de su mente la posibilidad de la paternidad. No conocía bien a Gentucca, y eso era natural. Pero lo que había sucedido le hizo entender que no se conocía bien ni siquiera a sí mismo. «¿Soy realmente el padre?». Por un instante lo asaltó la duda, tal vez legítima después de tantos años. Pero el pequeño Dante se parecía tanto al abuelo... Una vez más el hecho mismo de haber concebido una duda semejante le hizo reflexionar sobre la inexorable tendencia a la fuga que se manifestaba en él frente a la idea de tener un hijo. Concluyó que esa debía de ser la causa de tanto rencor: Gentucca, de una forma más instintiva que racional, sabía mejor que él mismo cómo era. Intuía que él, de un modo u otro, había huido.

Esa era la culpa de la que tendría que obtener el perdón, el de Gentucca y el de él mismo.

Bernard había pernoctado en la aldea situada en la ladera de la montaña, allí donde se abría el valle que lo llevaría a Dodona. Había alquilado un mulo y un carrito, de dos ruedas pero estrecho, adecuado para los arrieros de montaña. Había gastado así todo el dinero que llevaba en efectivo, y había dejado como aval también la letra de cambio, que le sería devuelta cuando restituyera el mulo y el pequeño carro. El camino era largo y seguía la cuerda de las montañas subiendo y bajando, a veces invadido por la vegetación, porque en esa estación no debía de ser muy frecuentado. El tiempo era cada vez peor, nubes plomizas ensombrecían sus pensamientos.

Continuó deteniéndose una sola vez en todo el día para hacer una breve pausa. Al atardecer estaba empezando a llover y se puso a buscar un sitio para dormir en las cercanías de un curso de agua, para aliviar su sed y la del animal. Los ríos excavan las montañas y pensó que en el valle probablemente encontraría dónde beber. Así fue como llegó, bajando desde la cresta de la montaña, a un claro donde vivía, en una gruta, un viejo ermitaño *de antiguo y blanco pelo,* con barba y pelo largo hasta la cintura. Le pidió hospitalidad para pasar la noche. Allí delante discurría un arroyo y lo aprovecharían los dos, él y el mulo.

—Me llamo Bernard —le dijo al viejo— y estoy buscando un lugar, en esta zona, donde está enterrado un antiguo misterio, un objeto sagrado que Dios dio a los hombres en los albores de la historia para sancionar su pacto, para fundar la Ley universal... Lo trajeron aquí hace aproximadamente cien años unos caballeros cruzados...

—Sí, me acuerdo —respondió el viejo.

—¿Cómo es posible que os acordéis? Han pasado al menos cien años...

—Eran setenta caballeros armados con la cruz en el pecho, a caballo... Fue cuando los venecianos tomaron

Constantinopla, pero me acuerdo como si fuera ayer; era muy joven entonces...

Calló para no incomodarlo. Había dos posibilidades: el ermitaño tenía ciento y pico años o bien sufría alucinaciones. Optó por la segunda posibilidad cuando, sentados sobre dos rocas, el viejo le ofreció para cenar setas crudas y habas salvajes, pues se acordó de lo que le había dicho Spyros sobre las habas alucinógenas que podían hallarse en esa zona. No comió casi nada, solo un poco de su pan de centeno y algunas setas. No probó las habas. Mientras comían, quién sabe por qué, le habló al viejo de sus inquietudes, de su vida, la cual, si miraba hacia atrás, le parecía una serie de hechos sin sentido.

—Sin embargo, todas las vidas tienen sentido —dijo entonces el viejo—, pero ¿quién dice que lo conozcamos? Debes entender que también ese pequeño fragmento que tú representas está en relación con el Todo. Tú no te das cuenta, y ese es el error: te engañas pensando que esta vida se desarrolla en función de tu «yo», cuando más bien es tu «yo» el que ha sido generado en función de la vida del Todo...

Bernard miró a su alrededor perplejo, y olfateó el aire para tratar de entender si también detrás del viejo ermitaño anidaba algún oscuro numen. Pero solo percibió la peste que desprendía su mulo.

—Esto no lo digo yo, lo dice un filósofo antiguo —añadió entonces el viejo para tranquilizarlo—. La perspectiva egocéntrica está equivocada: hay una historia que se debe cumplir y tú eres el medio más o menos inconsciente, ese es el destino de todos. Acaso toda mi vida está en función de este encuentro. Mañana es mi cumpleaños, pero ni yo mismo sé cuántos años cumplo. Solo sé que son tantos que en cierto momento dejé de contar los días. Quizá haya vivido tanto tiempo solamente para poder conocerte a ti y hospedarte esta noche. Si hubiera muerto antes, no me habrías encontrado aquí, la gruta estaría cubierta de zarzas, habrías dormido al aire libre, habrías sido descuartizado por las manadas de lobos que infestan estas montañas, no hubieras podido llevar a cabo tu misión... En cambio, aún estoy vivo y mañana podrás marcharte bien descansado hacia Dodona...

—¿Cómo sabéis que tengo que ir a Dodona?

—Ya te lo he dicho, es allí adonde fueron los setenta caballeros con la cruz en el pecho...

Se retiraron a la gruta los tres, también el mulo, que contribuiría a calentar el ambiente.

Después el viejo cerró la entrada bloqueándola con una gran piedra pulida en forma de rueda.

Soñó con una llanura florida, la luz era blanca, Ahmed llevaba un vestido de rayos de sol tejidos en el telar de un hada africana. Eso dijo, pero tenía prisa, tenía que mostrarle a su Dios su nuevo descubrimiento.

Date prisa, Bernard, hace ya varios años que te estoy esperando.

—Pero la verdad es que yo estoy buscando el Paraíso de los cristianos, y he perdido el camino.

*¿Qué más da, Bernard? Hay un solo Dios, y sabe to-
das las lenguas: el árabe, la lengua vulgar y la lengua de
oïl... Además conoce también el lenguaje de las flores.
¿Quieres verlo?*

Para mostrárselo, se inclinó a hablar con un gran as-
fódelo con las hojas lanceoladas. La flor contestó que sí en
su alfabeto de olores, había entendido bien qué debía hacer: se abrió y dejó salir al águila blanca, que tenía entre
las garras la cabeza cortada de una quinceañera. Voló alto
hasta la tierra de las masacres y se la devolvió, la muchacha
le dio las gracias y pudo volver a ponerla en su lugar.

*Para todos los males habrá remedio al final de los
tiempos* —dijo sonriendo. Pero nadie vio su sonrisa, pues
la cabeza estaba pegada del revés.

Bernard no sabía adónde ir, estaba muy indeciso y
dudaba. Vio la cabellera del viejo ermitaño confundida
entre las nubes, lo llamó y le preguntó el camino.

¿El camino hacia dónde? —preguntó este.

—No lo sé —respondió Bernard.

*No importa, ve siempre recto hasta que sientas la ne-
cesidad imperiosa de un cambio.*

—¿Y adónde llego así?

*¡Menuda pregunta...! ¿Cómo vas a saber adónde es-
tás yendo si aún no has llegado? Cuando llegues, entonces
sabrás cómo es.*

—¿Y está lejos? —preguntó de nuevo Bernard.

El viejo se encogió de hombros.

La cuestión es —respondió— *que en cuanto a llegar,
también en eso hay voces más bien discordantes.* —Miró a

su alrededor circunspecto, después acercó la boca a su oreja—. *Parece* —susurró— *como si en realidad nadie llegara nunca, el camino tiene esa peculiaridad: te detengas donde te detengas, él continúa siempre más allá.*

Volvió a abrir los ojos. El viejo estaba aún despierto.

—O al menos —añadió— eso dicen los que ya han recorrido su trecho...

Bernard se volvió hacia el otro lado y simuló que se dormía otra vez.

A la mañana siguiente, Giovanni bajó al mercado a buscar un regalo para Gentucca. Era la cosa más difícil del mundo, se acordaba, adivinar el regalo adecuado para ella. En el breve periodo en el que habían vivido juntos, cada regalo lo tenía siempre en vilo: a veces compraba cosas caras, joyas, objetos valiosos de orfebrería, solo para demostrarle lo mucho que la amaba, y ella no parecía apreciarlos; otras veces le llevaba una tontería, y ella se mostraba feliz como una niña. También a menudo sucedía lo contrario, y no había una lógica, sino que era absolutamente imprevisible. Decidió dar una vuelta por el mercado solo para ver qué se vendía; se dejaría guiar por su instinto. Había la multitud de costumbre en los mercados cuando hay sol. Un abanico de colores, brocados, sedas y fustanes.

Se detuvo un buen rato frente a un puesto que ofrecía productos cosméticos, sombreros de alas anchas y abiertos en el casquete para ponerse el pelo rubio al sol, redecillas bordadas de oro para recoger los cabellos, con postizos de trenzas rubias de cabellos de verdad de origen alemán, y cremas de miel rosada destilada a fuego lento. Estaba de moda ser rubia, y los poetas en esto tenían su parte de culpa. Pero Gentucca ya era rubia. También había espátulas de madera y cristal, cremas depilatorias de arsénico amarillo y cal viva, un detergente para la cara hecho con leche y miga de pan combinado con bórax machacado. Le impresionó una diadema para el pelo de diseño muy sencillo, de pequeñas hojas y no demasiado vistosa, con un pequeño capullo de rosa al lado derecho, todo de oro. Era muy cara; él hacía tiempo que no trabajaba y había empezado a tener que contar sus ahorros. Y no quería comprarlo con los florines de don Mone.

El mercader del tenderete siguiente lo cogió por el brazo y atrajo su atención sobre las telas que vendía:

—Tejidos ingleses y bretones —le dijo—. Cuestan la mitad que los florentinos y la calidad ya es casi la misma. Además, sabed que algunas veces se trata de comerciantes toscanos que se han trasladado allí y han llevado su arte... Hasta ahora los ingleses vendían solo lana basta, pero ahora mirad esto... Al final nos copiarán también la seda, aunque por otro lado son los florentinos los que han desembarcado allí para hacer la competencia a todos los demás... Pero sus productos los venden aquí, y es por eso por lo que hacen negocio: producen donde cuesta poco y venden donde cuesta mucho...

No quiso ir más allá, eludió esa discusión. Respecto al futuro, él era moderadamente optimista, como lo había sido Dante. Las cosas se arreglarían solas, pensaba en el fondo el poeta. La maldita loba, cuando ya no encontrara nada que devorar, acabaría por descuartizarse a sí misma. No había motivos de alegría, pero tampoco para llorar. Había que resistir, seguir adelante, prepararse quizá para una temporada de delirio, de incontrolada agresividad. Los hombres cuando son infelices pueden llegar a ser muy peligrosos.

Solamente estaba contento por haberse reencontrado con Gentucca y haber conocido a su hijo. Ahora tenía que volver a empezar a trabajar lo antes posible, sus vacaciones habían durado demasiado.

—Pero ¿vos no sois aquel que...? —le abordó un sacerdote que se detuvo precisamente en ese momento frente a él.

—El padre Agostino, el boticario de Pomposa, ¿verdad? ¿Qué hacéis aquí?

—¡Misión secreta! —respondió el religioso—. Pero si tenéis tiempo podríamos hablar después de una pequeña parada en el carro del vendedor de nieve...

En una esquina de la plaza del mercado estaba el vendedor de la nieve que se destinaba a la conservación de los alimentos. La obtenía de un proveedor que bajaba de los Apeninos todas las mañanas e iba a la ciudad con un carro de madera donde llevaba un recipiente forrado de plomo para mantener el frío. Su señora preparaba sorbetes y el apreciado *biancomangiare,* un pudin hecho con harina y leche de la montaña que hacía enloquecer a los boloñeses. Giovanni tomó un sorbete y el religioso un pudin, y se retiraron a una calle lateral. El padre Agostino le habló de la abadía, de don Binato, que luchaba entre la vida y la muerte, a causa de una terciana maligna, quizá malaria, y del padre Fazio, que llegaba a acuerdos con los señores de Ferrara.

Después se sentaron el uno frente al otro a una mesa de piedra en el jardín que había delante de una iglesia.

—¿Tenéis novedades sobre la muerte del poeta? —preguntó el sacerdote.

—Nada de nada... —respondió Giovanni.

El padre Agostino dijo que estaba investigando la muerte del lego y que había venido a Bolonia en busca de los dos falsos franciscanos. Del originario de los Abruzos no había ni rastro, pero seguía los pasos del otro, Terino da Pistoia, que estaba escondido allí en Bolonia, en un arrabal al abrigo de sus murallas. Giovanni le contó entonces que había ido a buscarlo hasta Florencia, siguiendo las falsas pistas que le había proporcionado una meretriz.

—La Ester de la Garisenda, supongo —dijo el fraile boticario.

—¿La conocéis?

—Personalmente no, en realidad no, pero... me ha hablado de ella un hermano, confesor muy solicitado en la ciudad, y normalmente muy reservado... Tenemos el secreto de confesión, como sabéis, y no se puede ir por ahí contando los pecados de la gente...

—¿Las prostitutas se confiesan?

—A veces sucede, pero no es este el caso, y es precisamente por eso por lo que mi amigo ha podido contarme algo sin infringir ninguna regla: sus clientes se confiesan con él, y hablan de ella como de una prostituta un poco especial. Digamos que no tiene mucha vocación por su oficio..., pero tal vez precisamente por eso tiene una capacidad insólita en cualquiera de su gremio, un talento natural, el de conseguir que casi todos sus clientes se enamoren de ella..., algo que normalmente otras considerarían un gran fastidio...

—Es muy guapa —afirmó Giovanni.

—Sin embargo, no se trata de eso... Mi hermano dice que cuando oye las confesiones de sus clientes, cuyo nombre evidentemente no revela, parece como si cada uno de ellos hablara de una mujer distinta, da la impresión de que sabe muy bien cómo hacerlo... ¡Conste que no me estoy refiriendo a la cualidad de sus prestaciones, que Dios me perdone...! —Para disculparse por el pensamiento inmundo besó el crucifijo que colgaba sobre su túnica—. Más bien lo que quiero decir es que sabe tratar con sus clientes en otro plano: sabe hablar, sabe escucharles, sabe cuándo apartarse y hacerse desear; parece ser que se entrega siempre con cuentagotas, y de este modo a menudo los hace enloquecer... Se diría que su objetivo inconfesado sea que se enamoren de ella, como si cada vez reviviera una vieja historia privada y buscara vengarse de ellos por un abandono que le hubiera hecho daño... Además tiene especial intuición para detectar las debilidades de cada uno. Así ha sido como, por lo que he comprobado, también este Terino ha caído. Quería fugarse con ella y esta, sabiendo que él tenía que cobrar mucho dinero por un trabajo que había hecho (probablemente nuestro doble crimen), le había prometido que sería suya. Después, sin embargo, el *emplea-dor...*, en lugar de pagarle, intentó pegarle fuego... Volvió a visitarla con toda la cara quemada y sin dinero, y Ester no quiso saber nada de él... Este episodio lo conocen todos los que frecuentan habitualmente la taberna, pues aquella noche hubo un gran follón. Él la estuvo pegando hasta que intervino un estudiante alemán y lo sacó de allí. Pero el de Pistoia no se fue de la ciudad, vive escondido aquí en Bolonia, y yo he logrado encontrarlo. Es posible que no tenga dinero para afrontar un viaje y abandonar Bolonia, o tal vez esté planeando algo respecto a Ester...

Decidieron ir a verlo juntos, al día siguiente se volverían a encontrar delante de la iglesia para organizar un plan. Desfigurado y con el orgullo herido, ese Terino podía ser una persona peligrosa. Cuando se despidieron, Giovanni regresó al mercado para comprar la diadema a Gentucca, pero ya la habían vendido.

IV

Aunque se levantó temprano, el viejo ya había desaparecido. Quería felicitarlo por su cumpleaños, tanto si cumplía ciento cuarenta años como si eran ciento cincuenta, pero parecía haberse volatilizado. No pudo ni siquiera darle las gracias por su hospitalidad. Qué se le iba a hacer, se las daría cuando regresara.

Se marchó tristemente con su mulo y caminó hasta la puesta de sol. Por la tarde ascendió hasta una cresta del Tomaros, cuyas cimas gemelas estaban ya cubiertas de nieve. Cuando giró a su derecha, más allá del bosque por el que ascendía el sendero, vio al fondo la llanura de Dodona, la colina en semicírculo donde unos pocos vestigios recordaban la forma del antiguo teatro, la iglesia en ruinas y el bosque de robles, entre los que acaso también se hallara el milenario de Zeus... Aunque era tarde, sin preocuparse del hecho de que habría tenido que apresurarse en buscar un refugio para pasar la noche, Bernard se precipitó hacia el valle con el mulo recalcitrante. Por el camino escarpado le sorprendió un aguacero terrible. El animal se quedó clavado, se plantó bajo la copa tupida de un árbol y ya no se movió más. Entonces Bernard lo dejó firmemente atado al tronco y continuó solo con su pala colgada del cinturón.

Al llegar al valle estaba tan mojado como un pez cuando se desliza en la red del pescador. Halló refugio en la antigua basílica de tres naves, cuyo techo hacía tiempo que se había caído y cuyo suelo era ahora un prado verde, pero del que sobrevivía al fondo el presbiterio con los tres ábsides y parte de la antigua cobertura, lo que sería suficiente para resguardarse de la lluvia. Cuando se metió dentro y se sentó en una cornisa de piedra oscura que sobresalía del suelo en el ábside central, los escalofríos producidos por la fiebre y el frío que atravesaban su cuerpo lo convencieron definitivamente de que su mulo había sido mucho más listo que él. En un momento de tregua del chaparrón Bernard fue a recuperar su mulo y el carrito. Frente al roble más cercano a la iglesia, rezó puesto en pie con la cabeza inclinada las oraciones del ángelus.

Empezó a llover de nuevo, y Bernard se instaló en el presbiterio con su mulo y el carrito. Observó mejor la piedra oscura, apoyada en el muro y hundida en el suelo, sobre la que antes se había sentado. Estaba en posición asimétrica respecto al semicírculo del ábside central y, si este estaba dirigido al este, aquella lo estaba al noroeste. Casi negra, con venas verde-oro: «el *lapis medus*», pensó, la legendaria piedra de los medas. Él y su pala se convirtieron en una sola máquina, al unísono, con gestos rápidos de los brazos aún vigorosos. Excavó al menos durante una hora.

Lo primero que emergió, como un banco en horizontal, en realidad no era más que una pequeña parte de una losa cuadrada cuyas tres cuartas partes estaban enterradas. En ella estaba esculpida en bajorrelieve una cruz griega, cuya parte superior se agrandaba en los dos brazos de la tau, otro símbolo de la crucifixión. Una banda en la barra vertical bajo los brazos de la tau permitía suponer que en algún momento debió de haber una inscripción, pero ya no era legible.

Cuando la sacó por completo a la luz, vio que la losa se había colocado para tapar una cavidad en el muro. Entonces, haciendo palanca con la pala la separó.

Encontró un nicho en la pared y, dentro, una gran arca de piedra negra, pesadísima, que no conseguía sacar solo con sus fuerzas, así que decidió hacer que la remolcara el mulo. La rodeó con una cuerda y la ató al animal, que realizó ese trabajo extra maldiciendo al dios de los equinos. Bernard estaba emocionado, tenso como la cuerda de un laúd. Había llegado hasta allí y el viaje se había visto enseguida coronado por un éxito equivalente a sus expectativas. Pero después vio que la gran caja de piedra tenía una tapa, y su cerradura estaba formada por un teclado cuadrado del mismo material que el arca. Las teclas, cinco filas por cinco columnas, formaban un texto que había visto a menudo en las iglesias y en las mansiones templarias, del que nunca había entendido el significado.

S	A	T	O	R
A	R	E	P	O
T	E	N	E	T
O	P	E	R	A
R	O	T	A	S

Lanzó la pala violentamente al suelo y levantó bruscamente los brazos, en un gesto de maldición. Se quedó algunos segundos con la boca abierta y la expresión vacía. Después se metió en el ábside y observó los ojos bondadosos de su mulo. Estaba ya oscuro, tenía que pernoctar allí.

Antes de la puesta de sol, Giovanni y el padre Agostino habían llegado a casa de Terino, en el barrio pobre de detrás de la muralla. La casa, seguro que mal acondicionada, estaba apoyada en la muralla, lo cual era un recurso utilizado por todos en ciertos arrabales de mala reputación aunque estuviera prohibido, porque así se ahorraban los materiales de construcción en una pared. Tenía dos plantas, la estructura era de vigas de madera y las paredes del piso de arriba estaban hechas de piedras unidas con mortero. El segundo piso, donde vivía Terino da Pistoia, era más una chabola que una casa, tablas y restos de material de carpintería clavados a la buena de Dios, probablemente por él mismo, parásito del a su vez parásito del piso de abajo.

Se subían las escaleras de piedra hasta el primer piso y después una escarpada escala de madera, de esas que en el campo se usaban en los pajares, permitía acceder a una galería donde las vigas de carga sujetaban un techo de abeto mojado. La puerta estaba cerrada por dentro, pero sería fácil abrirla porque no tenía bisagras propiamente dichas, sino que giraba sobre anillas de hierro alrededor de un asta metálica fijada a la madera de la pared. Antes de llamar, con la mano derecha en la empuñadura de su puñal, Giovanni había acercado la oreja a la puerta para oír si el dueño de la casa estaba dentro. Estaba nervioso, advertía una vaga sensación de peligro y la conversación que debía afrontar ciertamente no sería una charla amistosa.

Había oído el ruido de un taburete al ser movido o algo parecido. Luego el ruido sordo de un objeto pesado en el suelo, después ya nada, pero al poco sonó un prolongado crujido de vigas rompiéndose. Con un gran estrépito, toda la chabola había sufrido primero una sacudida y después finalmente se había derrumbado. Giovanni y el padre Agostino apenas habían tenido tiempo de lanzarse boca abajo al suelo protegiéndose con un brazo la cabeza. Se había caído sobre ellos parte del techo, con trozos de la pared a la que estaba unida la puerta. Cuando todo acabó, apartando las tablas que les habían caído encima, se habían levantado los dos con dificultad y habían salido de entre los escombros, contusionados pero sin nada roto. Después habían oído un lamento bajo las cañas y la tierra del techo que había cubierto el espacio donde antes estaba la casa de Terino. Se habían apresurado a excavar con las manos, apartando a puñados hierba, cañas y trozos de madera, y al final habían encontrado al presunto sicario tumbado boca abajo, con una soga al cuello y, en la espalda, partida en dos pedazos, la viga de la que había colgado la cuerda. Por tanto, había intentado colgarse y solo se había salvado por su impericia como carpintero o por la deficiente calidad de los materiales de construcción de la casa.

Mostraba un feo espectáculo con el rostro cubierto de quemaduras, pero la cicatriz en forma de ele invertida en la mejilla derecha aún se le notaba, siendo esta la única señal que permitía reconocerlo. Estaba confuso y balbuceaba frases inconexas. Giovanni había encontrado algo que parecía una mesa, la había limpiado de escombros, había hallado una carta y la había abierto: era el mensaje con el que el aspirante a suicida le comunicaba a Ester la decisión de acabar con su vida. Mientras tanto, el padre Agostino le había quitado la soga del cuello. Decidieron llevarlo a la rectoría donde estaba alojado el sacerdote, para que se recuperara y después interrogarlo.

—Mi pequeña casa... —lloriqueó Terino volviendo la vista hacia lo alto para mirarla por última vez cuando se lo llevaban.

Giovanni y el boticario de Pomposa cruzaron una mirada, casi desilusionados. Uno a veces se imagina el mal con aspecto diabólico, y en cambio a menudo tiene la cara de un idiota que ha matado a alguien por la misma razón por la que otro hace pan. El único rasgo diabólico de Terino era su rostro quemado, con esa marca luciferina en la mejilla derecha.

Ne l'un t'arimi... («En el uno te escondes tú...»), el uno, el alfa de los griegos, la A. Metió cuatro dedos en las cuatro A; tampoco esa era la combinación correcta. *E i dui che porti* («Y los dos que llevas»), dos querubines con dos alas cada uno, cuatro alas en total... ¿O no? Los serafines tienen seis alas por cabeza, ¿cuántas tendrán los querubines? Y también de O, de E, de T y de R había cuatro en el palíndromo del SATOR... ¿O acaso una clave era la tau representada en la losa de piedra? *Badi me' s'ò qualcos'i' che chiedo ch'è persa...* («Fíjate bien en lo que digo que se ha perdido...»), pero a continuación faltaba el último eneasílabo, que quizá sugería algo importante. No lograba ni conciliar el sueño ni resolver el enigma. Y el frío de la noche era cortante. Seguía lloviendo, detrás del monte se veían rayos que, junto a los siniestros aullidos en la distancia, lo tenían en ascuas.

Tuvo un momento de desaliento; a él le había sido concedido encontrar el valioso féretro, con el arca de la alianza, quizá, o con los restos del sepulcro de Cristo y los huesos de la Magdalena, como había dicho el viejo Dan. Y él conocía las historias de los caballeros de las novelas francesas: solo a los más puros de entre ellos les era dado acceder al Grial o al objeto mágico de la fábula, fuera el que fuera... Pero si había llegado hasta allí no era por casualidad, el divino se le había manifestado varias veces durante el trayecto de la manera acostumbrada, *per speculum et in aenigmate,* y al final había encontrado incluso la sagrada reliquia... Pero no sabía cómo abrirla y se preguntaba si era él el predestinado, y *a qué* estaba predestinado exactamente. Se sintió culpable, quizá no había sido lo bastante puro, por los cristianos que había matado en las guerras de Italia, o bien por Ester y por los pensamientos de concupiscencia que tuvo aquella noche con ella y durante toda la semana siguiente. Había pecado de pensamiento si no de obra, y quizá por omisión... Se arrodilló, le pidió perdón a la noche o a quien fuera por ella... Por su padre, por su madre, por sí mismo. Rezó agradeciendo haber recibido el privilegio de acceder al misterio, de ser objeto de elección, pese a ser indigno receptáculo de la gloria de Dios.

Se esperaba ahora un destello, una intuición que le desvelara la combinación de letras que haría que se accionara el dispositivo y se abriera el pesado recipiente. Cerró los ojos. «Cuando los vuelva a abrir, lo primero que veré será el signo de la voluntad divina». Los abrió de nuevo y vio su pala. Entonces supo qué debía hacer: cogió la herramienta, alargó el mango retráctil, la empuñó con las dos manos, la levantó sobre su cabeza y respiró profundamente. Cogería impulso para golpear la caja de piedra con la máxima fuerza posible, la rompería y así habría devuelto finalmente a la luz su contenido. Dudó un instante, con la pala encima de su cabeza.

Precisamente en ese instante cayó un rayo sobre un roble a pocos pasos de la iglesia. Bernard, completamente empapado, de pie con la pala en las manos, se sintió como un ciprés recorrido por una violenta descarga eléctrica, poseído por los númenes celestes, atravesado por un rayo de la energía que mueve los planetas y las estrellas.

Fue solo un instante.

En ese instante el tiempo se detuvo. Lo que después recordó haber visto le pareció la sincronía de cada tiempo en el que todo es contemporáneo a todo, el pasado es futuro, el futuro es pasado, y el uno y el otro no son más que ilimitado presente... Vivió simultáneamente su propio nacimiento y su muerte, la batalla de San Juan de Acre, el momento en el que la espada le atraviesa el hombro y ve cómo muere el mar, los diligentes cuidados de Ahmed, las guerras en las campañas italianas, el peso de la carretilla con el arca encima y el viejo Dan a su espalda en los muelles de Corfú...

Todos los hechos de su vida coeternos, coexistentes y para siempre.

Lo entiende todo y ve simultáneamente la historia de los hombres. Ve el mar Rojo que se abre, Moisés en el Sinaí, César que se envuelve en su capa y se postra bajo la estatua de Pompeyo, y las cruces sobre el Gólgota, Mahoma en Yathrib, Carlos el Grande y el águila en Aquisgrán... Ve tres naves que surcan el mar Océano y repiten la aventura de Ulises más allá de las Columnas de Hércules, don Cristóbal que besa la nueva tierra y Dante que la sueña, en el mar de las antípodas, el purgatorio de los europeos... Ve la Europa de las naciones bañada en sangre, la cabeza del último Capeto frente a su palacio en la mano de un verdugo, el último papa rey asediado en el Vaticano, y batallas furibundas en las inmediaciones del Rin, máquinas de guerra devastadoras enterrando soldados en las trincheras de Verdún... Ve dos águilas, la una contra la otra. Una regresa a Europa procedente del nuevo mundo, y lleva la inscripción *e pluribus unum*... La otra, heredera del Imperio antiguo, está sobre la estrella con las cuatro gemas, las cuatro hoces exterminadoras... «Borrar lo distinto», le parece que dice... Después cosas confusas en un después contemporáneo, Europa en paz, el corazón franco y alemán del Imperio universal que vuelve a latir al unísono como en el sueño de Carlos Martel y de Dante, un *praesidens* del nuevo mundo hijo a la vez de Cristo y de Mahoma... Y otras guerras espantosas en las que el mal se destruye a sí mismo, hasta llegar a la paz entre los pueblos del Libro, hasta la era luminosa prevista por las Escrituras en que a la gente se le revela la Ley...

Ve todo esto, y mucho más, en el eterno presente; ahora lo sabe, nada sucede, todo es... Como en un libro cuyas páginas son intercambiables, como en un poema infinito en el que cada verso sea fragmento y microcosmos del Todo y, en cualquier instante, lo contenga todo.

Estaba tumbado sobre la hierba mojada, al lado del arca del antiguo pacto. Había visto también, en ese instante eterno, que la cargaría sobre el carrito y se la llevaría consigo. Ahora lo sabía, era esa su tarea en el gran diseño: cerrar definitivamente la época en que lo divino se manifiesta a los humanos.

V

Ni robé el arsénico ni maté al poeta... —repetía continuamente.

Por el desván, desde lo alto, se filtraba un haz de luz violenta que le iluminaba el rostro deforme; todo el resto estaba envuelto por las sombras. Giovanni permanecía de pie detrás de la silla a la que lo habían atado y el padre Agostino estaba sentado a la mesa frente a él. Al de Pistoia le molestaba visiblemente ese deslumbramiento.

—¿Qué queréis de mí? Podíais haberme dejado morir...

Al médico y al fraile se les escapó involuntariamente la risa.

—Cuando nos digas la verdad podrás utilizar una de las vigas de este techo, que seguramente son más sólidas que las de tu casa. A propósito, de todos los momentos en que habrías podido hacerlo, ¿tenías que elegir precisamente cuando nosotros llegábamos?

El padre Agostino estaba perdiendo la paciencia. Al principio lo había intentado por las buenas, pero Terino no hacía más que negarlo todo, contra toda evidencia.

—Ya he dicho la verdad: no robamos el arsénico y...

—¿Entonces? ¿Se fue solo desde la botica al refectorio? —gritó el padre Agostino poniéndose en pie y dando un puñetazo sobre la mesa.

—No lo robamos, lo compramos... El boticario no estaba, había un chico...

—¿Qué?

—Nos pidió un precio altísimo, me acuerdo bien. Yo quería ponerme a regatear, pero Cecco estaba muy nervioso y me dijo que abreviáramos, que pediríamos que nos reembolsaran los gastos...

El sacerdote se derrumbó en su silla como atontado.

—Chico idiota —dijo, y después lo repitió más de una vez—. Que su alma descanse en paz —añadía cada vez.

Pensándolo bien, el arsénico no era lo único que había desaparecido de su tienda; a veces había tenido la impresión de que el contenido de los frascos de esencias y de aromas que tenía en los estantes disminuía sin motivo aparente más de lo debido, pero siempre se había tratado, hasta ese momento, de cosas sin importancia, y había hecho la vista gorda.

Su aprendiz era casi negado para el oficio, y su sentido de la responsabilidad era el de un niño de tres años. Sin embargo le tocaba tenerlo a su cargo, porque era uno de los sobrinos de Ferrara del padre Fazio. En la abadía más de uno rumoreaba, dada la enorme semejanza de algunos de estos con el sacerdote, que no se trataba precisamente de sobrinos. Por ese motivo había evitado profundizar cuando había tenido la impresión de que alguna cosa inocua había desaparecido de la tienda, pero le había dicho mil veces al chico que estuviera muy atento. Le recordaba casi cada día que no debía de ningún modo tocar los compartimentos de la estantería, y hasta entonces no había sucedido nada relevante. Pero cuando desapareció una ampolla entera de un preparado mortal a base de arsénico, evidentemente se alarmó e interrogó al lego, que lo negó todo y dijo que había estado en la tienda durante todo el oficio y que no había recibido ni una sola visita. Tenía de él una opinión tan baja que no lo consideraba capaz de delitos que excedieran la negligencia y el pequeño hurto, pero tenía que haber supuesto al menos que poseía un poco del olfato y de la astucia del mercader; los necesarios para valorar instintivamente, si no otra cosa, la importancia para el comprador del producto que le estaba vendiendo. «La astucia de un mercader combinada con la inteligencia de un pavo», pensó. ¡De modo que había vendido a los dos sicarios el veneno con el que lo habían matado a él mismo!

—Pero al poeta —continuó Giovanni interrogándole— ¡lo envenenasteis vosotros, eso no puedes negarlo!

—¡Qué va! —respondió Terino.

—¿Para qué comprasteis entonces el arsénico?, ¿para depilaros?

—Queríamos matarlo, sí, pero no lo logramos...

—¡Podíais haber intentado colgarlo en tu casa, si era tan difícil matarlo con el veneno!

—¡Toda la culpa fue de Cecco! —aclaró Terino—. Estaba tan nervioso que solo pudo vaciarle la ampolla en el vaso de vino la primera y única vez que le sirvió el *sangiogheto,* pero el poeta no bebió ni una gota. Nosotros pasamos todo el tiempo proponiendo brindis, por la federación de los municipios de Italia, por la unidad y la gloria del Imperio, por el futuro de Europa, por la edad del Espíritu; ya no sabíamos por qué brindar... ¿Cuál fue el resultado? Al final nosotros estábamos borrachos, pero su vaso de *sangiogheto* envenenado continuaba intacto sobre la mesa, tal como se lo había llenado Cecco al comienzo de la comida. O el poeta era abstemio, o era más listo que el diablo, o había hecho votos de no pecar de gula, ¡vete a saber...! Nos sumamos a la delegación para volver a intentarlo, pero no tuvimos más ocasiones; los venecianos acapararon su compañía y no nos dieron la posibilidad de volver a verlo. Así que o lo envenenaron ellos o murió realmente de malaria. Esto es todo lo que sé...

Ya. Tal vez se había tratado nada más que de una hipótesis suya equivocada; por otra parte Giovanni no había tenido la posibilidad de examinar el cuerpo de Dante más atentamente, y los síntomas que había advertido podían deberse también a otras causas. Su circunstancial diagnóstico hacía aguas por todos lados... ¿Había pues investigado un crimen que no se había producido? ¿Tenía entre las manos solo al ejecutor material de un homicidio fallido?

—¿Por qué queríais matarlo? —preguntó.

—No es que quisiéramos, nos encargaron que lo hiciéramos y que robáramos el poema; a cambio de una abundante recompensa, claro está... Como después el poeta murió de todas formas, intentamos hacer creer que nuestro intento había salido bien: entramos en casa de Alighieri y robamos el autógrafo, yo me presenté ante el que nos había encargado el trabajo, le entregué aquello de lo que nos habíamos apropiado indebidamente y le pedí la cifra pactada. Él, sin embargo, intentó estrangularme y pegarme fuego, así que estoy vivo de milagro, solo porque me tiré a un pozo... A mi socio le fue peor...

—¿Quién es el que os encargó matarle?

—Ah, eso no puedo decirlo de ningún modo. Lo único que espero es que crea que estoy muerto...

El padre Agostino se había derrumbado sobre el escritorio, exhausto; ya no sabía qué pensar. Se dijo que en el fondo toda esa historia ya no le interesaba. El sobrino del padre Fazio había intentado engañarlo, pero al final se había engañado a sí mismo, e incluso lo había pagado demasiado caro. Se había bebido el vino y el veneno destinados a Dante, sin preguntarse siquiera para qué serviría el arsénico que había vendido a los dos falsos franciscanos... Enfrente de él estaba un tipo que podría ser acusado de un crimen que ni siquiera sabía que había cometido. Estaba tan inmerso en un remolino de idiotez animal que dudaba que todo lo que había oído tuviera relación con la especie a la que a veces estaba tan estúpidamente orgulloso de pertenecer.

—Giovanni, vuelve a llevarlo a la celda, por favor —dijo—. Volveremos a interrogarlo mañana, porque ahora otra confesión parecida a lo que hemos escuchado hace un momento podría matarme...

Aunque tenía gran curiosidad por conocer el nombre de la persona que les había encargado el asesinato, Giovanni hizo lo que le pedía el boticario de Pomposa: desató al detenido y lo volvió a llevar a la habitación del convento que provisionalmente habían habilitado como celda.

—¿A qué hora se cena? —le oyó gritar desde dentro cuando estaba girando por segunda vez la llave en la cerradura.

Le habían crecido el cabello y una larga barba blanca, y parecía haber envejecido cien años después de la larga noche de Dodona. Cuando se había visto reflejado en el agua del río, se había encontrado increíblemente parecido al ermitaño que vivía en las laderas del Tomaros. Había cargado en el carrito, renunciando definitivamente a abrirla, la enorme caja que había encontrado en la basílica en ruinas. El peso que arrastraba el mulo era tan enorme que al poco de ponerse en marcha tenía que pararse a descansar, por lo que el regreso corría el riesgo de ser lento y fatigoso. Quería volver a hacer el mismo trayecto, con las mismas etapas que a la ida y, aunque era mejor prever una parada más, la primera noche quería pasarla en la caverna del viejo anacoreta para no correr demasiados riesgos. Después le pediría a él indicaciones para realizar una etapa intermedia. Así fue como forzó a su mulo todo lo que pudo, pero al final consiguió llegar a la gruta antes de que fuera de noche.

El lugar mostraba un aspecto extraño: del ermitaño no había ni rastro en los alrededores y la entrada no es solo que estuviera cerrada, sino que estaba cubierta de zarzas y matorrales, como si hiciera mucho tiempo que ese refugio no estaba habitado. Se asustó; en un primer momento pensó que su visión en la llanura de Dodona había durado un siglo, o que el espacio y el tiempo se habían deformado irremediablemente de modo que la ida y la vuelta tenían lugar en dos épocas distintas. Sin embargo después recordó que ya había vivido esa escena y se esforzó por recordar los detalles.

Enseguida empezó a arrancar las matas que obstruían la entrada de la gruta, ayudándose con la espada. Después se concentró en empujar la gran piedra circular que la cerraba, hasta que logró abrir un paso para entrar con el mulo y el carro. Hecho esto, encendió un fuego cerca de la entrada para iluminar el interior de la caverna. Ya sabía que vería los dos jergones donde habían dormido, uno al lado del otro, dos noches antes; sobre el del viejo estaba tendido un esqueleto con las manos sobre el pecho. Pero ¿qué significaba? Parecía como si el anacoreta hubiese muerto mientras dormía y se hubiera estado descomponiendo en la gruta alrededor de medio siglo; lo cierto es que si hubiera muerto en los dos últimos días no habría podido quedarse tan rápidamente en los huesos, ni tampoco habría sido posible que un entramado tan tupido de matas hubiera llegado a obstruir de ese modo la entrada de la caverna. Así pues no tenía ciento cincuenta años, sino que había muerto mucho tiempo antes. ¿Y si había hecho que lo encontrara vivo tan solo para salvarlo de los lobos?... O bien él se había equivocado de caverna..., o bien todo era una broma, y había sido el viejo el que había colocado el esqueleto y las zarzas antes de esconderse en algún sitio, quizá para hacer que pareciera un milagro y ser venerado como santo...

Pero estaba cansado y no tenía ganas de pensar, de modo que tras cerrar la entrada de la caverna se tumbó cerca del esqueleto e intentó dormir. El fuego languidecía, se estaba apagando. Miró el cráneo que tenía delante. ¿Era él? Le dio las buenas noches y le dio las gracias por todo. «Antes de existir —pensó— no hay nada de nosotros; en cambio, después nuestros restos pueden durar mucho más que nosotros. Pero, por supuesto, antes y después son los modos en que en la tridimensionalidad de nuestro espacio se percibe la simultaneidad del ser sin dimensiones». Conservaba un vívido recuerdo del momento en Dodona en el que había vivido toda su vida en un instante, asociado al estado de ánimo que la experiencia le había dejado: una sublime indiferencia hacia su propio destino, que ahora conocía. La angustia por el paso del tiempo, la mortificación de tener un final y deber a cualquier precio encontrarle un sentido a la vida antes de llegar a él..., todo esto se había disuelto como la nieve bajo el sol. Bernard se había quedado completamente en calma, una calma que no era humana. Ya no deseaba nada, excepto que pasara lo que tenía que suceder. De todo lo que había vivido en ese momento, su historia en la historia de los hombres, tan solo había una cosa que no recordaba para nada, y era su propia muerte. Sabía que moriría, es cierto, pero no recordaba cómo. Le pareció extraño, pero concluyó que era mejor así: eso quería decir que su muerte no sería especialmente significativa. Dio las buenas noches a la calavera, se volvió de espaldas y se quedó dormido.

En los días siguientes, desandó el camino que había recorrido a la ida. En la aldea encontró al dueño del mulo, que lo acompañó dos días a lo largo del Cocito hasta la confluencia con el Aqueronte, para después volver atrás con el mulo y el carro. En Ephyra encontró a Spyros, que subió a su barca la pesada carga y navegó directamente hasta Corfú. Allí encontró a Daniel, que estaba organizando el regreso a la Apulia, donde tenía que resolver aún algunos negocios. Después tenía que pasar por los Abruzos y por la Marca de Ancona, y continuar desde allí hasta Bolonia. Todo el viaje duraría aproximadamente un mes. Si Bernard tenía tiempo y paciencia, podía ir con él...

Giovanni estaba desilusionado, pero pensó que no debería estarlo, que en el fondo era mejor así. El poeta presumiblemente había muerto a causa de las fiebres de los pantanos, como su amigo de tiempo atrás, Guido Cavalcanti, amado y odiado. Él había investigado un crimen que no había tenido lugar, y al final había encontrado cosas bien distintas: un suicida frustrado, los trece cantos perdidos del *Paraíso*, a su padre y a su hijo, a Gentucca y un misterio oculto en el poema que era el enigma que por encima de todo le urgía resolver... Pero era posible que todas las investigaciones fueran así.

El crimen no es más que un pretexto, y por otra parte hallar un culpable no restablece jamás el equilibrio, la víctima no resucita cuando se encuentra al asesino. ¿La justicia? Algo más profundo que la venganza, que usurpa su nombre. ¿Castigar al culpable? Cierto, debe hacerse para desalentar el crimen, pero engañarse con que el castigo compensará la culpa es solo una manera de no ver, de olvidar que el mal está aún fuera, a pesar de todo. Entonces, ahora que había descubierto que no había habido ningún crimen, ¿había acabado la investigación? Averiguar quién era su padre para saber quién era él, eso era lo que en realidad le importaba. ¿Qué significado tenía ese complejo misterio de los números y de los eneasílabos? ¿Conocía Dante realmente el secreto profundo de la justicia divina, los términos últimos del pacto entre Dios y Moisés, entre Cristo y los hombres? ¿Algo que lo habría inducido, en un cierto momento de su vida, a escribir el poema de los estados del alma, de ese más allá que él describe, en el que cada ser humano es fijado en un acto definitivo, repitiendo eternamente el gesto terrenal que lo ha salvado o condenado para siempre? Como en aquellos personajes que parecen monumentos: Vanni Fucci haciéndole un corte de manga a Dios antes de transformarse en reptil, expresando con ese gesto toda su vida llena de resentimiento; el noble gibelino Farinata y el padre de Guido Cavalcanti con su ateísmo, que le lleva a creer que la vida lo es todo; el conde Ugolino, cogido en el arrebato de furia en el que muerde la calavera del arzobispo Ruggieri; Paolo y Francesca, que pecan y lloran, se aman y saben que la suya es una culpa de la que no pueden prescindir... Estatuas esculpidas en el momento decisivo, en el gesto que ejemplifica la condición y la condena. Parece casi que un gesto, uno solo, un instante de nuestra vida se dilate hasta la eternidad, y en este eterno devenir suyo revele definitivamente quién somos. ¿Qué ven los poetas que nosotros no vemos?

Fue solo a la celda de Terino, entró y cerró la puerta con llave.

—Dime quién es el que ordenó el crimen fallido y te dejo libre.

—No puedo, tengo que guardar el secreto.

—¿Tienes que respetar un pacto con alguien que no lo ha mantenido contigo? Es más, ¿con uno que en lugar de pagarte ha intentado matarte?

—Soy un hombre de palabra.

Le mostró un florín de oro, después dos, al final tres.

—Se puso en contacto con nosotros un caballero, un extemplario...

—¿Un extemplario?

—Todos estábamos más o menos relacionados con el mundo de los templarios, incluso Cecco y yo habíamos trabajado para la orden... Nunca estuvimos en ultramar, pero el jefe sí, hace mucho tiempo... Incluso antes de que la orden se disolviera a nosotros nos daban los trabajos sucios, los que un caballero nunca hubiera podido llevar a cabo sin correr el riesgo de comprometerse. ¡Qué sé yo, hacer desaparecer objetos, matar a un personaje incómodo, contrabando de poca monta, los cobros de los préstamos que ahogan, las amenazas a quien no quería pagar... Somos los obreros del Templo, tan solo debemos obedecer...

—¿Incluso matar si os lo ordenan?

—¿Qué diferencia hay? Hemos jurado por Baphomet obediencia eterna...

—Pero ¿por qué deseaban los templarios la muerte de Dante?

—No lo sé, había que impedir a cualquier precio que acabase el poema que estaba escribiendo y hacer desaparecer lo que el poeta había escrito ya, pero no sé por qué; no tenemos costumbre de plantear demasiadas preguntas, cumplimos y basta...

Claro, los templarios. ¿También había hecho mal en confiar en Bernard? Además ese amigo suyo, Daniel, con quien en un determinado momento había desaparecido, era un extemplario... ¿Había algo oculto? ¿Estaba intentando el poeta revelar a través de un mensaje codificado el secreto de los caballeros del Templo en contra de la voluntad de estos, quienes, en cambio, se esforzaban por mantenerlo oculto? Si era así, ¿por qué les habría contado Bernard a él y a Bruno la historia de los nueve eneasílabos? ¿Se trataba de una pista falsa o es que también Bernard permanecía ajeno a todo y lo único que quería era ni más ni menos que lo que había dicho: simplemente descifrar el mensaje para encontrar las huellas de la alianza, ya que su fe vacilaba y necesitaba pruebas? Eso le había parecido, pero a veces nos equivocamos, pues las primeras impresiones a menudo son falaces. Todos esos interrogantes sin duda estaban destinados a quedarse sin respuesta, porque él ahora tenía que ocuparse de su familia reencontrada y no podía dedicarse a averiguar más sobre este caso. Tal vez los números y los versos escondidos solo eran fruto de la imaginación de Bernard, y él y Bruno simplemente se habían dejado sugestionar, quizá no tenían nada que ver con el crimen frustrado. Nunca lo sabría, o quizá algún día, pero sería por pura casualidad... Estamos en una selva oscura en la que vemos fragmentos de verdad; nuestro entendimiento siempre es incompleto. La mayor parte de los eventos decisivos para nuestra vida sucede fuera de nuestro campo de percepción: alguien en otra parte decide algo que cambia el curso de los eventos e influye sobre lo que somos.

De esta experiencia le quedaría el final recuperado del gran libro, en el que Dante por un instante ve toda la verdad en el eterno presente y sale transformado:

> ... *Ma già volgeva il mio disio e 'l velle,*
> *sì come rota ch'igualmente è mossa,*
> *l'amor che move il sole e l'altre stelle*[1].

Desde entonces no hacía más que pensar en esos versos, y los repetía de memoria a menudo mientras camina-

---

[1] «... Mas a mi voluntad seguir sus huellas, / como a otra esfera, hizo el amor ardiente / que mueve al sol y a las demás estrellas».

ba por la calle. Cuántas cosas nos dice el poeta: que la felicidad es una armónica consonancia de instinto y razón, deseo animal y voluntad racional, cuando van al unísono, como los engranajes de un reloj mecánico; que acciona la máquina la misma energía cósmica que mueve los planetas; que dicha energía se llama Amor y los hace rotar en sintonía con el Todo; que la felicidad es un dulce abandonarse a dicha fuerza cósmica, un liberarse de los deseos que erróneamente creemos desear, para no obstaculizar el movimiento e incluso secundarlo, dejarse mover por la potencia que mueve las estrellas. ¿Qué ven los poetas que nosotros no vemos?

Liberó a Terino y le entregó los florines que le había prometido.

—En Florencia —le dijo al despedirse— conocí a una muchacha que te amaría aunque seas pobre y estés desfigurado. Se llama Checca, vive en San Frediano, tú ya sabes quién es. Con este dinero podrás pagarte el viaje, ir a verla y pedirle disculpas. Podrías hacer feliz a alguien...

—¿Feliz? —preguntó Terino arrugando su nariz medio tostada—. ¿Aún hay alguien que crea en la felicidad? ¿Qué es la felicidad?

Giovanni no lo pensó ni un segundo:

—Desear los deseos de otro... —respondió.

La habían cargado en una enorme carretilla con una sola rueda, y Bernard había estado varias veces a punto de desequilibrarse hacia un lado y hacer que cayera.

—Hagamos una pausa, detengámonos un momento aquí —dijo en cuanto llegaron al puerto.

Estaba cansado y se sentó en un banco de piedra a recuperar el aliento. Daniel le señaló el muelle donde estaba amarrada su nave, que no quedaba muy lejos. Tal vez tenía prisa, pero Bernard recordaba bien dónde se había sentado. A esa hora no se veía un alma, pues cuando anochecía los trabajadores del puerto lo dejaban todo y se iban a cenar. Gordas gaviotas, acurrucadas sobre la piel del mar, de vez en cuando alzaban su vuelo.

Miraba la superficie azul con expresión melancólica, mientras Daniel permanecía a su espalda preguntándole qué era eso tan importante que había en la caja. Entonces Bernard le contó a grandes trazos el viaje que había hecho siguiendo las pistas que había hallado en el poema, y le habló acerca del Infierno y de que había visto a Dios.

—Es todo verdad —añadió—, todo lo que narra el gran poema es verdad. Este instante existe siempre.

Sin embargo Daniel sospechaba que la caja, por lo cerca de sí que la mantenía Bernard, debía de contener un tesoro.

—Entonces, ¿Dante era un gran maestre? —le preguntó finalmente a Bernard.

El de Saintbrun se echó a reír.

—Alguien lo mató y tengo que investigar el crimen; a los sicarios ya los he encontrado, Cecco da Lanzano y Terino da Pistoia, pero debo encontrar a quien les ordenó que lo mataran.

—Pobre imbécil —dijo Daniel a su espalda.

Notó una punzada tremenda en la espalda, vio la punta de la espada de Dan salir ensangrentada por su pecho, bajo el hombro derecho...

—Este es el motivo —tuvo tiempo de pensar— por el cual en Dodona no he visto mi muerte, porque he confundido las dos escenas: dos veces el mismo final... —Incluso reconoció la espada, le pareció que era la misma—. ¡Pobre Daniel, cómo te has hundido en el cieno...!

Después ya no pudo pensar en nada más, y le invadió una inmensa sensación de paz...

Respiró el perdón de Dios. En los ojos, para siempre, ese escorzo de mar que moría.

Daniel lo cogió por debajo de las axilas, lo arrastró al borde del dique y lo tiró al mar. Después, intentó forzar la caja con la espada, sin conseguirlo. Entonces la dejó caer de la carretilla: el arca se rompió y se hicieron pedazos también dos grandes placas de piedra negra que había dentro, con unas inscripciones de oro en un alfabeto que no conocía.

—¡Vete al diablo tú también! —dijo entonces, y lo tiró todo al mar.

Se marchó desilusionado, con la espada sucia y la carretilla vacía.

VI

La edad de las profecías se cerró con Cristo —dijo el dominico desde el púlpito, y lo más jugoso de su discurso había sido que el divino, manifestándose enteramente con la revelación, no tiene nada más que decirles a los humanos. Todo está escrito ya en los libros sagrados, el resto es glosa y comentario.

Giovanni meditaba sobre esas palabras y reflexionaba sobre los tiempos en que le había tocado vivir mientras regresaba a la posada, dando un rodeo en su camino porque tenía muchas ganas de pensar.

—No hay nada que añadir a la Palabra hecha carne, muerta en la carne y en la carne resucitada —había proclamado el lebrel de Cristo.

La santa Iglesia de Roma, heredera de los apóstoles, era la depositaria exclusiva de las Escrituras. Palabra viva, baluarte contra las tinieblas, el mal, el espíritu de negación. El predicador había sido enviado a Bolonia como legado pontificio para pronunciar palabras de fuego contra la depravación herética. Se había apasionado en concreto a propósito de los religiosos franciscanos embebidos de doctrina joaquinita, que declaraban iniciada la edad del Espíritu tras las del Padre y del Hijo, una era de renovación posterior a las del Antiguo y del Nuevo Testamento que reabría el espacio de la escritura sagrada. En efecto, para ellos había comenzado ya con Francisco de Asís la última época de la historia humana anunciada por Joaquín de Fiore, a quien consideraban un profeta en toda regla. También Dante, que lo había puesto en el Paraíso diciendo que estaba dotado de *espíritu profético,* había sufrido la fascinación de las teorías del abad calabrés... Por el discurso del dominico parecía, en cambio, que la Iglesia hubiera cerrado definitivamente la puerta de entrada a toda obra inspirada: ya no hay profetas, ya no hay nada original que pensar, solo está Cristo, la Palabra revelada. Lo esencial ya ha sucedido, todo lo demás es una nota al margen.

Después de la misa se había despedido del padre Agostino, quien le había reprochado que hubiera liberado a un peligroso criminal como Terino. Pero Giovanni no se había sentido capaz de entregar al de Pistoia a la justicia. Lo habrían torturado, lo habrían inducido a confesar cualquier cosa, incluso delitos que nunca había cometido, y finalmente lo habrían ajusticiado.

—En cualquier caso, lo mismo se ahorca él solo, sin coste alguno para la administración municipal...

—Pedidle perdón al Señor por vuestra presunción...
—había replicado el boticario de Pomposa. Pero él ya había pedido perdón por anticipado al cielo y a la energía que lo mueve.

¡Qué época la suya, la que se había abierto con Francisco de Asís y se había cerrado con Dante! Una época de extraordinario fervor, pero también de irresolubles conflictos. Ahora parecía que el papa de Aviñón quería acabar para siempre con la idea, que también estaba en el fondo de la *Comedia,* de que cada cristiano tiene una relación privada con lo divino. Una idea que había producido avances en la fe, como los de san Francisco y san Buenaventura, y creaciones como las grandes catedrales y la obra poética de Dante, pero también doctrinas extremistas y excesos devocionales, hasta tal punto que a veces parecía que cada loco visionario, cada charlatán víctima de sus propias alucinaciones estaba destinado a vomitar en la plaza pública sus nuevas profecías de renovación y apocalipsis. La Iglesia se esforzaba por contener tan peligrosos entusiasmos, pero para lograr ese fin buscaba mediar en todo acceso a lo trascendente. Cada profecía es profecía de Cristo, y con la Encarnación toda profecía ya está cumplida. Ha concluido la edad de la Escritura, y de ahora en adelante todo lo que se escriba o se diga no será más que literatura.

A Giovanni le parecía que un remedio así era desproporcionado respecto al mal, como amputarse un pie para curarse una verruga. Ya no habría cátaros ni joaquinitas, ni siquiera un san Francisco ni un Dante. ¡Nada de edad del Espíritu! Era como si de esa forma la Iglesia exhortara en primer lugar a los hombres a ser materialistas, y solo formalmente religiosos. Parecería que la Iglesia afirmara: «Ocupaos de la materia, que en lo divino ya pensamos nosotros». De este modo, corría el riesgo de que el primer reformador religioso que impugnara a la Iglesia sobre la posibilidad de establecer una relación privada de cada cristiano con lo trascendente fuera capaz de suscitar un entusiasmo tal que la redujera a convertirse en una alternativa, es decir, o bien revestirse de humildad y reconocer un error, aunque sea dictado por un exceso de celo, o bien obstinarse y correr el riesgo de una ruptura irremediable, con la consiguiente renuncia a su propia universalidad.

Pero además hubo de admitir que no se trataba tan solo de las posiciones de la Iglesia. De hecho se estaba cerrando un mundo y se estaba inaugurando otro, la sociedad se había hecho materialista incluso antes de esperar la autorización explícita de la Iglesia católica. Aquella época era así. La gente estaba cansada de las ideologías, ya no había güelfos ni gibelinos, blancos o negros, agustinianos o aristotélicos, místicos o racionalistas... Se respiraba más bien un aire de resignación que flotaba en el ambiente, y se tendía a vivir al día. A partir de la vieja aristocracia se había formado una nueva oligarquía del dinero, y la sociedad, después de la gran apertura del siglo anterior, estaba volviendo a un estado de inmovilidad. Las pendencieras pero abiertas democracias municipales dejaban el campo libre a los nuevos regímenes oligárquicos de unas pocas familias, viejas y nuevas, que se concentraban alrededor de un señor, y el culto a la personalidad ocupaba el espacio vacío que habían dejado los grandes sistemas. Los poetas se concentraban en círculos bucólicos que no se interesaban por la política, cultivaban pequeños campos y se gratificaban únicamente con su propia pertenencia a la aristocracia de las letras. Se avanzaba hacia un mundo laico e indiferente a las grandes cuestiones, un mundo dominado por los negocios y consagrado a la inmanencia.

Tal vez tuvieran razón don Binato y aquel banquero florentino con su burda interpretación literal de la parábola de los talentos; quizá ellos sabían más sobre el nuevo horizonte de valores que estaba sustituyendo al viejo, y quizá era verdad que ya no habría ninguna unidad en el mundo cristiano, que la Europa soñada por Dante no existiría nunca... Tan solo existía una lucha sin cuartel de todos contra todos, una conflictiva colisión de egoísmos que se alimentaba a sí misma, y esa era, y sería, la historia de los hombres...

Cuando regresó más tarde a la posada situada en la zona del *Studium,* el posadero, con una sonrisa cargada de malicia, le había anunciado la visita de una mujer joven que había declarado ser su mujer, y le había dicho que para la ocasión podía poner a su disposición una habitación más adecuada a esa clase de encuentros clandestinos, evidentemente pagando un módico suplemento sobre la tarifa ordinaria.

Había pagado enseguida el suplemento, no tan módico como prometía el posadero, y había subido a la habitación.

—¡Perdona! —le había dicho Gentucca, poniéndose de pie en cuanto él entró.

—¡Perdóname tú! —contestó—. ¿Estás armada? —le preguntó acercándose a ella.

—Sí —dijo abriendo la mano y mostrando una piedra sucia de sangre—, pero ya no tengo intención de usar esta clase de armas... Mi hijo me pregunta continuamente por su padre, me ha contado varias veces tus nobles gestas en Rávena... Toma esta piedra, mantenla lejos... ¿Me has sido fiel durante todos estos años?

Había respondido que sí, sin dudarlo.

—Estos nueve años han pasado demasiado deprisa, y los he vivido como si todo el tiempo supiera que hoy nos volveríamos a ver aquí. Tenía la certeza que por lo general se tiene de lo ya pasado, de las cosas que han sucedido antes... Era una esperanza que tenía la consistencia de los recuerdos. No sé cómo eso es posible, y me atormenta. Quizá en algún que otro momento de debilidad te he deseado en otras mujeres, pero solo para después echarles en cara que no fueran tú; es como si hubiera vivido todo el tiempo esperando este momento, que ha llegado finalmente para dar sentido a mis días...

Pero eso no eran más que palabras, y ni siquiera le dio tiempo a pronunciarlas todas, pues mientras sonaban sus bocas se habían acercado tanto que no había espacio para que saliera la voz. Por un instante se quedaron así,

EL LIBRO SECRETO DE DANTE

inmóviles, inseguros, demasiado cerca como para poder mirarse bien a la cara, demasiado lejos para besarse. Dudaron, después se zambulleron el uno en la otra, y entendieron que ese beso estaba allí desde siempre, que también el tiempo se había detenido para que tuviera lugar.

Y todo volvió a empezar como si los nueve años transcurridos mientras tanto no hubieran existido.

Para ellos fue la segunda primera vez.

En los días siguientes Giovanni y Gentucca regresaron a Pistoia para acompañar a su casa a Cecilia Alfani y para vender la casa de Giovanni. Después estuvieron algunas semanas en Lucca para vender las propiedades familiares. Estuvieron lejos durante algunos meses y mientras tanto el pequeño Dante permaneció bajo el cuidado de Bruno y Gigliata. Cuando regresaron compraron una casa en Bolonia, y Bruno y Giovanni abrieron juntos una pequeña clínica basada en el modelo de los hospitales árabes, con algunas camas para la recuperación, un hogar para el enfermo como había pocos en Europa. Se granjearon algunas envidias, sobre todo por parte de los médicos boloñeses del *Studium*, que intentaron boicotearlos por todos los medios. Pero lograron hacerse con una clientela fiel, y los pacientes declaraban estar satisfechos con sus curas.

Gentucca se encontraba de nuevo embarazada; estaba convencida de que sería una niña y había decidido que la llamarían Antonia.

VII

E ster hizo todo el viaje mirándose en el espejo y
arreglándose ahora el cabello, ahora el maquillaje
de la cara. Sus niños dormitaban entre sobresalto y sobresalto del carro. Con ellos viajaban otras dos chicas más
jóvenes que ella y sin hijos, sentadas sobre su equipaje;
también estas se arreglaban a menudo el maquillaje y se
empolvaban la cara, otorgándole al rostro el color blanco
de una perla, como les gusta a los hombres. Hablaban por
alusiones para que los niños no las entendieran. Estaban
muy excitadas por este cambio decisivo en sus vidas. Ya
no trabajarían más en la inmundicia, ya no frecuentarían
a gente sórdida; la villa adonde iban se decía que tenía agua
corriente, un lujo de reyes. Se trataba de unos señores muy
ricos; a su servicio estarían bien, disfrutarían de todas las

comodidades, comerían caza y beberían *vernaccia,* el vino blanco de la Toscana, por no hablar de las garantías con que contarían en caso de accidente, pues con su oficio...

—¿Qué tipo de accidentes puede haber en tu oficio, mamá? —preguntó el pequeño Gaddo, que creía que su madre cuidaba a los enfermos.

—Puedes coger enfermedades que hacen que se te hinche la barriga... —respondió una de las dos chicas riendo.

—¿Hidropesía? —preguntó el mayor, Taddeo.

—¿Y qué pasa con la hidropesía, mamá? —preguntó de nuevo Gaddo.

—Llega un bichito que te hace *biri biri* en la tripita... —contestó Ester, y comenzó a hacerle cosquillas en la barriga.

Habían llegado a su destino a primera hora de la tarde. Daniel de Saintbrun había bajado de su caballo y había ido personalmente a abrir la parte trasera del carro. Les había ayudado a bajar y se habían encontrado en el jardín de una villa rodeada por una gran extensión de terreno, delimitado todo él a su alrededor por muros fortificados con puestos de guardia y guarniciones de hombres armados. Bonturo se había asomado a la puerta de la casa con cuatro criados. Había mirado a las tres mujeres como haría un carnicero con una partida de carne fresca, examinándolas con la mirada de la cabeza a los pies. Después había sonreído satisfecho. Hizo un gesto a un criado, que cogió a los niños y se los llevó con él.

—Estaréis muy cansadas del viaje —les dijo a las mujeres.

Otro criado acompañó a las señoras a sus habitaciones. Dos más descargaron el carro y se ocuparon de los equipajes.

—Entonces, Dan, ¿cómo va, viejo truhán? —preguntó Bonturo al francés cuando se quedaron solos.

—¿Satisfecho con la mercancía? —preguntó a su vez el extemplario.

—¿Era necesario traer a esa con los niños?

—Pruébala primero y después me dices si valía la pena...

Bonturo estalló en una gran carcajada y le soltó un golpetazo tremendo en el hombro.

—¿Y tú qué haces? ¿Te quedas aquí algunos días? —le preguntó.

—Ahora tengo que marcharme corriendo a la ciudad a ver al jefe, tengo un asunto urgente que solucionar, pero espero poder volver antes de la puesta de sol. Me gustaría beneficiarme a mamá Vagina esta noche, si no te molesta. Te dejo encantado a las más jóvenes, carne fresca... Y si quieres también a los niños... —Los dos comenzaron a reírse como locos de la broma—. He trabajado tanto en los últimos meses que creo que me merezco un poco de distracción... —concluyó.

Metió el pie en el estribo y se montó en el caballo.

Bonturo ni siquiera se despidió. Volvió enseguida a la casa a echar una ojeada a la mercancía.

Un criado lo acompañó arriba. Daniel fue conducido a la sala grande, donde don Mone lo esperaba ansioso, sentado al escritorio de siempre, con el ábaco y el papel de Fabriano.

—Todo bien —dijo el francés para romper el hielo, y sacó un montón de papeles donde estaban registradas minuciosamente las cuentas y los documentos de venta—. A casa de *messer* Bonturo he llevado tres fulanas que solo con verlas te resucitarán lo que tienes entre las piernas. Disfrutaremos, ya verás qué pascuas de resurrección... —añadió.

Pero don Mone no lo escuchaba, o eso parecía. Había empezado a repasar las cuentas y a apuntar cosas en una hoja. Había sido un excelente negocio y Daniel un buen servidor. Lástima que la orden hubiera sido disuelta. Con los templarios su empresa, ya con su abuelo y después en gran medida con su padre, había hecho negocios sustanciosos. Mediante el rey angevino de Nápoles, habían conseguido un puesto relevante en el aprovisionamiento de los cruzados, primero en San Juan de Acre y después en Chipre. Toneladas de grano de sus almacenes salían continuamente de los puertos de la Apulia cargadas en naves del Templo, exentas de impuestos, con el pretexto de abastecer a los caballeros. De ahí salía dinero limpio que nutría las cajas destinadas a la actividad crediticia. Don Mone lloró cuando recibió la noticia de que el Bello de Francia tenía la intención de condenar y disolver la orden. Tenían espías en la corte francesa de la época en que Felipe IV, para financiar sus campañas militares en Flandes y en Guyena, había requisado todos los bienes de los banqueros judíos e italianos. Pero habían quedado los Albizzi y Musciatto Franzesi, un viejo zorro, que habían intervenido oportunamente con préstamos al rey a cambio de algunos favores. Con el soberano de Inglaterra era otro asunto: le prestaban dinero con amplias garantías y a cambio les daba el contrato de los derechos aduaneros sobre las exportaciones de lana. Así podían mantener bajos los impuestos sobre la lana destinada a Florencia y altos los que se cargaban sobre la lana que se dirigía a otros lugares. El rey de Francia, en cambio, solo tenía su tesoro para ofrecer como aval, y parte de ese tesoro estaba depositado en las cajas del Templo. Su próxima víctima tenía las horas contadas...

Llevaban tiempo moviéndose: habían negociado la adquisición de todos los bienes inmuebles a los que habían podido meter mano de los templarios en Italia. Ya casi tenían firmados los documentos de compra cuando, en 1307, los jefes del Templo fueron arrestados en Francia. Ganando tiempo, esperaron a que cayeran los precios con la amenaza de la confiscación eclesiástica y corrompieron a viejos sargentos y tesoreros de la orden, comprando todo a precios bajísimos. Finalmente, pasado cierto tiempo, revendieron a precios de mercado, con lo que obtuvieron unas ganancias de vértigo. Daniel era el hombre que necesitaban, por sus viejas amistades, y había trabajado bien, obteniendo a su vez un gran provecho personal.

Llegó a las últimas páginas; todo estaba en orden, las ganancias habían sido inmensas. El último papel contenía una lista de gastos extra que don Mone tenía que reembolsar.

—¿Cecco d'Ascoli? —preguntó.

—No tiene nada que ver con lo demás —respondió Daniel—, le pagamos para que desacreditase la *Comedia* de Dante en Bolonia, e hizo un excelente trabajo...

Daniel sacó también el autógrafo del poema de Dante que sus hombres habían robado en Rávena. Lo dejó sobre la mesa, ante los ojos atentos de don Mone.

—Los otros gastos se refieren a las fulanas y al... asunto Dante... Alguien, ejem, lo sacó de la circulación, como se había ordenado, y después los asesinos también fueron eliminados... Aparte de eso, por casualidad, en Bolonia me encontré con un tipo que estaba al corriente, no sé cómo, del crimen... Tuve que matarlo también a él...

Sin duda se trataba de Giovanni Alighieri, pensó enseguida don Mone, ese maldito entrometido, ¿qué otro podía ser?

—Nadie —afirmó— te dijo que mataras al poeta, yo jamás te encargué hacerlo...

«¡Maldito hipócrita! —pensó Daniel—. Tú solo me ordenaste que no se finalizara el poema, hacer lo necesario para que quedara incompleto, o sea que ya me dirás cómo se hace para impedirle a un escritor que escriba... ¿Le cortas la mano derecha? Todavía podría dictarle su obra a algún otro... ¿Las manos y la lengua? A lo mejor aprendería a escribir con los pies...».

Don Mone se levantó, cogió el autógrafo de la *Comedia* y lo echó al fuego que ardía en la chimenea.

—¿Habéis podido al menos impedirle llevar a término la tarea?

—Sí, falta aproximadamente la mitad del *Paraíso*.

El anciano banquero se acercó a la ventana abierta y se puso a contemplar la ciudad de Florencia, con sus torres extendiéndose a sus pies. Reconocía cada casa, cada tienda, y todos los almacenes que le pertenecían. No, él, el viejo Mone, no había ordenado matar a Dante. Él había sido siempre un buen cristiano, sus relaciones con la Iglesia eran excelentes... Los negocios eran los negocios, los capitales se multiplicaban, también lo decía el Evangelio, pero ¡cuántos de sus beneficios habían acabado después como donación a la Iglesia! No había sido él, no, quien había pedido la muerte del poeta. Pero a veces, cuando eres un hombre poderoso, las cosas acaban así. Tus colaboradores deciden erigirse en intérpretes de tus deseos y van más allá de tus propias intenciones. Puede suceder, cuando eres alguien importante... «Al parecer era la voluntad de Dios», se dijo. Cierto que él se habría contentado con que Dante no hubiera escrito nada jamás. De hecho pensaba que ya había zanjado para siempre sus asuntos con él cuando, con sus amigos güelfos negros, había decidido su expulsión de la ciudad... Lo había hecho por el bien de Florencia, más que por animosidad personal: el poeta era un exaltado, en los consejos ciudadanos repetidamente se había metido en asuntos que le quedaban grandes, como todas las veces que se opuso a enviar las tropas florentinas al papa, que las había solicitado... Hombre de paz, una cabeza llena de bellas ideas, pero no entendía nada de los asuntos de su época, no imaginaba ni siquiera remotamente cómo funcionaba el mundo de los negocios... «Nosotros mantenemos con el papa un acuerdo especial, tenemos créditos que cobrar, no opera también en esta tierra, lentamente, sin llamar la atención; pretende que la propia historia de los hombres... premiará a la larga a quienes lo merezcan, a los que hoy parecen vencidos, que habrá salvación en esta vida, aunque los justos perdedores de hoy probablemente ya no lo verán... Que el odio muere con quien odia, pero que el amor prosigue su obra paciente...

»Yo muero, mis propiedades se dispersan, y en cambio la *Comedia* permanece...».

Tuvo un ataque de ira. «Es falso, gente, observad a vuestro alrededor: ¿quién hace la historia? ¿Quién ha decidido el destino de ese mentecato, su exilio, incluso su muerte: Dios o el que suscribe?». Pero después, inmediatamente, se calmó y enseguida pidió perdón por sus pensamientos al mismísimo don Dios. «Yo no ordené la muerte del poeta, fue un lamentable malentendido, pero *fiat voluntas tua*, don Dios, yo no soy un asesino... Has sido tú quien ha decidido, no yo, que no acabe jamás su maldito poema, *vuolsi così colà dove si puote ciò che si vuole...* ("Así se quiere allí donde es posible lo que se quiere..."). Si no has querido que lo terminara, habrás tenido tus buenas razones, eso quiere decir que a ti, a fin de cuentas, tampoco te gustaba en absoluto... Tenemos los mismos gustos tú y yo, don Dios...».

Le dio las gracias a Daniel por su trabajo y le entregó unos lingotes de oro como recompensa. «Seré recordado como un hombre bien provisto de recursos y pródigo —se dijo—. ¿Recordado por quién?». A su hija Francesca, la hija de Bice, incluso la había maltratado... y en la práctica casi la había repudiado, pues ni tan siquiera había acudido a su boda... La culpaba de la muerte de su primera mujer; había sido ella, al nacer, la que había matado a su pequeña Bice... ¿Sería recordado por los numerosos hijos de su segunda mujer, esos que ya se habían peleado entre ellos por culpa de la herencia...? ¿O por los hijos de sus ávidas rameras?... «Mandaré que me construyan una tumba para mi eterna memoria en la iglesia de los franciscanos, llamaré al maestro Giotto en persona para que pinte un fresco, así todos los que la vean se acordarán de mí. *Per omnia saecula hominum*».

—Gracias —dijo Daniel—, siempre te recordaré como a un hombre bueno y generoso.

Espoleando a su caballo, Daniel de Saintbrun galopó a gran velocidad de regreso a la villa de Bonturo, en la campiña. Finalmente había acabado su trabajo. Un trabajo sucio, pero alguien tenía que hacerlo... Ahora llegaba un merecido descanso: dinero a espuertas y bellas mujeres para olvidar... «Que no siempre es fácil, feo oficio el de arruinar o incluso matar a la gente, y algunas veces te asalta la compasión... Aunque no hay que pararse demasiado a pensar, cuando se tiene que hacer algo se hace...». Se acordó de Bernard. Lo había matado como hacía siempre, pero después le había asaltado la duda de si su acción respondería a razones más profundas y misteriosas que aquellas con las que la había justificado ante sí mismo. En el fondo, como los sicarios estaban muertos, ese viejo bobo nunca habría podido reconstruir la verdad de los hechos... Sin embargo en su interior latía un rencor sordo y arraigado, ni siquiera él sabía cómo expresarlo. Bernard no le gustaba, le irritaba, y no sabía explicar por qué. Quizá simplemente no podía soportar la admiración que Bernard había sentido por él, y menos que siguiera igual, que le mirara con esos ojos cargados de esperanza. Recordaba el momento en que, de regreso a Europa, había entendido todo el engaño. Recordaba la rabia que había experimentado. Después, un día se dijo que se imponía seguir adelante y olvidar, que la vida es un error, una extraña enfermedad que se reproduce sin éxito en un universo inconexo. Hay hombres que dominan a otros hombres, a eso se reduce todo; por tanto, intentar comportarse como un héroe es algo propio de ingenuos, igual que ir a morir luchando contra un enemigo construido de forma artificial mientras otros especulan y hacen negocios a tu costa... «Mejor estar de su lado y exprimir las ubres del sistema —se había dicho—, disfrutar de lo poco que se puede aprovechar, al fin y al cabo...». Quizá al matar a Bernard había matado una parte de sí mismo que aún sangraba. O tal vez había intentado, y quién sabe si lo había conseguido, matarse a sí mismo por segunda vez...

Al llegar a su destino, dejó el caballo a los mozos de cuadra y se precipitó a la habitación de Ester. La encontró tumbada, encogida en la cama, aún descansando.

—¡Desnúdate! —le dijo bruscamente.

Después se quitó la capa y la espada, y las dejó sobre la mesa que había junto a la ventana.

Ella sabía lo que tenía que hacer con ese hombre que ya no tenía veinte años, había que calentarlo a fuego lento. Se acercó, gateando sobre la cama, a su badajo colgante y holgazán, y lo mojó por completo con su saliva. Al olor a establo y sudor se había acostumbrado con su larga experiencia.

—¡Ah! —exclamó él, un «ah» ahogado, más de tormento que de placer. En un primer momento se sintió casi ofendida, pero cuando levantó la mirada descubrió la punta de la espada que asomaba en el pecho, y se vio inundada por su sangre caliente, saliendo a borbotones. El viejo Dan cayó exánime sobre la cama. Terino, el desfigurado, sacó con rabia la espada de la espalda del extemplario.

—Si es posible, no me juzgues —le dijo—. ¡Yo siempre te he amado!

Después acercó el filo de la espada a su propia garganta y con un corte limpio se rebanó la yugular.

Ester se vistió deprisa, abrió la bolsa del extemplario y halló los lingotes de oro. Los puso a buen recaudo en su escondite secreto y después bajó las escaleras corriendo hasta el alojamiento de la servidumbre.

—¡Rápido! —gritó—. Mi habitación está llena de sangre, subid con las escobas, las esponjas, el jabón y un cubo de agua... —Al poco volvió a subir las escaleras seguida por una criada que llevaba un cubo y un trapo—. ¡Rápido! —repitió varias veces.

Más tarde llegaron otros criados de la villa, que sacaron los cuerpos y los tiraron en una fosa abierta fuera de los muros. Ester se encontraba alterada. La sangre la horrorizaba. Bonturo le dijo que le daba esa noche libre, que podía quedarse en la casa de invitados, donde estaban alojados sus hijos. Hizo que le enviaran a la más joven a su habitación.

«Pobre Dan, viejo truhán —pensó el de Lucca—. Te recordaré siempre como a un hombre...».

Pero a su mente no afloraban cualidades de ninguna clase y, algunos minutos después, ya se había olvidado de él.

VIII

16 de septiembre de 1327

Por lo menos había muerto bien el ascolano, entre Porta a Pinti y Porta alla Croce: tosiendo en medio del humo y expectorando el alma cuando las llamas envolvían todos sus libros, a sus pies, y ya prendían en su ropa. Pero al menos al final había impresionado a todos los presentes con un último gesto extremo cuando, desgarrándose los pulmones, había sacado fuera sus postreras y roncas palabras:

—Lo escribí, lo enseñé, lo creo...

Las dijo justo en el momento en que se transformaba en una antorcha humana, un tizón flexible atado al palo y retorciéndose en el fuego entre los espasmos del ahogo.

A don Mone le había tocado asistir al espectáculo junto a los demás notables de Florencia, pero hubiera preferido ahorrárselo. Había sido absolutamente innecesario que su hombre se pusiera a predicar como un hereje, habría tenido que ser más prudente, sobre todo después de que él, don Mone, le hubiera salvado ya una vez de la Inquisición de Bolonia para recomendarlo ante Carlos de Calabria (o de Anjou), quien lo había llevado a Florencia con los demás médicos de su séquito. Al menos había muerto con dignidad, había salvado lo salvable, había pagado a la muerte el tributo de reconocimiento que le debía. No había sido posible evitarle el suplicio. Corromper a los curas se había convertido en algo demasiado caro y, por otro lado, habría sido inútil, pues la epidemia se había extendido... Punzadas de dolor en la ingle y una sensación de opresión que le dificultaba la respiración, además del viento incesante que llevaba el humo y el olor de la carne humana quemada directamente al palco de las autoridades...

Cecco d'Ascoli había sido el más feroz detractor del poema de Dante, el más eficaz en demoler el mito naciente en la docta ciudad del *Studium* más antiguo de Europa. Lástima que también él fuera un cabeza de chorlito. Todo el dinero que don Mone le había enviado para enfangar la memoria del poeta ahora corría el riesgo de haber sido gastado en vano. En Florencia continuó enseñando las mismas doctrinas que ya habían sido condenadas como heréticas en Bolonia. Ese maldito comentario al Bosque sagrado... Si hubieran sido teorías importantes las que hubiera defendido jugándose la vida, lo habría entendido, pero el

Delante del palacio de los Priores le tocó el acostumbrado castigo suplementario: el juglar lisiado, el mismo de
siempre, no había cambiado nada con los golpes que recibió. Pero ahora ya no improvisaba cuando él pasaba; todas
las veces, en su honor, se limitaba a recitar los versos de
Dante, los últimos del poema, sobre Beatrice:

> Dal primo giorno ch'i' vidi il suo viso
> in questa vita, infino a questa vista,
> non m'è il seguire al mio cantar preciso;

> ma or convien che mio seguir desista
> più dietro a sua bellezza, poetando,
> come a l'ultimo suo ciascun artista[1].

«Mujer cruel —pensó—, para un hombre de quien
has sido la salvación, hay otro de quien fuiste la condena».
Pasó de largo, había demasiada gente para hacer castigar
una vez más al poetastro. Mostró una sublime indiferencia.
Pero allí estaban sus recuerdos, al acecho, siempre dispuestos a perseguirlo. Dos escenas en concreto no dejaban nunca de atormentarlo: la primera, el regreso de los soldados
florentinos de la batalla de Campaldino; la segunda, el día
en que su pequeña Bice se había marchado a lo más alto y
acaso se había convertido en una estrella.

---

[1] «Que desde que su rostro fue visible / para mí en esta vida, hasta esta vista, / no el
seguir mi cantar me fue imposible;
    »mas bueno es ya que mi seguir desista / en pos de su belleza, poetizando / como
hace en el extremo todo artista».

Pues bien, sí, ella le gustaba desde siempre. La había querido a cualquier precio. Cuando la vio, le dijo su padre:

—Quiero a aquella, consíguemela...

Él enseguida lo había complacido. La trataba siempre con enorme respeto, todo lo hacía para que hubiera armonía entre ellos, pues quería un hijo varón, está claro, el heredero, y Aristóteles dice que si se quiere un varón *bisogna rendersi le mogli uniformi e congiunte in tutto e per tutto, trattarle bene e amorevolmente...* («hay que hacer que las mujeres estén concordes y conformes en todo y para todo, tratarlas bien y amorosamente...»). En los primeros años de matrimonio don Mone iba a menudo a Francia con su padre, para aprender a comerciar y cómo relacionarse en la corte; las raras veces que regresaba hallaba a su mujer siempre con ese ceño permanente de infelicidad o de aburrimiento, y no entendía por qué... Nadaban en oro, él era recibido con todos los honores en las principales cortes europeas, ella estaba en casa, feliz, con el servicio. Pero Beatrice seguía rechazando sus torpes gestos de afecto, sus intentos de tener intimidad con ella, aduciendo cada vez una excusa distinta, un voto, una cuaresma, un dolor, para evitar todo contacto... No podía, ciertamente, tenerla por la fuerza porque, es cosa sabida, de la violencia carnal, si la mujer no se adhiere secretamente, nacen solo niñas. Al principio no se había dado cuenta, no había entendido cuál era la verdadera causa de ese resentimiento. Al menos no antes del año en que se produjo la batalla de Campaldino, donde los florentinos de Corso Donati habían vencido inesperadamente a las tropas de Arezzo, un año afortunado para la República..., pero para él había sido un año digno de ser olvidado...

Desfilaba por la calle de Santa Reparata la caballería florentina, con el líder de los güelfos negros, Corso Donati, a la cabeza; él y Bice estaban en el palco de las autoridades... Dante estaba entre los caballeros: llevaba una cinta en la frente y no tenía puesto el yelmo, la espesa cabellera al viento, la barba apenas insinuada. Se volvió hacia ella, la buscó y la encontró entre la multitud, y su Beatrice estaba ansiosa; ella también lo había buscado con la mirada entre los caballeros y había exhalado un suspiro de alivio cuando lo vio. Entonces se volvió hacia su marido, que la observaba sombrío; a saber qué deducciones se habría hecho... Había bajado la mirada entristecida y no la había vuelto a levantar. Ese había sido el momento en que don Mone había empezado a alimentar un odio profundo contra el poeta. Y también se volvió peor con su mujer.

Terribles punzadas de dolor le subían desde el bajo vientre. Dejó atrás a su escolta y empezó a galopar a toda velocidad hacia su villa. Pasó el puente viejo y llegó enseguida a casa; cruzó el jardín aún montado al caballo. No desmontó hasta llegar a la puerta de su residencia, entró, recorrió el salón de acceso y cayó al suelo sobre la gran alfombra que había frente a la escalinata mayor. El corazón, el corazón estaba a punto de estallarle... Se levantó, entró en la sala de los invitados y se sentó cerca de la mesa. Había una nota en la que Ester, su preferida, le informaba de que se iba a marchar para siempre, pues sus hijos ya eran mayores y quería empezar con ellos una nueva vida. Se esforzó entonces en recordarla desnuda para dejar de pensar en el dolor. Pero eran otros los recuerdos que lo asaltaban, y no eran agradables. Ahora Bice no podía salvarlo, como había hecho con el poeta...

Llamó a Guccio, su criado más fiel, y le pidió que le llevara, sirviéndole de apoyo, al dormitorio del piso de arriba. Tras ayudarle a tumbarse, Guccio le pasó bajo la nariz la esponja empapada de opio, beleño y mandrágora, y después se marchó por iniciativa propia a llamar al cura. Cuando se quedó solo, don Mone, medio atontado pero reanimado, imaginó por un instante su propio funeral: toda la Florencia biempensante detrás del féretro, el rostro compungido, el respeto que se debe a un hombre importante... Después vio con la imaginación a muchos otros que incluso lo celebrarían... Cierto, había arruinado a mucha gente, pero los negocios son los negocios, no había sido culpa suya: a unos les va bien y a otros no tanto. Él había cumplido con su deber, había doblado el capital de su familia, había sido incluso mejor que su padre, a pesar de haber tenido que afrontar épocas más inciertas y de ser un poco más temerario y despreocupado que él...

Quería morir solo. Le había dicho a Guccio que no fuera a la otra casa, donde ahora vivía su segunda mujer, porque no había querido llevarla a la misma casa en la que había vivido con la primera. Ese era el lugar para sus concubinas, la misma cama en la que Bice había parido a Francesca y había muerto... Estaba claro que nacería una niña, no podía ser de otro modo, todas sus atenciones habían sido en vano, «esa estúpida no quería entender, era obstinada como una mula. Todo fue culpa del hijo de Alighiero, que le había llenado de pájaros la cabeza».

Se lo había pedido incluso de rodillas esa noche en la que todo estaba preparado, tras una semana de ejercicios físicos y dieta de alimentos sólidos, buen pan y buen vino, asados de caza y ternera, *alimentos calientes y secos* y abstinencia sexual, *para que el semen se hiciera más cálido y fuerte,* como aconsejan los médicos. Y para estar seguro de que salía varón incluso se había atado el saco escrotal a la izquierda, pues en el lado izquierdo se acumula *el semen débil y frío que hace que nazcan las niñas.* Todo estaba listo y calculado a la perfección para *el día en que la mujer tiene la matriz más seca de los restos de la menstruación,* como había aconsejado su médico. Bice no quiso saber nada de él. Entonces perdió los estribos, no podía permitir que lo estropeara todo, y la abofeteó. Pero después, enseguida, le pidió disculpas; no debía contrariarla si quería un heredero... Ella se quedó inmóvil, con lágrimas en los ojos. Él la abrazó, la besó, y su Bice no ofreció más resistencia; se tumbó sobre el lado derecho, *pues el semen cae en la parte derecha, en cuya sangre fermentan embriones viriles...* Había seguido todas las prescripciones de Hipócrates y Galeno, confiaba ciegamente en la ciencia. Por tanto, no había ninguna duda de que habría nacido un varón si su mujer no se hubiera opuesto en lo más hondo de su corazón a la unión carnal. En cambio las cosas sucedieron así; a pesar de que él había realizado tantos esfuerzos, nació Francesca. «Malditas hembras, diablos con faldas, cuando se obstinan en enfrentarse a ti en silencio...».

Varias veces había pensado que quizá ella alimentase en el corazón un amor pecaminoso. En cambio él se había comportado como un buen cristiano, había hecho caridad. Cierto, primero los negocios y después la caridad... De vez en cuando se acordaba de aquella extraña charla años atrás con Giovanni, el bastardo de Alighieri. «El dinero es como la sangre —dijo— que alimenta los tejidos del cuerpo: tiene que circular...». La comparación le había gustado. Él, don Mone, había sido el corazón del organismo, él había bombeado la sangre en las venas de la cristiandad. ¿Qué culpa tenía él del hecho de que gran parte de la población de Italia y Europa se estuviera empobreciendo? ¿Qué culpa tenía si los politicastros se dejaban corromper tan fácilmente y acababan siempre, también ellos, haciendo lo que más les convenía? También se le había pasado por la mente que eso mismo era lo que ocurría con Dante, que montaba todo aquel alboroto en los consejos ciudadanos para conseguir que le pagaran por su silencio. Pero, ante la duda, a él nunca había intentado ofrecerle dinero... Siempre había sospechado que era uno de esos extraños seres humanos capaces de rechazarlo. Además, bastaba con pagar a los demás, a los seguros, y así Dante perdía siempre. Al final él y los güelfos negros se habían hecho con las riendas, con el control de la situación, con Corso Donati: menos cuentos y más hechos. Por otra parte, antes las decisiones importantes también las habían tomado siempre ellos, entre bastidores. ¿Para qué jugar a la democracia? En el fondo todo gobierno es una oligarquía...

El efecto de los calmantes comenzaba a desvanecerse, los pinchazos en los intestinos volvían a empezar... Sus malos recuerdos aún estaban allí. Esa terrible jornada parecía que se hubiera quedado pegada a las paredes de la habitación... Oía aún los últimos gritos de dolor de doña Bice, ese *nooo* desgarrador y prolongado que había soltado cuando se dio cuenta de lo que estaba sucediendo. Quería alejar de sí ese recuerdo, quería morir del mismo modo que uno se queda dormido, pero aquella imagen, obstinada, cruel, estaba allí, más terrible que la propia muerte.

El cirujano y la comadrona entran por aquella puerta, aquí los tenemos. Bice está en su cama, siente contracciones, ha llegado el momento. La comadrona le inspecciona la matriz.

—Los huesos de la pelvis son muy planos —afirma—, la matriz es estrecha...

—Será un parto difícil —susurra el médico—. Hay que rociarle la zona con un chorro de aceite de lirios blancos y una decocción de heno griego, y untarle con la mano el vientre, y después abajo, hasta el perineo...

Hacen que se tumbe sobre la cama sobre un montón de cojines, con la cabeza hacia atrás, las rodillas flexionadas hacia la cabecera y la espalda inclinada hacia atrás. La comadrona se coloca de rodillas entre sus muslos en el extremo inferior de la cama. Horas de tormento, el pequeño león se resiste a salir. Una noche entera de trabajo extenuante. Después la escena se traslada a una esquina de la habitación, detrás de la cama, de manera que la mujer no vea y sobre todo no oiga.

—Hemos perdido a la criatura —sentencia en voz baja el cirujano—, no hay nada que hacer.

«Mi leoncito morirá sin bautizar, acabará en el Limbo para toda la eternidad».

—A menos que...

—¿A menos qué?

—Existe una manera antiquísima, la que menciona Plinio en la *Naturalis historia*...

—¿El corte?

—La cesárea; se puede intentar, se salva al bebé, pero hay riesgo para la madre.

¿Qué tenía que hacer? ¿Perder un alma para salvar un cuerpo? ¿El Limbo de los no bautizados, junto a los justos paganos y a los infieles? Siempre había sido un buen cristiano, ¿tenía que negarle a su heredero los gozos del Paraíso? Además quizá también existía lo otro, ese odio secreto incubado largamente hacia... «A veces el mal te pilla por sorpresa, te sale de dentro sin que seas consciente, y tú, si quieres, le encuentras todas las justificaciones del mundo...».

—Proceded —dice—, que se salve un alma...

El cirujano permanece allí, siempre en la misma esquina para no asustar a la mujer. Se pone a preparar el instrumental: una navaja afiladísima —con la punta redonda pero bien afilada, de esas que usan los barberos—, una aguja y el hilo de cera, la esponja y trapos finos como gasas. Después se va a preparar la decocción, mientras la comadrona coloca debajo de ella los trapos. El cirujano le toma el pulso y lo encuentra normal. Él, don Mone, se coloca detrás de ella y la coge por los brazos, mientras la comadrona, entre sus rodillas, le agarra con fuerza los muslos. La esponja con la mezcla de opio para dormirla. El médico le palpa el vientre para ver dónde está más blando y decide cortar a la izquierda. Toma las medidas, *cuatro dedos encima de la ingle hacia el pubis entre el ombligo y el flanco,* después corta siguiendo la dirección del músculo aproximadamente medio pie.

—¡Nooo! —grita Bice, que se ha dado cuenta aunque tenga la cabeza echada hacia atrás...

Mone vuelve a ponerle una vez más la esponja en la cara... y el cirujano hunde la hoja de la navaja en el peritoneo, abre la matriz y saca fuera a la criatura, que chorrea sangre. La comadrona moja los trapos en la decocción e intenta taponar el flujo copioso de humor para cortar la hemorragia. A la vista de toda aquella sangre, Mone se asusta también.

—Es sangre más perjudicial que beneficiosa —dice el doctor con toda su ciencia—; como en las menstruaciones muy abundantes, igual sale un cubo y no por eso hay peligro de muerte.

Al desaparecer de golpe la sujeción que ejerce la matriz, los intestinos se salen fuera, por lo que la comadrona los aprieta con el dedo para que el cirujano pueda coser el abdomen.

—¿Acaso no vemos en el desarrollo de nuestra práctica muchos heridos en la guerra o en peleas particulares

—dice con el tono de quien sabe mucho— con heridas de más de un palmo en la barriga, y a veces ellos mismos incluso se han sujetado los intestinos en un barreño, que a pesar de todo sobreviven?

Mientras tanto, Mone lava al recién nacido y se queda de piedra: ¡es una chica! No siente absolutamente nada, eso es lo más curioso. Jura venganza, ahora está seguro de qué es lo que ha ocurrido. «La ciencia es la ciencia: la culpa, en todo caso, es de ese poeta, que la ha embrujado con ese cuento cretino del amor. Pero ¡lo pagará!».

No sabía qué hacer con una niña, y mucho menos si era la prueba del amor pecaminoso de su mujer... Pero así estaban las cosas en su vida: él no había matado nunca a nadie, sin embargo cada vez que odiaba a alguien, este moría de un modo u otro... Tan solo una cosa que había odiado intensamente le sobreviviría, algo estúpido: ¡un libro!

Guccio regresó, a su lado un fraile blanquinegro, un lebrel de Cristo, un perro de caza... *infin che 'l veltro verrà, che la farà morir con doglia...* («hasta el momento en que le dé el lebrel muerte espantosa»). Le acercó algo a los labios, él tosió, le faltaba el aire... ¿Qué era? Vio que el dominico estaba a punto de hacerle las unciones en el cuerpo, alargó la mano para rechazarlo y en cambio permaneció agarrado a su cuello. Notó otra punzada terrible, la peor de todas. Lo agarró también con el otro brazo, se aferró a él, lo atrajo hacia sí. No estaba claro si lo que quería era arrastrarlo consigo al otro mundo o si pretendía por todos los medios anclarse en él. Al final, el sacerdote perdió el equilibrio y cayó entre sus brazos. Murió así, abrazado al dominico. Se dijo que no podía haber una manera mejor, quien leía los signos vio algo simbólico. Siempre había sido un buen cristiano, siempre en misa, siempre dispuesto a la caridad. Abrazado a la Iglesia hasta el último aliento.

Le dieron sepultura en la iglesia de los franciscanos, donde Giotto había pintado las historias del santo pobre y donde descansan para toda la eternidad los más grandes banqueros de la ciudad.

Que Dios lo tenga en su gloria.

IX

Rávena, 13 de septiembre de 1350

brió despacio la puerta, hacía meses que no ponía
los pies allí y cada vez que regresaba le parecía que
el polvo era la única huella que de su discurrir había dejado el tiempo entre aquellas viejas paredes. A su muerte
irían en herencia al monasterio la casa de su padre y todo
lo demás. Vio el olivo, que había envejecido... Sin embargo, aunque nadie se ocupaba de él, resistía tenazmente en
el antiguo *impluvium;* el tronco casi había doblado su gro-
sor y, con el paso de los años, había adoptado un aspecto
más reposado: estaba menos retorcido, como si hubiera
adquirido a la larga un modo más sobrio y maduro, menos
teatral, de expresar el dolor que todo olivo cuenta con la

enfática gestualidad de sus ramas. «La vejez, querido amigo, llegar sin demasiados achaques ya es una gran suerte...».
Sobrevivir a una tragedia como la gran peste, en su caso,
había sido en cambio un auténtico milagro. Había asistido
a enfermos, moribundos, gente abandonada por miedo al
contagio, incluso por parientes muy cercanos. Muchos habían muerto con la cabeza entre sus brazos, algunos resig-
nados, que plácidamente se quedaban dormidos, otros en
cambio con el terror en la mirada, otros resistiéndose hasta el último aliento... A pesar de todo, ella, que jamás había
rehuido el contacto con los enfermos, había sobrevivido,
quién sabe cómo. Había rezado, no había hecho otra cosa;
por otro lado, ese era su oficio: rezar por todos, por los
que no tienen tiempo, por los que no saben orar...

Se agachó para recoger una carta que alguien había
metido bajo el portón. Era de Giovanni, enviada desde los
Abruzos. Por primera vez desde hacía dos años, por un
instante se le ensanchó el corazón. Estaba a punto de abrirla cuando se detuvo, presa de un sobresalto de miedo. La
peste había matado casi a una de cada dos personas, al menos en aquella zona. ¿Habría resistido otra mala noticia?
De Florencia llegaban continuamente, la epidemia se había
llevado a su amado hermanito Iacopo, su vida inquieta había sido quebrada bruscamente por la muerte negra. Había
convivido con una mujer que había tenido dos hijos varones, después se prometió en matrimonio con otra, con
quien había tenido una niña, y se adueñó de su dote por
anticipado, sin llegar a casarse. Ahora que estaba muerto
llegaban continuamente cartas de los abogados de la madre

y de los hermanos de ella, que intentaban reclamar a los herederos. Pietro se ocuparía de todo. «¡Pobre Iacopo, mi querido hermanito! Siempre fue así, habría que explicárselo a los jueces: estuvo buscando, hasta el fin de sus días, a su Gemma-Beatrice, a su ángel hecho carne. Es más, no era así solo con las mujeres, sino también consigo mismo: nunca era suficiente para él...».

Pietro en cambio, por suerte, estaba bien. En Verona, era juez del municipio y sustituto del *podestà*, y vivía con Iacopa Salerni y sus seis hijos: Dante II y cinco niñas; iban a verla a menudo, pero en los útimos años, a causa de la peste, habían viajado poco. En su tiempo libre, Pietro no hacía más que escribir y reescribir su gran comentario a la *Comedia,* del que decía que era importante sobre todo ahora, pues no quería que se repitieran los hechos de los años 1328 y 1329... Si antes de la peste la obra de su padre había tenido muchos detractores, la terrible calamidad había transformado el odio en exceso de amor. Los que antes hablaban mal del poeta, ahora, con igual énfasis, sostenían que era un profeta. Todos los castigos bíblicos previstos en el poema contra la loba maldita, la avidez que corroía los corazones, como ahora se decía, se habían verificado. La cruzada de Pietro consistía en intentar redimensionar el fenómeno: la *Comedia* era literatura, una alegoría y nada más...

Entró en el estudio de su padre, había polvo por todas partes. Empezó a limpiar con un trapo. Tenía que recibir a un escritor que venía de visita oficial en nombre de la empresa florentina de Orsanmichele, cuyos capitostes, para homenajear al poeta en el aniversario de su muerte, les entregaban a ella y al monasterio diez florines de oro. «Ahora los florentinos hacen gala de nobleza, después de las calamidades de la última década hay incluso quien quisiera recuperar el cuerpo del poeta... Parece como si tuvieran que aplacar de algún modo la justa ira. ¡Y son los mismos que le impidieron volver a la ciudad en vida...!». Limpiaba el polvo, había que poner orden. El escritor era un gran admirador de su padre y quería ver la casa. Quería escribir una biografía de Dante y había hablado en Rávena con todos los que lo habían conocido. Pietro Giardini le había contado hasta el más mínimo detalle de la anécdota de la visión de Iacopo y el milagroso hallazgo de los últimos cantos del poema, y al escritor, independientemente de que se la creyera o no, esa historia le había gustado muchísimo.

Le quitaba el polvo a los libros, al arcón con el águila..., mientras pensaba en Giovanni y en Dante. Habían pasado casi diez años desde la última vez que los vio. Estuvieron en Rávena en 1341, y el pequeño Dante ya era un joven de ventinueve años de buen porte. Se había casado hacía algunos años con Sofia, la hija de Bruno. Había sido con ocasión de la muerte de su madre, Gemma, resarcida en Florencia de todas las humillaciones sufridas con anterioridad, festejada en cada aniversario de la muerte del poeta. Giovanni y Dante habían venido a darle el pésame, a confortarla, para estar a su lado en el duelo; el sobrino le tenía mucho aprecio. En cambio a Gentucca no la había vuelto a ver desde 1329, cuando llegaron los cuatro, incluida la pequeña Antonia. Era el año en que en Bolonia habían hecho piras con los libros de su padre y las habían quemado, el mismo año en que el cardenal Bertrand du Poujet, sobrino del papa y legado pontificio, había ordenado quemar también sus huesos. Ostasio da Polenta, afortunadamente, se había opuesto, y había ido en persona a Bolonia, sin llevar los huesos, a defender la memoria del literato amigo de los Polentani.

Finalmente halló el valor necesario. Rompió el sello, abrió la plica, leyó las primeras líneas y su ansiedad se transformó pronto en pura alegría:

Mi dulce Antonia:

¿Cómo estás? Esperamos que bien, pero nos inquieta el hecho de no tener noticias tuyas en medio de este azote que ha afectado, por lo que parece, a toda Europa. La empresa de correos a la que confiamos esta carta no nos asegura ni siquiera que pueda entregarla con normalidad.

Nosotros esperamos que sí, y que recibamos lo antes posible una respuesta tuya.

Gracias al cielo, estamos todos bien; nos enteramos de la peste cuando regresábamos del Epiro. De hecho hace dos años nos marchamos todos juntos a Dodona, Gentucca y yo, Bruno y Gigliata, Dante y Sofia con sus tres niños, Antonia, su marido y los dos pequeños. Pero no encontramos nada, solo a un viejo barquero de Corfú llamado Spyros que nos dijo que había conocido a Bernard hace una treintena de años. Nos contó que lo llevó navegando por el Aqueronte hasta la confluencia con el Cocito y que después lo trajo de vuelta con una

enorme caja de piedra negra, de la que Bernard decía que era
o que contenía el arca de la alianza y que se la llevaba para que
se perdiera para siempre en el abismo, hasta el momento en
que Dios quisiera que fuera hallada, cuando los pueblos de la
Escritura hubieran aprendido a convivir en paz. También nos
contó que a la vuelta le parecía como si hubiera enloquecido,
que decía cosas extrañas sobre el final del tiempo, sobre el eterno presente, sobre la simultaneidad perpetua del Ahora... Después fue visto en Corfú con aquel Daniel, pero cuando su nave partió de la isla solo iba el otro francés. Bernard no estaba
a bordo, de él y de su caja se perdió la pista...

Del Epiro fuimos después a Corfú con el hijo de Spyros,
de Corfú a la Apulia en una nave angevina (de Anjou) y finalmente nos detuvimos en los Abruzos, donde, ascendiendo desde Lanzano, se halla la pequeña aldea en la que viven los parientes de Bruno, cerca de la montaña sagrada de Maia; nos
hospedamos en una finca suya del campo, a resguardo de las
miasmas venenosas que provocan la peste. En realidad Bruno y
yo queríamos regresar a Bolonia para hacer nuestra contribución
como médicos, pero nos dijeron que muchas ciudades, por motivos de precaución, habían cerrado las puertas a quien venía de
fuera, y además nos llegó la noticia de que, en nuestra ausencia,
el municipio nos había confiscado la clínica para albergar a los
apestados. Por esas razones decidimos quedarnos aquí. El azote, en este oasis incontaminado de paz, parece algo remoto.

Ahora nos estamos organizando para el viaje de regreso.
Seguramente estaremos en Bolonia no mucho después de la
llegada a Rávena de esta carta. Por eso es mejor que si nos en-
viaras una respuesta lo hicieras a la dirección de costumbre.

Tendremos que intentar seguir con nuestra clínica, o bien transformarla en un servicio público, pero lo gestionarán Dante y Sofia. Bruno y yo ya hemos cumplido, ahora les toca a ellos. Ambos son médicos, y también buenos. Desde siempre se quieren mucho, como hermano y hermana, como marido y mujer...

Soror sororcula, monja y hermana, a menudo pienso en aquellos días ya lejanos en que nos conocimos, y a veces, meditando sobre aquello que solo nosotros sabemos, sobre la manera rocambolesca en la que encontramos los últimos trece cantos del poema, sobre el crimen fallido por parte de los templarios, sobre la historia misteriosa de Bernard, me asaltan aún dudas respecto a la pregunta que nos ha atosigado durante todos estos años. ¿Quién era realmente nuestro padre: un poeta o quizá realmente un profeta, o tal vez solo el último caballero, armado de pluma y tintero...? Probablemente una suma de las tres cosas. No lo sabremos nunca, la condición humana es una selva oscura, la mayoría de los hechos de la vida se nos escapan, nuestro entendimiento siempre es imperfecto, pues no conocemos de la verdad más que una mínima parte. El mal tiene precisamente aquí su origen, en el hecho de que sabemos poco y a pesar de ello nos comportamos como si lo supiéramos todo, nos arrogamos indebidamente la omnisciencia de Dios. La verdad y el bien son, en cambio, en todo caso, una empresa colectiva, un cansancio sin fin que se deja y se reanuda, ligado por una generación a la siguiente, un trabajo asiduo al que cada comunidad debería dedicar una parte relevante de sus energías...

Pero después de todos estos años, de una cosa estoy seguro: no volverá a existir otro como él.

Una vez en Bolonia, resueltos los asuntos más urgentes, volveremos a ponernos en contacto contigo. Esperemos que sea lo antes posible, pues te he echado de menos en estos diez años. Dante se acuerda aún de tu clase sobre los epiciclos. Bruno y Gigliata están traduciendo el enésimo texto de medicina árabe, un tratado sobre las patologías de la mente, gracias al cual a lo mejor dentro de no demasiado entenderemos algo más sobre los singulares personajes con los que nos hemos tropezado en el transcurso de aquellas investigaciones nuestras, ahora ya tan lejanas. Antonia te manda saludos y te recuerda con afecto. Gentucca se acuerda siempre de la primera vez que te vio, de la valentía y la decisión con las que te acercaste a ella pensando que era leprosa... Y sufre por ti. Me dice siempre: «Si esa inconsciente de sor Beatrice hace lo mismo ahora con los apestados, esta vez el Creador sí que se la llevará...».

«Esperemos que eso no ocurra», respondo yo, porque tengo muchas ganas de volver a verte.

En el fondo nuestra vida ha sido hermosa, y es hermoso poder contarla ahora que tenemos más tiempo para pasar juntos al lado del fuego de la chimenea. Yo tengo aún aquella cicatriz encima de la nariz recordándome lo que me puede suceder en la vida si me distraigo, aunque solo sea un poco.

Todos nos acordamos de ti y, si Dios quiere, nos veremos pronto.

Cuídate mucho,

Giovanni, Dante, Gentucca,
Sofia, Bruno, Gigliata, Antonia,
Orlando y los cinco niños

Sin embargo el Creador no se la había llevado, pensó con lágrimas en los ojos, aunque a veces, en medio de todo aquel dolor al que había tenido que prestar su inútil ayuda, había llegado a rezar para que lo hiciera lo antes posible. A pesar de los pesares, todavía estaba aquí.

Limpiaba el polvo de la vieja espada de la pared, del escritorio. Se acordaba... Habían tenido lugar las celebraciones del primer aniversario de su muerte, fiesta solemne en toda la ciudad; después Guido Novello, el amigo de su padre, se marchó, se fue a ejercer de capitán del pueblo a Bolonia, dejándole el gobierno de Rávena a su hermano, el arzobispo Rinaldo. Apenas transcurrida una semana, Ostasio había degollado a Rinaldo en su propia cama y se había hecho con el poder... Después, al cabo de tres años, se había apoderado también de Cervia. Para ello, había invitado al señor de Cervia, su tío Bannino, junto a su hijo Guido; entonces hizo que mataran a Guido frente a las puertas de Rávena, y persiguió a su tío, que huyó por las calles del centro de la ciudad. Bannino concluyó su carrera bajo el sepulcro del poeta. Allí se detuvo y, jadeando, suplicó perdón invocando su memoria:

—En nombre de Dante, perdonadme a mí la vida y libraos vos de la Tolomea[1].

Allí mismo lo masacraron. La tumba conservaba aún las manchas de su sangre.

Después vino desde Múnich el Wittelsbach, el emperador Luis IV, quien nombró a un antipapa, y se volvie-

---

[1] *La divina comedia* dice que es la zona del lago Cocito en la que son castigados quienes traicionan a sus huéspedes.

ron a avivar los antiguos conflictos, que en Italia parecían
no tener fin, entre güelfos y gibelinos. El pontífice de Aviñón no estaba muy contento con la presencia en Roma de
otro vicario de Cristo y su sobrino, Bertrand du Poujet,
había condenado la *Monarquía* de Dante, la obra en la que
se teoriza la separación de los poderes: el laico y el ecle-
siástico. Pero su padre estaba convencido de que el poder
terrenal estaba legitimado por Dios, y de que debía atribuirse un origen divino a la Justicia y a la Ley. Por el contrario, en torno al Bávaro se habían reunido los intelectua-
les perseguidos por el papa Juan, en concreto franciscanos
de mentes agudísimas, como Guillermo de Ockham y
aquel Marsilio de Padua, que había ido mucho más allá
que su padre al afirmar la laicidad del Estado. Aunque estuviera prohibido, ella había leído el *Defensor pacis* del
paduano: no hay que tener ideas preconcebidas, juzgar
antes de saber, y no se debe tener miedo a las palabras...
Nada que ver con la *Monarquía*... Se afirmaba que la facultad legislativa pertenece al pueblo, a la totalidad de los
ciudadanos, que la delegan en el príncipe o en un grupo
de hombres valiosos que se convierten en intérpretes de
la voluntad común. Se afirmaba un principio totalmente
nuevo, el del poder venido de abajo, en lugar de investido
desde arriba. Y mientras circulaban ideas de este tipo, ¿con
quién la tomaba el sobrino del de Cahors? Precisamente
con la obra de Dante, aún ligada a la idea tradicional de la
inspiración cristiana del derecho. Pero después, al menos,
el nuevo y pérfido señor de Rávena no había cedido a las
presiones eclesiásticas y había defendido a Dante, pues

de otro modo en 1329 lo habrían juzgado aun estando muerto.

La atmósfera repentinamente había cambiado en los años cuarenta. La crisis económica había tocado fondo, habían quebrado los bancos de los florentinos, la empresa de aquel don Mone, el marido de Beatrice, había tenido un final lamentable... Banqueros y tratantes de lana se colgaban por vergüenza... Y todos maldecían a la *maldita loba*, todos decían: «Mira al *Vertragus,* mira al *Dogo»*, y que Dante lo había predicho todo... Además, la peste había creado alrededor de su padre un halo de leyenda. Se sentó en el escritorio con las narraciones del escritor y la carta de Giovanni.

Se secó los ojos.

Pensaba que su padre no había predicho nada. Simplemente había nacido y había vivido la primera parte de su vida en un periodo de máxima expansión, un momento en el que, al menos en las ciudades, el nivel de vida, por lo general, parecía mejorar. En efecto, se trataba de una época de gran prosperidad, aunque atravesada por conflictos feroces. Su padre contaba siempre lo agradable que era vivir en Florencia en esa época, cuando se empezaban a disfrutar los primeros síntomas del bienestar y aún no se había perdido la sencillez de tiempo atrás; es verdad que se trabajaba muchísimo, pero en un clima de optimismo general. Después todo había cambiado y la gente se había vuelto más egoísta, más mezquina. El poeta percibió las señales que anunciaban un cambio que no le gustaba. No veía nada bueno en el naciente deseo desenfrenado por el

Boccaccio y acababa de escribir un libro con cien cuentos cuyo título era el *Decamerón*. De los cuentos solo le había enviado algunos, pues no todos eran adecuados para una monja. Ella los había leído: narraban acontecimientos de la vida, pero, como el propio autor decía, no se reflejaba «el juicio de Dios, sino el seguido por los hombres». Con pocas excepciones, hablaban del mundo de los mercaderes, los trucos, los pequeños fraudes, los golpes de suerte, y describían ese mundo con ojo benévolo e indulgente ante los que a su padre le habrían parecido signos de una sociedad en declive. En cambio a él le parecían pecados veniales, pequeños dardos de ingenio del lenguaje, pequeñas astucias, bromas y juegos de palabras. Muchos de sus pequeños héroes encajaban a la perfección dentro del *Infierno* de Dante: un estafador que engaña a un confesor y se hace venerar como santo podría muy bien haber estado entre los falsificadores de Malebolge, el octavo círculo del Infierno según la *Comedia*. También habría merecido el Infierno un cura que teje un precioso discurso para vender una reliquia falsa. En cambio Boccaccio inducía al lector a simpatizar con estos personajes, a admirar su inteligencia; un joven tratante de caballos que se enriquece profanando la tumba de un obispo habría tenido que acabar junto a los ladrones profanadores de tumbas y de iglesias, y sin embargo él, el narrador, no se escandalizaba demasiado frente a esa clase de empresas, es más, parecía solidarizarse. Al conquistador mujeriego las cosas al final le salían bien, y mejor aún cuando se trataba de una mujer que engañaba a su marido, porque casi siempre el marido se lo merecía.

Ella no quería juzgar los contenidos de la obra, solo sabía que expresaba a la perfección el cambio que se había producido en esos años. Si alguien leyera seguidas la *Comedia* y el *Decamerón*, tendría la impresión de que entre una y otra habían pasado al menos cien años, por lo distinto que era el mundo que en ellas se retrataba. La que se representaba en esta le parecía una humanidad sin moral, gente que admiraba el éxito de las palabras y de las acciones más que la ley moral y el bien común, un mundo en el que el fin práctico justifica los medios empleados para conseguirlo.

Aparte de eso, el tal Boccaccio escribía bien: una prosa, en florentino, que recordaba la latina de Livio. Y admitía que había sabido representar fielmente ese mundo. «En el fondo es solo literatura», se dijo.

Los tiempos cambiaban y la historia parecía haber adoptado un feo cariz. Después del Bávaro, sobre las cenizas de una única Europa avanzaban las naciones. Iban a sucederse guerras y más guerras. Nadie soñaba ya en buscar en el mundo los signos de lo divino. A esta conclusión llegaron la última vez que se vieron ella y Giovanni, mientras hablaban de los últimos acontecimientos, de la guerra que se preparaba en Francia, de las disputas entre güelfos y gibelinos de Italia, del papa de Aviñón: no había que meterle prisa a la historia. Un río tarda millares de años en excavar su cauce, a veces traza meandros que parecen hacerle retroceder, pero su destino es el mar. Esto mismo pensó al final de su padre: que aunque los tiempos y los güelfos negros parecían haberlo derrotado, sus versos continuarían hablando para siempre.

Oyó que llamaban a la puerta: el escritor había llegado. Corrió a abrir, lo hizo entrar y él le besó la mano. Le mostró la casa y se pusieron de acuerdo sobre los detalles para la ceremonia del día siguiente, la entrega oficial, el monasterio y los florines de oro. Después saludó al olivo para sus adentros. Se metió en el bolsillo la carta de Giovanni y salieron juntos. Ella comenzó a decir que en la *Comedia* de su padre..., cuando él la interrumpió bruscamente.

—¿Por qué insistís en llamarla *Comedia?* —protestó, casi echándoselo en cara...

El viejo boticario de la esquina de la calle, el que leía a Aristóteles y a Boecio de Dacia y ordenaba los pensamientos como las ampollas en los estantes de su tienda, vio pasar a un hombre más bien gordo, de mediana edad, con un traje muy elegante, junto a la anciana monja que él tan bien conocía: la hija del poeta enterrado en San Francesco, que había escrito todos aquellos versos de once sílabas sin equivocarse ni siquiera en una...

«Pero ¿para qué servirán todas esas palabras, aunque sean con rima...?». Él, en cambio, ¡cuánto dinero había ganado con la peste!, con esa mezcla a base de romero que había vendido en ampollas que se debía mantener cerca de la nariz, con la boca cerrada; la había vendido como un remedio seguro para filtrar el veneno del aire que emanaban los apestados...

Por otro lado, ninguno de sus clientes había venido nunca a protestar: o porque estaban vivos y creían que el remedio había funcionado, o porque estaban muertos.

Los miró a los dos con cierto aire de superioridad. «Literatura, nada más que literatura», pensó cuando escuchó a la monja hablar de una comedia y al hombre gordo repetir sin parar, quién sabe por qué o sobre qué, el adjetivo de *divina*...

Breve nota bibliográfica
y otros asuntos

Q uerido lector, espero que la novela no te haya de-
sagradado del todo y también que te haya ofrecido,
ocasionalmente, alguna idea para la reflexión. Dado el
contenido del libro que acabas de leer, considero que es
mi deber hacerte algunas aclaraciones, que en lo que pueda intentaré proporcionar en esta breve nota. Los acontecimientos aquí narrados, en tanto que fruto en gran parte de la invención, han sido entretejidos de modo que
resulten en la medida de lo posible plausibles. La *verdad*
de una novela, tú lo sabes bien, es conceptual más que re-
ferencial, *alegoría de los poetas,* para usar el lenguaje dantesco: es decir, no es *verdad* que Orfeo haya bajado a los
infiernos (amansando con el tañido de la lira a las bestias
infernales) para recuperar a su Eurídice, y después per-

derla por mirar hacia atrás en el incauto intento de volver a abrazarla; pero la fábula de todos modos es *verdadera*, diría Dante, en el sentido de que el concepto es verdadero: la poesía y la música (Orfeo y su lira) pueden efectivamente aliviar las angustias (los monstruos infernales) y hacernos recuperar en nuestro yo más hondo (los infiernos) recuerdos agradables (Eurídice), hacerlos aflorar a la superficie, hacerlos revivir (volver a la luz), pero a condición de que permanezcan intactos, como recuerdos puros; pues cuando intentamos tocarlos, ya no los encontramos. En la memoria se puede hacer revivir las pasiones, pero no la cosa en sí.

Así pues, que el Giovanni de Dante Alighieri de Florencia, que aparece en un solo documento de Lucca de 1308 (testigo en una causa, así pues mayor de edad, y que después no vuelve a aparecer en las demás actas, incluidas aquellas sobre la división de la herencia de los Alighieri), sea o no sea un hijo ilegítimo de Dante es algo que quedará siempre abierto, pero para la historia aquí narrada resultaba práctico que quien investigara sobre el poeta fuera alguien que se sintiera su hijo. Otras anécdotas sobre el poeta aquí empleadas (como el hallazgo de los últimos trece cantos del poema algunos meses después de la muerte del autor o el hecho de que Gemma Donati no lo siguiera en el exilio) tienen su fuente en Boccaccio, que estuvo varias veces en Rávena (entre ellas la de 1350 que cierra nuestra historia) recogiendo información de primera mano que después plasmaría en su biografía de Dante, por otra parte no siempre fidedigna.

El enigma numerológico contenido en la *Comedia* puede comprobarlo cualquiera y su significado puede ser objeto de infinitas discusiones. El intento de Bernard de usarlo como clave para localizar en el poema un mensaje secreto da efectivamente sus frutos, pero hay que reconocer que no es precisamente unívoca la localización de los tercetos central y final en cada canto del poema, mediante el endecasílabo aislado de cierre que concluye la serie de las concatenaciones. La estructura estrófica del poema sagrado es la que ya conocemos: ABA BCB CDC... XYZ YZY Z. Consecuentemente, podremos considerar terceto final tanto el último efectivo de la serie (YZY) como aquel que incluye el verso de cierre (ZYZ). Análogo razonamiento podremos aplicar al terceto central. Tomemos un ejemplo teórico simplificado, un canto de trece versos: ABA BCB CDC DED E. El séptimo es el verso central entre los 13 del canto virtual, y el terceto central estaría entonces formado por los versos 6-8, BCD, aunque tratándose de secuencias sin rima, no es un terceto dantesco; así pues, tendremos que escoger entre CBC y CDC. En cualquier caso, tendremos por norma cuatro combinaciones posibles para cada canto (las dos finales por las dos centrales) y por tanto 64 posibilidades para cada cantiga, 64^3 para el poema entero. Es fácil que una de esas 262.144 cadenas silábicas esté provista de sentido. Hay que decir que Bernard tiene serias motivaciones para encontrar algo y que nuestro extemplario acaba por hallar aquello que busca. Pero ¿qué busca en realidad? Una caja, dentro de la caja dos tablas de piedra con inscripciones en un alfabeto que Daniel de Saintbrun no es capaz de descifrar. Podría ser el arca de la alianza, podría ser cualquier otra cosa. Por otra parte, exactamente en el momento en que Dan lo tira todo al mar se cierra la época en que lo divino se manifiesta a los humanos.

En cualquier caso la solución hallada por Bernard, y esto es lo importante, lo lleva a Epiro, a orillas del río de los muertos, el Aqueronte virgiliano y dantesco, donde el personaje vive una personal catábasis en tres etapas, una síntesis rudimentaria, si queremos llamarla así, del viaje de Dante. La tesis de una primitiva topografía infernal en la llanura de Fanari, transmitida por Homero a la posteridad, es retomada por el sugestivo escrito de un poeta y escritor epirota del siglo xx, Spyros Mousselimis (*L'antico Ade e l'oracolo necromantico di Efira*, impreso también en italiano en Giannina en 1991; no sé si aún puede encontrarse o si aquel hallazgo inesperado de mi mujer en una pequeña papelería y librería de Praga era la última copia que quedaba. ¡Ah, las mujeres, sin ellas a veces nos perderíamos!). Además la visión sobre la naturaleza del tiempo que Bernard tiene en Dodona, en la zona sagrada para Zeus, es una síntesis entre la idea medieval del eterno presente de Dios y las tesis de un físico contemporáneo, Julian Barbour, *The end of Time. The next Revolution in Physics*, de 1999 (traducción italiana: *La fine del tempo. La rivoluzione fisica prossima ventura*, Turín, Einaudi, 2003), que devuelven a aquella remota visión de las cosas, aunque realmente sea en un plano distinto, una cierta dignidad científica.

Tendría que citar centenares de libros de historia por lo que respecta a las noticias sobre los templarios y sobre la crisis del siglo XIV. Me referiré a los que me han proporcionado algunas ideas que no se limitaban a la ambientación y a la crónica. Por ejemplo, un Cecco da Lanzano, sargento analfabeto de los templarios, es mencionado en las actas del proceso de la Inquisición que tuvo lugar en Penne el 28 de abril de 1310. Alain Demurger en *Les Templiers. Une chevalerie chrétienne au Moyen Âge*, París, Éditions du Seuil, 2005; traducción italiana: *I templari. Un ordine cavalleresco cristiano nel Medioevo*, Milán, Garzanti, 2006) cita un acta de 1294 de la Aduana de Manfredonia que autoriza la exportación exenta de tasas de cereales a Chipre en una nave templaria: 1.770 de las 2.720 toneladas embarcadas pertenecen a la empresa florentina de los Bardi (los grandes mercaderes y banqueros citados en la novela, a cuya familia, según Boccaccio y Pietro di Dante, pertenecía el marido de Beatrice). El mismo historiador francés cuenta también la historia de otra nave templaria, el *Faucon*, presente en San Juan de Acre los días de la derrota.

La crónica del parto por cesárea relatado casi al pie de la letra en el penúltimo capítulo del libro es del siglo XV: *La commare o riccoglitrice*, de Girolamo Mercurio en edición de M. L. Altieri Biagi, C. Mazzotta, A. Chiantera y P. Altieri, *Medicina per le donne nel Cinquecento. Testi di Giovanni Marinello e di Girolamo Mercurio*, Turín, UTET, 1992. No me consta documentación medieval de una práctica similar, conocida por otro lado en la Antigüedad y mencionada por Plinio; aunque si se hacía en la época de los hechos narrados, acabaría ciertamente aún peor. Que Beatrice, a los veinticuatro años, muriera de parto es algo

Suma de Letras es un sello editorial del Grupo Santillana

www.sumadeletras.com

Argentina
Avda. Leandro N. Alem, 720
C 1001 AAP Buenos Aires
Tel. (54 114) 119 50 00
Fax (54 114) 912 74 40

Bolivia
Calacoto, calle 13, 8078
La Paz
Tel. (591 2) 279 22 78
Fax (591 2) 277 10 56

Chile
Dr. Aníbal Ariztía, 1444
Providencia
Santiago de Chile
Tel. (56 2) 384 30 00
Fax (56 2) 384 30 60

Colombia
Carrera 11 A, n.º 98-50. Oficina 501
Bogotá. Colombia
Tel. (57 1) 705 77 77
Fax (57 1) 236 93 82

Costa Rica
La Uruca
Del Edificio de Aviación Civil 200 m al Oeste
San José de Costa Rica
Tel. (506) 22 20 42 42 y 25 20 05 05
Fax (506) 22 20 13 20

Ecuador
Avda. Eloy Alfaro, 33-3470 y Avda. 6 de
Diciembre
Quito
Tel. (593 2) 244 66 56 y 244 21 54
Fax (593 2) 244 87 91

El Salvador
Siemens, 51
Zona Industrial Santa Elena
Antiguo Cuscatlan - La Libertad
Tel. (503) 2 505 89 y 2 289 89 20
Fax (503) 2 278 60 66

España
Torrelaguna, 60
28043 Madrid
Tel. (34 91) 744 90 60
Fax (34 91) 744 92 24

Estados Unidos
2023 N.W 84th Avenue
Doral, FL 33122
Tel. (1 305) 591 95 22 y 591 22 32
Fax (1 305) 591 74 73

Guatemala
26 Avda. 2-20
Zona 14
Guatemala C.A.
Tel. (502) 24 29 43 00
Fax (502) 24 29 43 03

Honduras
Colonia Tepeyac Contigua a Banco Cuscatlan
Boulevard Juan Pablo, frente al Templo
Adventista 7º Día, Casa 1626
Tegucigalpa
Tel. (504) 239 98 84

México
Avda. Río Mixcoac, 274
Colonia Acacias
03240 Benito Juárez
México D.F.
Tel. (52 5) 554 20 75 30
Fax (52 5) 556 01 10 67

Panamá
Vía Transísmica, Urb. Industrial Orillac,
Calle Segunda, local 9
Ciudad de Panamá
Tel. (507) 261 29 95

Paraguay
Avda. Venezuela, 276,
entre Mariscal López y España
Asunción
Tel./fax (595 21) 213 294 y 214 983

Perú
Avda. Primavera, 2160
Surco
Lima 33
Tel. (51 1) 313 40 00
Fax. (51 1) 313 40 01

Puerto Rico
Avda. Roosevelt, 1506
Guaynabo 00968
Puerto Rico
Tel. (1 787) 781 98 00
Fax (1 787) 782 61 49

República Dominicana
Juan Sánchez Ramírez, 9
Gazcue
Santo Domingo R.D.
Tel. (1809) 682 13 82 y 221 08 70
Fax (1809) 689 10 22

Uruguay
Juan Manuel Blanes, 1132
11200 Montevideo
Tel. (598 2) 402 73 42 y 402 72 71
Fax (598 2) 401 51 86

Venezuela
Avda. Rómulo Gallegos
Edificio Zulia, 1º – Sector Monte Cristo
Boleita Norte
Caracas
Tel. (58 212) 235 30 33
Fax (58 212) 239 10 51